KB065676

구병모 소설집

그것이 나만은 아니기를

초판 1쇄 발행 2015년 3월 3일
초판 10쇄 발행 2024년 9월 30일

지은이 구병모
펴낸이 이광호
펴낸곳 ㈜문학과지성사
등록번호 제1993-000098호
주소 04034 서울 마포구 잔다리로7길 18(서교동 377-20)
전화 02)338-7224
팩스 02)323-4180(편집) 02)338-7221(영업)
전자우편 moonji@moonji.com
홈페이지 www.moonji.com

ISBN 978-89-320-2717-3 03810

이 책은 2014년도 아르코창작기금의 지원을 받아 발간되었습니다.

이 도서의 국립중앙도서관 출판예정도서목록(CIP)은 서지정보유통지원시스템 홈페이지
(http://seoji.nl.go.kr)와 국가자료공동목록시스템(http://www.nl.go.kr/kolisnet)에서
이용하실 수 있습니다. (CIP제어번호: CIP2015005008)

그것이
나만은
아니기를

구병모 소설집

문학과지성사
2015

차례

여기 말고 저기,
그래 어쩌면 거기

이번에야말로 진짜 장례식이다, 로 시작하는 문자 메시지
에는 누구의, 가 빠져 있었지만 나는 우리의 오랜 양치기 소
년을 가리키는 것임을 바로 알아차렸다. 문자 발신자에게 전
화를 걸어서, 그래 잘 지냈냐 오랜만이다 어 나도 늘 그 모
양이지 뭐 죽겠다, 같은 일상의 레퍼토리를 주고받았다. 서
로에 대한 형식적 검토가 끝난 뒤, 실은 나 2박 3일 일정으
로 학술대회 있는데 오늘 밤 출발해야 해서 나 혼자라면 모
를까 지도교수 모시고 가는 자리라 빠질 수 없으니 계좌번
호 좀 불러다오 그리로 조의금만 보내마 대신 전해줄래, 했
다. 녀석은 헛기침과 함께 덧붙이기를, 학술대회고 뭐고 난
장사꾼이라 그런 거 모르겠고 다만 그놈이 평소에 하던 말이

있어서 자기가 언젠가 정말 이 세상을 떠나면 너는 꼭 와줬
으면 좋겠다고 했더랬지 너 우리 중에서 가방끈 제일 긴 거
은근히 놈이 자랑스러워했다 그거 아냐, 했다. 나는 거품 같
은 웃음을 터뜨리는 것으로 대답을 대신했을 뿐 전화선 너
머의 녀석에게 군이 설명하지 않았다. 그 가방끈 긴 놈이 아
마도 우리 가운데 돈지갑은 가장 얇을 거라든가, 지금 굴리
는 건 머리도 펜대도 아니라 누구 밑으로 줄을 서야 유리한
지 주가 등락을 기민하게 포착하는 눈알뿐이라든가, 백 년
만에 본교에 난 티오는 전공 무관, 영어로 세 시간 연강이 가
능한 타교 출신에다 해외 유학파 브레인으로 채워진다든가,
사람이 그 정도 스펙 갖고 만족하면 쓰겠느냐는 충고와 함
께 때늦은 유학을 권유받기도 하나 이제 와 집안에 손을 다
시 벌렸다간 식구들이 낙장불입의 원칙을 무시하는 노름꾼
의 손모가지를 자를 듯한 기세로 덤빌지 모른다거나, 그 오
랜 세월 유학 떠날 만큼 준비도 자기 앞가림도 못하고 뭐 했
는가 하면 노동 경력을 많이 쌓는 게 장땡인 줄 알고, 그보다
는 다른 방법이 마땅찮아 한 학기 네댓 군데의 학교에서 시
간 강사를 뛰었는데 아 참 이놈은 시간 강사가 뭔지 아마 모
를 테지, 지방을 돌다 길바닥에 차비와 식비와 병원 및 약제
비 가스비로 고스란히 꼬라박았다든가, 간간이 단기 프로젝
트에도 참여했으나 아 참 프로젝트라고 말하면 더 모르겠지,
하여간 그놈의 프로젝트라는 것도 구르는 인간 따로 처먹

는 놈 따로라든가……를 비롯하여 그밖에 열거만 하려 해도 4박 5일은 걸릴 예화를 횡격막 아래로 내리누르기만 했다.

농성 천막 앞을 빠른 걸음으로 지나치는 동안, 나는 습기를 잃은 열망에 남아 있는 최소한의 점성과 거기 들러붙은 어림 반 푼어치의 전망에 대해 생각하고 있었다. 천막을 지키는 이들 중 몇몇이 나를 알아차리고 손짓할 것 같아서 나는 고개를 숙인 채 이미 한참 전에 종료 버튼을 누른 휴대전화를 얼굴에 바싹 대고 계속 통화하는 시늉을 하며 주차장으로 향했다. 그것은 일종의 돌진, 돌파에 가까운 속도였다. 그들 대부분은 다른 학과 사람들이고 서로 어디 소속의 누군지나 인식하는 정도로 말 한 번 나눠본 적 없는 사이였지만, 그들 가운데 분명 섞여 있고 그로 인해 지도교수 눈 밖에 난 선배 하나가 곧 뛰어와 내 어깨를 붙잡고 이렇게 물어볼 것만 같았다 — 어차피 죽을 때는 다 같이 죽는 거라니까 계속 몸 사릴래 새끼야 너는 그래도 독신이지만 나는 마누라에 애새끼도 딸렸거든 너 그러고서 얼마나 잘 처먹고 사는지 두고 볼 거야 새끼야…… 표면에 무지갯빛 마블링을 그린 채 고여 있던 얕은 웅덩이를 부주의하게 밟는 바람에 기름 섞인 물이 바지 자락에 튀었다. 더러운 물 한 방울도 밟히는 순간만큼은 지우기 힘든 얼룩을 옷자락에 남기며 스스로를 주장할 줄 알았다. 그러나 선배에게 처자식이 있다면 내게도 부모와 누이가 있었다. 타인의 삶의 무게를 측정하기란 불가능하지만 사람들은 그 행위를 너무나 쉽게 했고, 종종 재단에까지 이르렀다. 타인의 절실함을 허명에 대한 갈망으로 단정 짓기도 쉬웠다. 그러나 내가 원하는 것이 허명이라면 나는 기꺼이 그것을 좇을 것이었다.

무슨 말을 해야 했을까? 수화기에 대고, 그 새끼 내 언젠가는 그럴 줄 알았어, 토해냈어야 할까. 몇 번을 속아 넘어갔음에도 언제까지나 늑대가 나타나지 않으리라는 법은 없었다. 언제 벌어져도 이상하지 않은 일이 이제야 왔다는 느낌. 그러므로 팽팽하게 긴장한 내 근육에는 슬픔이 파고들 자리가 마땅치 않았다.

동창들 가운데 직간접적으로 소식이 닿는 녀석들은 열댓 명쯤 되었다. 자녀를 하나나 둘 두었고 대체로 건조하나 최소한의 성실성을 머금은 부부관계를 유지했으며 작게 장사를 하거나 가족회사의 직원으로 일하면서 생계를 꾸렸다. 반장이었던 놈이 공무원으로 가장 실속 있는 결실을 본 것을 제외하면 졸업반 학급 전체를 통틀어 유일하게 명문 대학원에 간 내가 세 손가락 안으로 성공한 놈으로 친구들 사이에 알려져 있었다. 그런 놈이 어째서 아직도 장가를 못 들었는가에 대한 의견이 분분했으나 어디까지나 무늬만 박사, 가방끈만 길고 그 가방 안에는 환금성 있는 유가증권 대신 토너 냄새를 풍기며 먼지만 풀풀 날리는 학술논문 복사지 따위로 가득 차 그놈의 가방 메어봤자 어깨만 주저앉는다는 속사정을 그들이 모르는 데서 비롯되는 일이었다. 어쨌거나 마흔을 맞이한 우리에게 다양성이란, 주택 대출금을 미처 다 갚지 못해서 살림과 잔고 불리는 재미를 채 붙여보기도 전에 양친 또는 그에 준하는 집안의 누군가가 뇌출혈로 쓰러져 반신불수가 되거나 아니면 본인 몸에 각종 관절 질환과 암 당뇨 고혈압 등이 서서히 침윤하기 시작하는 형태로 찾아들기 마련이었다. 일찍 발견이나 하면 모를까 보통은 숨넘어가기 직전에 각혈이나 하혈을 흐드러진 꽃밭처럼 낭자하게 해놓고 나서야 알아채곤 했기에, 동창들 장례 소식을 듣는 일은 이 무렵 아주 드물지 않아서 누군가가 막차 타고 결혼한다는 소식과 거의 비슷한 비중을 차지했다. 그런 민생고와 생애 의례 외에 우리는 더 이상 다양해질 일이 없었다. 우리 운신의 폭은 푸른 규격 방안지에 그려진 한 칸의 모눈을 벗어나지 않았다.

바로 그 점이 우리에게 있어서 놈이 특별한 까닭이었다. 놈의 머리 위 궁륭이 어디까지 뻗어 있는지 본 사람은 우리 중 누구도 없었다. 누구나 마음이란 걸 갖고 있기에 간과되는 사실이 하나 있다면, 내면으로 침잠하기가 허공으로 뻗어 오르기보다 수월하다는 것이었다. 깊이를 재기도 불가능하며 거기 도사린 짐승의 야만성에 대해 생각해본 적 없지만 사람이라면 누구나 자신의 동굴을 갖고 있다는 사실을 모르지는 않는다. 따라서 거기서 뭐가 튀어나오더라도, 아무리 큰 배신감과 충격에 휩싸이더라도 열 길 물속 한 길 사람 속 같은 말로 무마하며 염세적인 결론을 내리는 데엔 어려움이 없을 것이다. 반면 사람의 신체 — 즉 외곽은 한계가 너무나 분명하기 때문에 자신에게 주어진 모눈 한 칸을 깨뜨리는 사람을 보면 그 이변을 일상으로 받아들이기가 힘들다. 똑같은 삶을 사는데 나와는 다른 행동 범위를 갖는 사람에게는 아무래도 내성이 생기지 않는다. 깊이가 아닌 높이를 말하는 데에는 여러 가지 가시적인 현실 조건이 따르는 법이고, 놈에게는 바로 그것이 없었다. 그것만으로도 내가, 비록 학술제에 교수를 실어 나르는 일을 코앞에 두고 있지만 어떻게든 짬을 내어 놈에게 가보아야 할 이유는, 충분했다.

하이의 모친은 하이가 9개월 때 녀석을 재워놓고 한밤중에 음식물 찌꺼기를 버리러 나갔다가 15층 엘리베이터에서 추락사했다. 6년간 모은 남편 월급을 전세금에 고스란히 쏟아붓는 무리수를 두어가며 평수를 넓혀 이사한 지 넉 달 만의 일이었다. 그동안 하이 모친은 친정이나 외국 장기 출장을 떠난 남편과 통화할 때마다 불안을 호소하곤 했다. 단지 입주자 대표들 간에 알력이 생기고 입주자 대표 회의가 두 파로 갈려서 입주민들은 관리비를 어느 쪽에다 내야 하는지 싸움이 끝나기 전에는 도무지 알 수가 없으며 팽팽한 기 싸움 와중에 속수무책으로 체납 사태가 벌어지니 온수가 끊기고 난방이 되지 않아 집에서도 솜 점퍼를 뒤집어쓰고 있는데 어른이야 추위에 떨고 입김 좀 불어가며 살면 그만이지만 새끼는 어떡하느냐고 훌쩍거렸다. 거기다 이것저것 고장이 나도 관리사무소고 뭐고 손봐줄 인간들은 자리에 붙어 앉은 꼴을 본 적이 없는 데다 망할 엘리베이터는 좁아터진 것까지는 그렇다 치고 무슨 놈의 문짝이 그렇게 광속으로 닫히는지 사람이 내리고 타는 동안 열림 버튼을 꼭 누르지 않으면 얼굴이나 손발이 끼기 예사이며, 문이 다 닫힌 줄로 안 순간 갑자기 제멋대로 다시 열려서 안에 탄 사람을 놀래기도 부지기수인데 벽에 붙은 관리 점검표 유효기간까지 10개월이나 남았음에도 이 지경이면 장차 어찌될 것인지 걱정이지만 도무지 책임자나 전문가는 고사하고 관련자도 없는 듯하니 아무래도 사람 하나 떨어져 죽어야 정신 차릴 모양인데 그게 내가 아니란 법은 어디 있느냐고 토로했다. 그럴 때마다 친정에서는 사태가 진정될 때까지 아이를 데리고 내려와 있으라 했고 남편은 달리 어떻게 해줄 방법이 없으니 조금만 견뎌보라 했을 뿐이며, 하이 모친은 전화통을 부여잡고 앓는 소리를 내긴 했지만 하고많은 사람 가운데 그게 설마 나겠어 싶은 맘도 있었고 근대 5종 경기에 출전할 것도 아닌 이상 겨우 그 정도 불안 때문에 음식물 찌꺼기를 버리는 일로 15층을 걸어서 오르내리고 싶지는 않았다. 어찌어찌 시난고난 운행하던 엘리베이터는 바로 그날 밤 15층에서 사람을 태우고는 반 층 정도 내려가는 척하다 말아버렸고, 비상벨은 울리는지 마는지 모깃소리를 내는 데다 스피커에선 아무 응답도 없으니 하이 모친은 그 순간 패닉 상태가 되어버렸을 게 분명한데, 어른이 되어가지고 밝은 등 아래 당분간 갇혀 있는 일쯤 대수롭지 않지만 문 잠긴 집에서 혹여라도 혼자 깨어날 하이의 두려움과 배고픔에 대한 공포가 앞선 탓이겠다. 결국 그녀가 여기저기 벽을 두드리고 몸부림치다 오작동을 일으킨 엘리베이터는 그대로 바닥까지 떨어졌는데, 마침 그 라인에 사는 주민들 대부분이 설 명절을 쇠러 간 다음이라, 터진 비닐봉지에서 흩어져 나온 음식물 찌꺼기에 뒤덮인 그녀의 시신은 연휴 끝날 새벽 일찌감치 신문을 돌리러 온 배달원에 의해 발견되었다고 한다.

우리에게 알려진 이야기에는 또 다른 판본이 있는데 시기가 설 명절이었다는 것과 시신이 뒤늦게 수습되었다는 데까지는 일치하나, 연휴 마지막 날 새벽에 찾아온 사람은 배달원이 아닌 하이 모친의 친정어머니였다는 것으로서, 그녀는 지난 이틀간 꿈속에 딸이 나타나 제발 와서 하이를 구해달라고 슬피 우는 걸 보고 딸에게 전화했으나 아무래도 받지 않으니 뭔가 일이 생긴 게 틀림없다는 생각이 들어, 명절이라 기차표를 구하지 못하는 상황에서 택시 대절로 여섯 시간을 달려와서는 그대로 딸네 집이 있는 라인으로 직행했는데,

엘리베이터 문이 열리는 순간 딸의 시신을 보고 그대로 기절하는 바람에 결국 정황을 파악하고 하이를 구하기까지는 더 오랜 시간이 지체되었다는 거였다. 어느 버전을 믿든지 간에 결과는 철문 너머로 아이 울음소리가 들리지 않아 긴장하며 구조대원들이 현관 손잡이를 뜯었을 때 기저귀 밖까지 비어져 나오도록 똥을 싸서 바닥에 발라놓은 아기가 이미 울힘도 없는 상태로 마침 손 닿는 데 있던 또 다른 종이기저귀를 볼이 미어지게 뜯어 먹고 있는 장면을 발견했다는 거였고, 아이를 덥석 안아 구급차에 태우기 전에 구조대원들이 한 응급처치는 아이 엉덩이에 붙어 있던 수십 마리 구더기부터 씻어내는 일이었다고 한다.

아무리 기억에 남아 있지 않은 아기 때라 해도 하이의 몸속 어딘가에는 그 무렵의 허기와 고통이 특정 순간에 소환될 만큼은 각인되었을 테고 더구나 훗날 자라서 모친이 그런 방식으로 사망했다는 사실마저 알았을 때는 그 전까지 잘 타던 엘리베이터에 발도 못 들인다거나 일단 타더라도 폐소공포증에 시달리는 등의 증상이 충분히 생겨날 법한데, 하이에게는 그것이 뜬금없는 형태로 찾아왔다.

우리가 같은 반이었던 초등학교 3학년 무렵, 하이는 엘리베이터를 타지 않고도 높은 데를 오르내릴 수 있는 사람이 되고야 말겠다며 건물 외벽을 맨손으로 등반하는 일을 시도했다. 하굣길이었고, 하이네 아파트의 경비실은 빈 채로 잠겨 있었다. 당시 하이네 집은 1층이었는데, 외국 근무를 마치고 돌아온 하이 부친은 그동안 할머니 집에서 돌보던 하이를 데려온 뒤 이사할 때마다 벌레와 쥐의 침입이 용이한 1층을 고집했다고 하며, 한편으론 끔찍한 사고로 아내를 잃은 죄책감과 절망으로부터 탈출하기 위해서인지는 몰라도 초고속으로 재혼했다고 한다. 하이가 처음으로 아파트를 등반한 날은 그러니까 어떤 경로를 통해서든 간에 지금의 어머니가 계모이며 자신의 생모가 어떻게 사망했는지를 알게 된 다음 날이었다. 집이 1층인데 어딜 더 올라가겠다는 것인지는 둘째 치고 도둑 아닌 다음에야 멀쩡한 층계를 놔두고 뭐 하는 짓인지 알지 못할 노릇이어서 우리는 놈을 경찰에 신고할 수밖에 없었는데, 친구들은 우리 중 네가 제일 똑똑하고 논리적이라며 내 등을 떠밀었으므로 내가 전화를 걸게 되었고, 장난 전화가 아니라는 걸 이해시키느라 출동까지 시간이 꽤 걸리는 바람에, 경찰차가 도착했을 때 하이는 가스 배관을 타고 이미 아파트 외벽 2층까지 올라가 막 3층 베란다 에어컨 실외기에 매달려 있었다. 고집부리는 하이를 사다리차로 끌어내리고 난 뒤, 자기 집이 1층인데 3층까지 기어 올라갔으니 도둑으로 간주하고 가택 침입죄를 물어야 할 것인지, 아직 남의 집에 들어가지는 않았으므로 단순 소란 경범죄를 물어야 할지 혼란스러웠던 경찰은 우선 옆에 지켜보고선 우리들 머리를 한 번씩 쥐어박고서 새끼들이 친구랍시고 위험한 짓을 말리지 않고 뭐 했느냐며 애매한 우리더러 책임을 물었고, 다음으로 하이 아빠를 호출하여 자녀에게 적절한 소아정신과 치료를 받게 하는 데 동의하는 것으로 사건을 종결시켰다.

우리는 하이 아빠를 쫓아가 억울함을 호소하며, 보세요 보통 딴 놈들 같으면 친구가 저런 짓 하면 쪽팔려서 냅두고 도망친다고요 하지만 우리는 하이가 떨어지지나 않을까 조마조마한 마음으로 곁을 지켰고(사실은 1층까지만 해도 현실감이 없어 멍하니 바라만 봤는데 정말로 2층까지 가자 경탄과 함께 과연 저 새끼가 어디까지 높이 올라가나 확인하려는 마음도 있었으나) 그런 짓 하기 전까지도 우리는 한심해하면서 뜯어말렸다고요, 야 이미 프랑스인지 어딘지에 유명한 빌딩 등반가가 있으니 네가 그런 거 해봤자 메리트가 하나도 없고 스펙에 도움도 안 된다, 고요. 하이 아빠는 우리에게 만 원씩 쥐여주면서 당분간 하이가 학교를 쉴 테니 너희가 본 것을 아무에게도 알리지 말아달라고 했고 우리는 환호작약하며 하이가 아빠에게 얻어터지거나 말거나 앞다투어 피시방으로 달려갔다. 그러나 그건 하이 아빠가 인터넷 시대의 위력을 몰라서 한 소리였고, 실제로 우리는 당부받은 대로 의리를 지키고 함구했음에도 그 아파트 현장에는 우리만 있었던 게 아니어서 다음 날 포털 메인에 쪽기사로 뜨는 것까지 막을 수는 없었다.

우리는 어렸고 쉽게 스팀을 받는 대신 식는 속도도 빨라서, 처음에 교실이 반짝 소란했을 뿐 일주일 뒤 하이가 다시 학교에 나왔을 때쯤에는 시큰둥해져서 그 화제를 입에 올리지 않게 되었다. 담임은 하이가 재등교하기 전날 종례 시간에 이르기를, 마음의 병에 걸린 친구를 함부로 손가락질하지 말고 따뜻하게 대해줘야 할 것이며 특히 하이에게 정글짐이나 구름사다리만큼의 높이라도 시험 삼아 올라가보라고 종용하지 말 것을 명했다. 모두에게 돌아간 가정통신문의 내용은, 마음의 병이란 시간을 오래 들여야 낫는 것으로서 완치될 때까지 아이의 학습권을 무기한 박탈하는 일은 있을 수 없기에 등교를 허가했다는 것이며, 그럴 일은 전혀 없도록 교원 모두가 일치단결하여 학생들을 돌보겠으나 만약 해당 학생이 학교에서 폭력이나 공포감 조성 등으로 문제를 일으킬 경우 즉시 등교 정지 조치를 취할 것이니 학부모님의 너른 양해를 부탁드린다는 감동적인 편지였다. 그건 결과적으로 학교 측의 기우였음이 증명되었다. 우리에겐 나날이 욱여넣어야 할 일용의 양식처럼 해치워야 할 매일의 숙제가 가파른 절벽처럼 책상에 쌓여 있었고 그러는 사이사이에도 어떻게든 틈을 내어 따먹어야 할 모니터 속의 광활한 평원이 있었다. 우리에게 하이가 돌아버렸다는 사실은 자잘한 교실 폭력에 내성이 생기듯 거의 날마다 일어나는 임팩트 있는 사건 사고에 가려졌다. 만약 반 전체가 돌아가면서 '하이 담당'을 맡아 하이가 미친 짓을 하지 못하게 감시단이라도 의무적으로 꾸려야 했다면 일부에서 불평이 터져 나왔을지 모르나 신기하게도 하이는 학교에 있는 동안은 눈에 띄는 일을 하지 않아서 어느새 아이들의 관심 밖에 머물러 있었다.

대신 그 조마조마함과 아슬아슬함은 하굣길을 함께한 우리가 다 덤터기를 썼는데, 재등교 첫날 하굣길부터 5층 빌라를 기어 올라가는(심지어 이제 자기 집과도 전혀 연고가 없는 건물이었다) 하이를 보자니 우리는 어쩐지 어른들에게 다시 고자질할 의욕이 생기지 않았으며 얼마 더 지나 10층 상가 건물의 7층까지 성공하던 날은 아래에서 응원을 보내기에 이르렀고 마침내는 놈이 미친 짓을 하는 동안 주위에서 어른들이 달려와 판을 깨는 일이 없도록 망을 보기까지 했다. 그러니 정복 장소는 언제나 유동 인구가 제로에 가깝다시피 한 외진 곳이 될 수밖에 없었고, 그중에서도 나홀로아파트가 적절한 장소였으며 경비원이 자리를 비운 틈을 타거나 경비실에서 사각지대인 곳을 고르고 입주민과 눈이 마주칠 우려가 있는 창문가는 가능한 한 피해서 오를 수밖에 없었다.

우리는 하이가 얼마나 더 높이 오를 수 있는지 호기심으로 지켜보았다가, 점차 층수가 늘고 혈관을 누비는 적혈구처럼 빠른 속도로 놈의 모습이 작아지자 뭐라고 이름 붙이기 힘든 감정을 공유하기 시작했다. 놈이 있는 곳은 아파트 10층 정도 높이에 불과했고 문명의 이기를 빌리자면 도달하기에 그리 아득한 높이도 아니었건만, 거기 있는 놈을 올려다보면 그곳은 순식간에 중력의 법칙에서 벗어난 진공의 장소, 이 세상의 논리로 설명할 수 없는 높이가 되었다. 영어도 수학도 몽둥이도 없고 피시방도 없다는 게 좀 문제였지만 하여간 뭐든지 없거나, 있다 한들 그게 뭔지 알 수 없는, 무해하고 독자적이며 배타적인 장소. 그곳에서 놈은 형태를 유지하는 마찰력을 잃고서 산소 질소 칼륨 인 같은 물질로만 존재하는 것 같았다.

그러나 목적지가 점점 높아질수록 어떤 외진 곳에 처박힌 건물이든 간에 대로변이나 그보다 멀리 떨어진 데에서도 이 미친 행각의 정황이 포착되는 건 당연한 일이었다. 우연히 빨래를 널거나 담배를 피우러 베란다로 나온 고층 주거인들이 꾸준히 하이의 뒷모습을 멀리서 발견하기 시작했는데 처음에는 그저 빌딩 창문을 닦거나 외벽 페인트를 칠하는 중이려니 생각하고 신경 껐겠지만 빌딩에 매달린 자한테 줄그네도 청소 도구도 없다는 사실을 누군가의 예리한 시선이 확인한 것이다. 마침 그날은 10년 만이라는 강풍이 분 날이었다는 사실을 나중에 알았고 우리는 안 그래도 바람의 세기가 심상치 않아 오랜만에 하이를 뜯어말렸더랬는데 하이는 이 건물이 디자인 요소로 홈이 곳곳에 패어 잡고 올라갈 데가 많다며 식은 죽 먹기라고 했다. 그럼에도 그날따라 놈이 주물럭거리는 로진백에서 하얀 송진 가루가 더 많이 휘날리는 것 같았다.

그렇게 12층을 넘어 13층에 다다랐을 때 우리 주위로 수십 명쯤 되는 사람들이, 어떻게 해주지도 못할 거면서 공연히 정신 산란하게 비명이나 지르며 모여들었고, 설상가상 소방서에서 출동하여 사이렌이 맹렬하게 울었다. 그저 고개나 꺾고 올려다보는 우리조차 정신이 혼미해졌다. 우리는 사람이 온전히 자기만의 힘으로 저만한 높이에 올라가는 데 얼마만큼의 재능과 노력과 무엇보다 광기가 필요한지 알지 못했지만, 적어도 외부 소요에 의해 단 한 순간의 호흡이라도 자신의 의도나 예상에서 일탈해서는 안 된다는 것만은 알고 있었다. 그때 14층에 닿은 하이가 소란과 기겁으로 끓어 넘치는 아래를 한번 내려다보았고 나는 그 먼 거리에서도 놈의 균형이 흐트러졌음을 알 수 있었다. 그 순간 땅에 발 딛고 선 사람들도 허우적거릴 만큼 바람이 불었다. 아파트 단지 내 상가 앞에 있던 중국집 입간판이 코드가 뽑힌 채로 날아가 승용차 보닛을 덮쳤다. 모두가 본능적으로 고개를 숙이고 외마디 비명을 쳤다. 다시 눈을 뜨고 위를 올려다보았을 때 거기 놈의 모습은 보이지 않았다. 공포와 적요가 모두의 몸을 관통했다.

그렇게 날아간 하이는 우리가 사정을 낱낱이 알지도 못하면서 반 친구들에게 과장을 좀 보태 떠벌린 내용에 따르면

한 블록 떨어진 곳에 있는 연립주택 옥상에서 발견되었고, 어느 나뭇가지에 어떻게 몇 번이나 걸리다가 거기 다다랐는지 경로는 알려지지 않았으나 온몸이 가루가 되지는 않았다고 한다. 다만 머리에서 1리터 가까이 피를 쏟고 몸속 마디마디가 분절된 것만은 분명했는데, 그런 가운데 기적적으로 목뼈와 척추만은 붙어 있어서 목숨을 건졌다고 한다. 그러나 이 이야기는 목숨을 건졌다는 말만 생략된 채 퍼져나가서 다음 날로 하이의 책상에 쌓인 흰 국화 무더기를 본 우리는, 우리 모르는 새 하이의 상태가 악화되어 그대로 죽어버린 줄 알고 수업 시간 내내 훌쩍거렸는데, 마침 그날 출산휴가에 들어간 담임 대신 종례에 들어온 다른 선생님도 그 국화 다발이 착오라는 걸 모르는 바람에 결국 교무실까지 잘못된 정보가 들어갔고 나중에는 누구 입에서 나온 말인지 확인되지 않았으나 구체적인 장례 일시까지 떠돌았다. '절대 안정, 방문 금지'라던 하이 아빠의 사전 엄명을 어기고 우리가 병원으로 찾아갔을 때 영안실 복도에는 학교 어머니회에서 보낸 근조 화환이 수취인 불명으로 자리를 잡지 못하고 덩그러니 서 있었으며 전광판에는 하이의 이름이 보이지 않았다. 대신 하이는 링거 바늘이 꽂힌 손만 남겨두고 미라의 현신이 되어 중환자실에서 이제 막 집중 치료실로 내려온 참이었다. 하이는 우리를 돌아보았을 때 잠깐 기연가미연가하는 눈치였고, 우리는 침대 다리에 달라붙어 울었다. 너 이 새끼

살아 있었구나.

　그 뒤로 하이는 더 이상 어딘가에 오르지 못했다. 아파트
는 말할 것도 없고 정글짐 꼭대기만 올라가도 눈을 깜박이다
비틀거리며 떨어져 내리는 걸 우리가 몇 번이나 붙들어 막고
나서야 하이는 뇌수술 후유증이 평생토록 갈지도 모른다는
가능성을 인정했다. 어느 정도였냐면 그 아버지 입장에서
는 아들이 더 이상 허튼짓을 안 하니 당장은 안심했지만 수
술 부작용은 생각보다 심각해서, 하이는 자기 앞에 놓인 사
물이나 사람과 유지해야 할 최적의 거리를 가늠할 수 없게
되었다. 그 증상은 불규칙하게 찾아와 하이가 손을 내밀어
무언가를 잡으려고 하면 어느 때는 맞았지만 대부분 틀렸으
며, 조금 떨어져 있는 줄 알고 다가갔다가 아무 사람이나 전
봇대하고 부딪쳐 여기저기 깨지기 일쑤였고 바로 눈앞에 있
다고 생각되는 무언가를 향해 팔을 뻗어보아도 빈손을 바람
으로만 채우기가 예사였으니 결국 누군가가 시야에 들어오
면 지레 움츠리거나 물러나기에 이르렀는데, 이를테면 자동
차 사이드미러 하단에 적힌 '사물이 보이는 것보다 가까이
있습니다'라는, 거의 늘 그 상태였다. 자기만의 색채와 도형
이 지나치게 독창적이면서도 불가해한 논리를 갖고 눈앞에
배열되는 일상. 밥숟가락 한번 입에 넣다가도 조준 실패로
몇 번을 흘렸고 신문지 한 장이나 컴퓨터 모니터만 해도 멀

리 팔을 뻗고 보다가 코를 파묻기를 번갈아 하니 독서 행위 자체가 불가능에 가까웠으며 자연히 수험이나 입시란 남의 세상 얘기가 되어서 중학교를 졸업할 때쯤 하이는 자퇴를 선택했기에, 그 무렵부터 우리와 물리적으로 멀어진 것도 필연이었다.

우리는 한 달에 한 번쯤은 하이네 집을 정기적으로 찾아갔는데 그것은 일종의 생사 확인 차원으로서 일말의 죄책감이 밑밥을 깔고 있었다. 그때 우리가 조금만 더 강경하게 놈을 말렸더라면. 그런 만류쯤 귓등으로도 들어먹지 않았을 게 틀림없는 놈을 두들겨 패서 기절이라도 시켰더라면 이런 일은 없지 않았을까, 하는.

사막에서나 만나는 신기루. 주로 정신이 혼미한 상태에서 간절히 바라는 무언가가 불안정한 대기와 지열과 빛 굴절로 인해 형상화되어 나타나는 현상. 오아시스, 물이 콸콸 쏟아지는 문명이 발달한 도시, 또는 고향에 두고 온 여인 같은. 아무리 다가가도 거리가 가까워지지 않으며, 거의 다 왔다고 생각했을 때 다시 저만큼 멀어지거나 흔적도 없이 사라져버리는. 그런 신기루를 마주하며 자신의 인생 자체가 한 폭의 트롱프뢰유인 채로 살아가야 할지 모르는 녀석에 대한 참을 수 없는 불편함은, 죄의식도 죄의식이려니와 하필이면 왜 그때 우리가 이놈 옆에 있어서 — 같은 귀찮음이 혼재되어 있었다. 한편으로 돌이켜보면 이 자식에게 높이 더 높이,를 마음속으로 주문했던 장본인은 우리였지만 그 소망을 실제로 입 밖으로 내지는 않았으니 아무래도 우리 탓만은 아니지 않은가 생각도 하고, 무엇보다 우리 중 누구도 놈의 의식에 더 이상 가닿을 수 없는 걸 알면서, 정기적인 성지순례를 떠나 참회하는 기분으로 하이 집 문을 두드렸던 거다.

우리가 그런 마음으로 들르는 줄 놈은 아는지 모르는지 알면서 모른 척하는지 갈 때마다 평범하게 맞이하며 자신의 근황을 들려주었는데 주로 무슨 아르바이트를 하다가 물건을 죄 엎어서 일당도 못 받고 잘렸다는 얘기 하며, 손 닿는 곳에 분명 있을 것 같았으나 — 보다는 있어야만 할 것 같은데 그것이 저만치 달아나버리는 장면에 이제 웬만큼 익숙해져서 앞으로는 일을 구하고 잘리기까지의 기간이 조금씩 늘어날 것 같다는 전망 따위였다. 무언가를 마주 대하는 순간 여기서 경보가 자동으로 울리는 거야,라고 말하며 하이는 자기 관자놀이께를 손가락으로 두드려 보였다. 그리고 계산을 시작하는 거지, 이것은 곧 나를 덮칠 것처럼 코앞에서 너울거리지만 실은 저만치 떨어져 있다 생각하고 팔을 되도록 멀리 뻗으면 실제로 그것이 만져져서, 눈에는 '이것'으로 보이던 게 실은 '저것'이었음을 알게 되지. 반대로 '저것'으로 보이는 게 실은 코앞에 닥친 '이것'일지 모른다는 경계심을 풀지 않고 함부로 덤벼드는 대신 조금씩 미적거리며 다가가거나 때론 접근 자체를 관두는 거야. 지금까지 그런 식으로 해서 성공률이 꽤 높아졌기 때문에 이제 접시를 깨먹거나 프라이팬에 손을 데는 일이 줄어들 것 같아.

우리는 비닐봉지에 담아 온 맥주를 한 캔씩 따며 놈의 발전을 축하해주었지만 그 말은 생각해보면 한번 뒤엉킨 뇌가 다시 정상으로 돌아오지는 않았음을 뜻했다. 베르니케 뭐라나 하는 실어증이 있고 해마 손상으로 인한 기억장애가 있지만 우리는 거리인지불능증이라는 게 있다고는 들어본 적 없었다. 다만 때로는 여기와 저기를 헛갈리고 실수하더라도 여기에서 저기까지 사이에 그 무엇이 가로놓여 있을 테고 충분히 조심만 하면 대상과의 올바른 거리를 가늠하여 가장 바람직한 간격을 유지할 수 있으며 그리하여 코를 풀 휴지 조각이나마 손에 잡힌다는 사실을 다행으로 여겨야 하는 삶에 대해 조금씩들 생각하고 있을 때였다. 그 무렵 우리 가운데한 놈은 유통기한 지난 가공식품에 먼지만 잔뜩 쌓여 문 닫기 5분 전인 어머니 가게를 돕기로 했고 다른 놈은 아버지가 뇌경색으로 떠난 뒤 남긴 생명보험금으로 장사를 하기로 했으며 대학교에 가기로 결정한 건 나뿐이어서 나는 이놈들에게 얼마나 팔자 편한 인간으로 보일까 싶은 지레짐작이 머릿속을 간질였다…… 아니, 나라고 편한 줄 알아, 가야 할 길의 궤적과 동선이 정해져 있는 게 말처럼 쉬운 줄 알아, 할 줄 아는 거라곤 공부밖에 없다는 게 반드시 아름답고 편안한 미래와 인과관계를 이루는 줄 알아, 당장 노력해서 장학금을 타지 않으면 집안에 학비를 도와줄 이 하나 없다는 흔한 경우가, 흔하다고 해서 견디기도 껌인 줄 알아! 아무도 그렇게 말한 적 없는데 나 혼자 머릿속으로 기승전결을 내고 있었다.

그랬는데 마지막 캔을 비우고서 놈이 먼저 이렇게 추어올리는 거였다. 그래도 우리 중에 네가 제일 잘나가겠구나, 주위에 대학 가는 친구 하나 있다는 게 얼마나……로 이어지는 놈의 말을 잘라버리고 나는 줄곧 조몰락거려 군데군데 찌그러진 맥주 캔에 눈물 콧물을 쏟으면서, 옆에 있는 놈들이 이런저런 사정으로 더 힘들 걸 알면서도, 지하철역 계단을 청소하다 허리를 다친 아버지와 정기적으로 신장을 투석하는 어머니와 다니던 대학을 그만두고 계약직을 전전하던 끝에 체불 임금의 일부라도 받아내기 위해 머리띠를 두르고 뙤약볕 아래 나가 앉은 누나에 대해 주워섬겼고, 차라리 포기할 거 빨리 하고 운신의 폭을 확정한 네놈들이 부럽다고까지했다. 거기서 한마디만 더 삐끗했으면 오늘부로 모든 인간관계를 절단 내기로 작정한 막말로 들릴 수도 있는 상황이었는데, 징징대느라 문법에도 안 맞는 말을 녀석들은 잠자코 받아들이며, 살아 있는 한 칼 같은 좌표를 그릴 수 있는 공간을 가진 놈이 우리 중 누가 있느냐 싶음에도 내가 억지를 쓴다는 사실을 알면서 다만 그래 그래 그래 그래,라고 했다.

첫번째 휴가를 나오던 날 나는 집에도 들르지 않고 군복 차림 그대로 대학병원에 달려갔다. 출발 전 집에 전화했을 때 누나가 전하기를, 오늘 오전 주류를 운반하던 5톤 트럭이 하이를 덮쳤다는 연락이 왔는데 즉사,라고 했단다. 우리는 바로 엊그제 통화하면서 첫 휴가 기념으로 뭉치기로 했더랬 다. 두려움과 슬픔을 느낄 경황이 없이 장례식장에 들어서 다 문득 기묘한 기시감이 들었다 — 언젠가도 이랬던 적이 있었다. 그러나 우리는 이제 어린애들이 아니었고 장례식장 에는 설 자리를 찾지 못한 근조 화환도 눈에 띄지 않았으며 농담도 장난도 모르는 누나가 한 애기인 만큼 허위 과장은 아닐 터였는데, 이번에도 전광판에 하이의 이름은 나와 있 지 않았다. 처음부터 병원을 잘못 찾았나 싶다가 본관으로 가서 응급 이송 환자나 사망자 명단을 데스크에 문의하자 엉 뚱하게도 그 이름은 입원실에 있었다.

이 개새끼들이 나를 속여, 6인실 입구에서 소리치며 들어 서자 다른 환자들이 흠칫 놀랐다. 하이는 베개를 세워 등을 기대고 앉아 있을 만큼 멀쩡한 상태였고 옆에서 다른 놈들 도 영문 모르겠다는 표정으로 나를 돌아보았다. 오해는 곧 풀렸다. 누나가 들은 건 즉사,가 아니라 즉시 와달라는 내용 이었다. 누나는 오래전 농성장에서 연행되어 가다가 옆머리 를 맞은 뒤로 한쪽 귀가 잘 들리지 않았다.

……사람하고 자꾸 일정하게 거리를 두니까 공연히 마음까지 거리를 둔 것 같겠지. 너희들은 내 상태가 어떤지 오래도록 알아왔지만 처음 만나는 사람들 눈에는 내가 이상해 보이는 게 당연해. 나는 분명 힘주어 또박또박 말하고 있는데, 상대방하고의 거리가 너무 멀어서 그쪽이 내 표정을 읽지 못하고 억양을 놓치는 거야. 상대가 그런 반응을 보이고 소통이 되지 않는 건 순전히 내 탓이라는 거지. 나 또한 그쪽이 무언가 말하면 뭐라고요 잘 안 들리네요 다시 한 번 말씀해보시겠어요,라고 대꾸하고 나서야 비로소, 아 코앞에 있는 줄 알고 무례하게 대하지 않기 위해 일부러 뒤로 한 발 물러섰는데 사실은 꽤 멀었구나 하고 깨닫기 일쑤였고. 물리적 거리만이 아니라 매사가 그런 식이었어. 나는 예전처럼 무심코 가까이 다가갔다 그쪽을 다치게 할지 몰라 망설이고 그쪽은 내가 뒷걸음질한 만큼 다가오고 그러면 또 나는 뒤로…… 우리는 상대를 지척에 두고도 링반데룽에 빠져 서로에게 가 닿지 못하는 조난자들 같았어. 그러니 뭐가 될 턱이 있겠냐. 처음부터 사람을, 오래전 내가 도전했던 시멘트 건물이나 그 후로 부딪치기를 피하느라 애쓴 전봇대와 같은 선상에서 대했으니 말이야. 그 사람한테 다가가야 할 때와 멀어져야 할 때를 계속 놓치고 실수하면서 나는 그동안 내 몸속에 이렇게 많은 허허벌판이 있었다는 사실을 새삼스럽게 확인했는데, 이를테면 내 안에 잘못 들어찬 텅 빈 공간이 오

히려 몸의 체적보다 커서 한번 부딪치거나 적절한 타이밍을 맞추지 못할 때마다 나는 누에고치가 뽑아내는 실처럼 몸에서 공간을 토해내는 거라고, 이 개활지를 모두 뱉어내고 나면 어디에도 여분의 빈자리는 없을 테니 그 사람과 가장 적절한 간격을 유지할 수 있을 거라고, 간격을 확정 짓는다는 건 곧 서로에게 다가갈 가능성도 내포한 것인 만큼 우리의 관계는 그때부터 비로소 시작되는 거라고 생각했는데, 아무리 토해내도 내 인식과 감각은 달라지지 않았어. 그 사람이 실망하면서 떠나버린 뒤에야 나는 얼마나 그쪽에 가까이 다다르고 싶었는지, 아니 밀착되고 싶었는지를 알았지. 그래서 쫓아갔어. 그 뒷모습을 거의 따라잡았다고 생각한 순간, 그때만큼은 나를 덮치기 직전인 주류 운반 트럭이나 다른 모든 것들이 눈에 들어오지 않았고 저 멀리 아득한 데 있는 것만 같았거든. 몸이 붕 떠올라 삼색 신호등하고 한순간 거의 눈높이가 같아졌는데도 나한테 무슨 일이 일어난 건지 곧이어 땅바닥에 패대기쳐지기 전까지는 몰랐어.

그러고도 골절상만 입었다니 이놈은 남들이 70년에 걸쳐 조금씩 곶감 빼먹듯 누릴 행운을 한목에 몰아 쓴 게 아닐까 생각할 때, 하이는 침대에 등을 기대고 눈을 감으며 말했다. 그게 다야. 이제 좀 쉬고 싶다.

상황도 장소도 알맞지 않은 데다 맥락도 닿지 않으며 어쩌면 혼잣말로 중얼거리는 데에 가까웠지만 나도 모르게 녀석의 감은 눈을 내려다보며 물었다. 너 그때 아파트에는 왜 기어 올라간 거냐? 아니 내 말은, 15층을 정복하고 나면 그만둘 생각이었냐고. 친구들은 이 새끼가 지금 정신이 있어 없어, 책망하듯이 눈짓하며 내 옆구리를 찔렀으나 하이는 눈 감은 그대로 입을 열었다. 그만뒀을지 더했을지는, 올라가봤다면 그때 생각했겠지. 결국 못 올라갔으니 소용없는 일이지만.

우리는 하이가 잠들 수 있도록 병실에서 나와 그길로 원래 예정된 술자리를 가졌다. 하이의 빈자리는 가열과 팽창의 원리를 상실한 금속처럼 제 부피를 단단히 유지한 채 공간을 점유하고 있었으나 우리는 개의치 않는다는 듯이 떠들고 마시고 곤죽이 되었다.

하이의 상태가 급변하여 뇌출혈로 수술실과 중환자실을 오갔다는 얘기는 부대에 복귀하고 나서 들었다.

두 번의 뇌수술 뒤에도 하이의 지병인 거리인식불능증은 없어지지 않았으나 큰일을 몇 번이나 겪은 사람 치곤 일상생활에 심각한 문제가 없다는 사실만으로도 야생동물에 가까운 회복력에다 기적적인 사례라는 것이 담당 집도의의 견해였다. 그 뒤로 한쪽 다리를 좀 절고 날씨가 궂을 때마다 온몸이 칼로 회를 뜨는 것처럼 아프다고 했으며, 오랜 세월 공들여 몸에 밴 자신만의 거리 감각 조율 및 유지 작용이 한순간

엉망이 되는 바람에 다시 한 번 처음부터 학습해야 했지만, 불규칙적으로나마 일을 하며 살아갈 수 있다는 건 이 수상한 시절에 우리 같은 보통 사람들로서는 조금의 과장도 보태지 않고 행운이나 다름없었으며 범사에 감사할 일이었다.

물론 그런 긍정과 축복의 한가운데에서도 하이에게는 수술 후유증인지 그저 우연인지 이제는 아무래도 상관없지만 또 새로운 증상이 나타나 우리는 긴장하지 않을 수 없었는데, 그것은 귤을 비닐봉지에 담아 손님에게 내밀던 어느 날 갑자기 나타난 현상이었다. 비닐봉지가 하이의 손에서 떨어지자 여남은 개의 귤은 보도를 굴러 도로까지 떨어지더니 지나가던 차바퀴에 밟혀 상큼한 소리와 함께 터졌고 신용카드를 내민 자세 그대로 손님은 망연자실 서 있다가 수 초나 지나서야 비명을 질렀으며 지나가던 사람들이 쓰러진 하이를 구급차에 실었는데, 응급실에 실려간 놈의 바이탈 사인은 모두 정상이었단다. 그로부터 세 시간쯤 지나 우리가 도착했을 때 하이는 이미 깨어나 있었고 대체 이게 어찌된 일이냐는 우리의 물음에 정신을 잃기 전 자신이 본 것을 들려주었지만 그것은 우리가 무슨 약을 먹거나 어떤 꿈을 꾸어도 상상하기 힘든 장면이었다.

그것이 왔을 때 오래된 전구의 필라멘트가 끊어지는 것과 같은 소리가 귀 아닌 눈으로 들렸다 한다. 눈을 떴을 때 앞에는 손님도 거리도 사라지고 부연 유산지 같은 허공이 보였고, 손을 내밀자 물컹한 촉감이 선연했다고 한다. 그것은 냄새는 없었지만 갑자기 이리저리 움직이더니 끈적거리는 촉수를 뻗어 자신을 흡수했기 때문에 기분은 썩 좋지 않았다고 하며, 그럼에도 거기가 자신이 있어야 할 곳인 것처럼 생각되었다 하는데, 우리로서는 도무지 짐작하고 싶지 않았지만 하여간 이미 정상적인 그림은 아니었다. 눈을 두어 번 끔벅거려 간신히 현실로 돌아오는 데에는 성공했지만 자기가 상대방에게 내민 비닐봉지를 바라보았을 때 팔꿈치 아래로 아무것도 보이지 않았고, 잘려나간 손목이 다른 공간을 떠돌고 있다는 확고한 느낌만 환상통처럼 어깨를 타고 목까지 올라왔는데, 그때 눈앞으로 어떻게도 변형과 율동이 가능한 아라베스크 무늬와 흡사한 평야가 펼쳐지면서 놈은 뒤로 넘어졌다고 한다. 자빠진 자신의 주위로 모여드는 소리는 번역 불가능한 암호 같은 음성을 취하면서도 손에 만져질 듯 떠다녔고, 다음 순간 신체의 안팎이 완전히 전도되어 뼈와 근육과 장기가 외부로 돌출되고 피부와 머리칼은 내부로 접히며 몸 외부에서 세찬 맥박이 느껴지는 불가해한 상태가 정신을 잃을 때까지 계속되었다 하는데, 뭔가 흥미롭기는 하나 자주 찾아오면 위험한 감각일 것 같았다.

무엇보다도 이런 발작이 수시로 기면증과 같이 찾아오니 놈은 과일을 파는 일조차 계속할 수 없게 되었다. 그동안 어떤 작은 일이든 간에 하이 아버지의 자잘한 인맥을 통했는데, 이제 아무 때고 픽픽 쓰러져서 저세상 문턱을 밟고 돌아오는 인간을 부리고 싶어 할 점주는 없었다. 문턱을 자주 밟는 놈은 언젠가는 문지방을 넘어서게 마련이라며.

우리 또한 수시로 하이가 밟는 문턱의 존재를 이해하고 싶지 않았다. 우리의 육체가 기거하는 공간과 행동반경이란, 고작 먹이 운반을 위해 배에서 페로몬을 뿌려대는 개미의 이동 경로 정도에 불과했다. 한 놈은 결국 망한 어머니 가게를 접고 떡볶이와 어묵을 파는 리어카를 끌고 다니면서 오히려 가게 때보다 수입이 나아졌다는 걸 피부로 느끼는 순간 자릿세를 받으러 온 지역 어깨들하고 한판 붙었다가 경찰서를 들락거리고 끝내는 도시 미감을 해친다는 이유로 다른 리어카들과 함께 퇴출된 뒤 새로운 장사를 모색하고 있었다. 다른 놈은 아버지의 생명보험금을 진작 날려먹은 뒤 아는 사람의 소개로 시큐리티 회사의 용역으로 들어가 거대 주상복합 아파트의 로비에서 방문객을 체크하거나 택배 보관 및 전달을 비롯하여 주차 업무를 하면서 거주자들의 생떼와 폭언과 손찌검을 고스란히 받아내는 생활로 잔뼈가 굵었는데, 시큐리티 회사에 예전과 달리 태권도학과나 경호학과를 전공한 대졸자가 점점 늘어나면서 위기의식을 느끼고 있었다. 나는 막 대학원에 들어가 행정조교 일을 하며 목하 동네북 생활 중이었지만 이 일은 녀석들 보기에 삶의 현장에 치열하게 부딪치는 것과는 느낌이 좀 다를 터였고 따라서 나는 또 한 번 녀석들에게서 유리되는 것 같았다. 이때쯤 하이와 나를 제외한 대부분의 친했던 동창들은 서로 청첩장이나 자식 새끼 돌잔치 초대장을 보내곤 했는데, 그런 보편적인 삶의 장면에 속해 있지 않은 나는 언제라도 필요할 때 현실의 공간을 탈출하여 다른 세상을 방문할 수 있는 하이를 경이의 눈빛으로 바라볼 수밖에 없었다. 실제로는 그 어떤 동기도 열쇠도 없이 자의적인 방문도 이동도 불가한 데다 공간 자체도 그다지 유쾌하지 않은 세계였으나 그게 바로 지금, 바로 여기가 아니라는 사실만으로도.

  그 무렵 무슨 생각인지 하이는 아파트를 다시 오르기 시작했다. 나는 언젠가 병실에서 공연한 이야기로 놈의 기억을 들쑤셨나 보다 싶어 후회막급이었지만 친구들은 내 탓이 아니라 그저 자연스럽게 그리 될 수순이었다는 듯 심상하기 이를 데 없었다. 그러나 이제 어린 날과는 달랐고 다리를 절며 뇌도 성하지 않은 놈이었다. 공중에 매달린 채로 언제 다른 세상에 다녀올지, 갔다가 돌아올 수나 있을지 모를 일이었다. 거리를 인식하지 못하는 상태에서 자기가 오른 곳이 얼마나 높은지, 땅하고의 거리가 얼마나 먼지 감각이 없을 테니 예전보다 더욱 위험하고 무모한 시도를 할 것임을 어렵지 않게 짐작할 수 있었는데 그 와중에 중요한 건, 대체 수많은 산속의 암벽을 놔두고 왜 하필 아파트란 말이냐. 그때 한 녀석이 핀잔을 주었다. 암벽은 누구나 타도 되는 거니까 안 쪽팔려서 그러냐? 네가 걱정하는 건 그 새끼 몸이 성치 않아서냐, 아니면 남들이 보통 암벽을 타지 아파트는 안 타니까 남보기 쪽팔려서냐? 아파트건 암벽이건 자기가 세상 끝까지 좀 올라가겠다는데 뭐 그리 문제야. 발작? 실컷 일으키라고 해. 그때 되면 거기가 그 녀석 죽을 자리인 거지 뭐. 친구들은 어느새 나와는 다른 방식으로 하이라는 존재 자체에서 흘러나오는 템포와 파장과 리듬을 이해하고 있었고 따라서 나는 조금 부끄러웠다.

그사이 세상에 새로 지어지는 아파트들은 최저 기준을 30층으로 합의라도 본 것처럼 저마다 경쟁하듯 하늘로 하늘로 오르기만 했고 그 모습은 전래동화 시절부터 쓸데없는 장난에 집요하게 목을 매는 할멈이 지금까지 요술 부채로 부치고 있는 영감의 코 같아서, 자고 일어나면 또 새로운 아파트가 먼젓번 아파트 옆에 층을 더해 솟아올랐으나 그중에서 나나 친구들이 범접할 수 있는 곳은 없었다. 우리는 우리가 속한 세상의 범위와 한계를 잘 알았고 축척된 지도에 표현되지 않은 영토를 확장할 꿈을 꾸지 않았으며 저 안에 들어 있는 누군가와 동일한 시공간에서 살아간다고 생각해본 적 없었다. 그토록 주제를 잘 아는 우리에게 하이라는 놈은 옛이야기 속의 바보 셋째나 미친 막내가 그랬듯이 어처구니없는 상황이나 무리수에 우리 대신 자신을 인신공양하여 카타르시스를 가져다주는 존재였다. 놈은 가는 곳마다 문제를 일으켰고 아파트 거주자들은 불안해서 살 수가 없다며 놈을 수십 차례 고소했지만 놈이 정복하는 높이는 15층에서 20층으로, 30층으로 갈수록 높아졌으며 마침내는 일종의 도시 명물이 되어 케이블 방송사에서 현장 취재를 나오고 유명 운동용품 메이커가 스폰서로 붙기 위해 접촉을 시도했다. 하이가 그러는 동안 나는 몇 편의 소논문 발표와 함께 친분 있는 각 학교 교수들의 운전사나 컴퓨터 수리 기사 또는 이삿짐센터 대행을 하면서 인맥을 넓히기에 총력을 기울이고 있었으며, 가끔 텔레비전을 통해 놈의 뒷모습을 보고 놈이 정복하는 높이에 대리만족을 느끼며 실소하곤 했는데, 그럴 때마다 빌딩의 높이란 어쨌든 유한한 것이며 궁극적인 이탈은 놈의 머릿속 어딘가에서 튀어나올지 모르는 세계를 향할 때만 가능하다는 생각마저 들었다.

이번에는 진짜였다. 설령 양치기 소년이었던들 우리가 저승 노잣돈이나 쥐여주고 털어버릴 만한 인연은 아무리 생각해도 아니었기에, 어떻게든 얼굴이라도 비쳤다가 미친 척하고 액셀을 밟으면 지방에서 열리는 학술대회 시작 시간에 간신히 맞출 수 있겠다 싶어 앞뒤 사정을 듣지 않고 달려온 길이었다. 영정 사진을 보고는 그 아래 관에 놈의 시신이 들어 있다고 생각할 수밖에 없었지만, 동창들 얘기를 듣자니 관은 비어 있단다. 그러니까 놈이 깎아지른 45층 높이의 아파트에 오른 것까지는 맞는데, 그날 22층에서 놈이 무슨 이유에선지 머뭇거릴 때 가랑비가 내리기 시작하더니 33층에 이르렀을 때는 이미 폭우가 되어서 취재 기자들이 그만 내려오라고 소리를 질렀으나 그 소리가 닿지 않으니 날이 궂은데도 헬기를 띄웠다는 거였다. 나는 빗소리보다도 온몸에 무게를 보태는 빗방울보다도 헬기 소리가 얼마나 놈에게 방해가 되었을지 알 수 있었다. 37층에 놈이 닿았을 때는 이미 호우주의보가 발효되기 시작했는데, 놈은 지난번 자기가 정복한 40층이 눈앞에 있었기 때문에 손이 미끄러지는데도 불구하고 올랐다는 거였다. 그러면 미친 새끼 41층 갔을 때 그만둘 일이지, 하고 울음 섞인 목소리로 투덜거리며 한 놈이 코를 풀었다. 옆의 놈이 어깨를 두드리며 말하기를, 입장 바꿔놓고 생각해봐라 너 같으면 4층이 남아 있는데 거기서 그만두고 싶겠냐, 했다. 그건 한편으론 일리 있는 말이었지만 도대체 땅바닥에 붙어서 사는 우리가, 자신이 얼마나 높은 곳에 임했는지조차 알지 못하고 그저 끌리는 대로만 올라갔을 하이와 입장을 바꾼다니, 육각 벌통에 사는 일벌 한 마리가 얼룩민목독수리와 비행의 고도를 바꿔보자는 얘기나 다름없었다. 최초의 동기가 어쨌든 간에 하이의 1차 여정은 이미 모친이 추락사한 15층에서 종료되었고, 그 이후로는 여기가 아닌 다른 곳을 무한 탐색하는 과정에 지나지 않았다. 45층에 올랐던들 놈이 만족했을까. 사람들이 일반적으로 말하는 만족과는 조금 다른 성질의 것으로, 내부에서 솟아오르는 어떤 힘이 놈을 잡아당겨 올라가는 거였을 터다. 지구의 중력에서 어떻게든 도망치고자 하는 힘이.

여하간 44층에 놈이 다다랐을 때, 아파트에 세로로 걸려 있던 무슨 건설회사인지 시청인지를 규탄하는 붉은 현수막이 그전까지 간당간당하더니 결국 찢어져선 하이의 몸을 휘감고 날아갔다 한다. 그때는 이미 심한 폭우에 기온이 급강하하여 아래에서 구경하던 인파도 별로 없이 방송사를 비롯하여 소방차와 구급대원 정도만이 모여 있었기에, 눈 깜짝할 새 일어난 일에 누구 하나 비명조차 지르지 못한 채 얼어붙었다고 한다. 물에 흠뻑 젖은 현수막이라 오래전 우리가 과장을 섞어 영웅담 모양으로 떠벌렸을 때처럼 몇 킬로미터 밖으로 날아가지는 않고 그저 인근에 떨어졌는데, 그 주위에서는 쿵 하고 지축을 뒤흔드는 소리가 나는 대신 젖은 천이 세차게 펄럭였을 뿐이라고 하며, 물론 빗소리에 먹혀서 그런가 보다고 짐작한 구급대원들이 현장에 다다랐을 때 현수막 안에는 아무도 없었다고 한다. 철수하려던 헬기는 반경 수 킬로미터를 맴돌며 현수막에서 공중 분리되어 추락했을 사람의 시체를 찾아다녔고, 현수막이 날아가는 장면을 찍은 방송사에서는 몇 번이고 화면을 재생했지만 사람이 따로 떨어져나가는 모습은 포착되지 않았다고 한다.

그러니 하이는 그대로 사라진 거였다. 나중에 어디서 발견되든지 간에 그것은 이미 시신이라고 생각할 수밖에 없으니 장례를 치르자는 유족 뜻에 따라 이렇게 빈 관인 채로 영안실이 마련되었다 한다. 다 벗어지고 옆머리만 일부 남은 하이 아버지의 백발은 형광등 불빛 아래 가늘게 떨리고 있었으며 하이의 새어머니는 이것이 지상에서 완수해야 할 최후의 과제라는 듯 말없이 문상객 응대에 혼신을 기울이고 있었는데 가끔 사람들에게 중얼거리곤 했다. 내가 할 말은 아니지만 지금까지 하늘이 돌봐준 덕에 위험한 경우를 여러 번이나 모면해왔으니까요. 이제 그 애 어머니도 그 애를 같이 불러서 쉬고 싶었나 봐요. 나는 소주잔을 내려놓으며 고개를 저었다. 시신이 발견되지 않았다면 하이는 필시 지금 다른 세상에 잠시 다녀오는 중이고 그것은 자기의 머릿속에서 흔들리다 주름이 진 의미 불명의 세상이 구체화된 어떤 곳일 테며 거기가 어떤 곳인지는 모르지만 우리 같은 사람들이 오감으로 확인할 수 있는 곳은 아닌, 세상 안이면서 동시에 세상 밖이리라고.

언젠가는 분명 아무 일도 없었다는 듯 놈이 다시 돌아와서 미처 정복하지 못한 45층의 마지막 한 층에 도전할 것만 같다는 평화로운 생각에 젖은 채 영안실 로비로 나와 휴대전화를 보니 부재중 전화 기록이 열 통이 넘었다. 모두가 한 번쯤 올려다는 보지만 대개 올려다만 보고 마는 허공의 세계에서 내려와 내가 속한 비포장도로에 차바퀴를 갖다 대야 할 때였다. 학회 이사, 학회 총무, 학회 회장, 그 외 기타 등등의 인간들에게 차례로 응대해주어야겠지만 그 가운데 동행해야 할 지도교수가 먼저였다. 육십대 초반의 이 교수는 같은 과 다른 교수들에 비하면 점잖고 공명정대한 편으로, 논문을 싣거나 연구 실적을 낼 때도 무조건 제자들을 잡아 돌린 뒤 이름만 대표로 올리는 게 아니라 최소한 초안 정도 그려 내놓을 만큼은 양식과 경우가 있어서 그 밑에 있는 나는 다른 조교들보다 부당한 일을 상대적으로 덜 당하는 축에 속했는데, 본인이 그런 성격인 데다 여성이기 때문에라도 그렇지만 교내 권력 쟁탈전에서는 언제나 가장 뒤로 밀리는 유형이니 다른 선배들이 나를 걱정하곤 했더랬다. 너 정말로 그 선생님 밑에 있어서 되겠냐 후회 안 하냐 그대로 있으면 너 언제 자리 잡을지 몰라 세월아 네월아야 —라고 조언했던 선배들은 지금 교내 중앙도서관 앞에서 시간 강사의 최저임금을 개선하기 위한 천막 농성을 벌이고 있었다.

그런 교수이기 때문에 나는 결국 이렇게 말했던 것이다. 죄송합니다만 저는 못 갈 것 같습니다. 아무리 사람 좋은 교수였지만 운전사가 당장 배를 째고 앉으니 수화기 너머로 당황해하는 목소리가 역력했다. 아니 왜 자네, 일부러 자네 기다렸는데 무슨 일 있는가. 나는 목소리를 착 가라앉히고 대답했다. 사적인 일이고 나중에 자세히 말씀드리겠습니다.

교수로선 지금 동행이 안 된다는 사실이 중요하니, 내게 일어난 자세한 사정이라는 것을 추후에 굳이 알고 싶어 할 까닭이 없다는 걸 알면서도.

교수와 통화를 마친 뒤 나보다 두 살 위인 학회 이사에게 전화했더니 이사는 나를 몇 번이나 보았다고 말을 놓아가며 그걸 제때 처리해주지 않으면 어떻게 하란 말인가 운운, 전혀 내 소관이 아닌 발표자와 토론자 및 행사 진행 문제와 관련해 온몸의 무게중심을 목소리에 실으며 생떼를 쓰기 시작했다. 이 인간 진상 부리는 게 어제오늘 일인가 싶어 처음에는 총무한테 확인해보시는 게 빠르다고 예의를 갖춰 말할 생각이었는데 나는 어느새 오늘만 살고 관둘 것처럼 냅다 소리치고 있었다. 그러니까 됐고 총무랑 알아서 하라고요. 나랑 몇 번 얘기해봤다고 전화상으로 반말 찍찍 까세요?

상대가 황당해하고 있을 틈을 타서 전화를 끊었다. 지금까지 겪어온바 맘먹고 들이대는 사람에게 의외로 약한 모습을 보이는 인간이 적지 않았다. 몸을 격렬하게 뒤치는 지렁이 앞에서는 구둣발도 어디를 밟아야 치명적일지 몰라서 잠깐은 멈칫한다. 그 뒤에 지렁이를 기다리는 운명이 압사뿐이라고 해도, 끝내 꿈틀하지 않으면 여기 아닌 다른 데로 가기란 요원하다.

일단 지르고 봤더니 그전까지 장난감 통에서 쏟아진 레고 블록 무더기처럼 눈앞에 의미 없이 흩어져 있던 세계가 조금씩 움직이기 시작했다. 유성과 점성과 최소한의 온기로 이루어진 세계가 감은 두 눈 안에 착시의 잔상처럼 펼쳐졌다가 곧 흔들리며 녹아내리기 시작했다. 형태는 기묘했으나 따뜻했고 세상이라는 산포도 안에 찍힌 그 어떤 점보다도 합리적이며 생성과 소멸의 시기를 잘 아는 세계였는데, 그것이 다 녹고 나자 가슴 어딘가를 막고 있던 고무마개가 뽑혀 나가면서 온몸이 영혼의 배수구로 빨려 들어갈 것처럼 심장이 소용돌이쳤다. 하이가 가끔, 무엇보다 마지막으로 다다른 곳의 풍경은 어떠했는지 나는 궁금했다.

파르마코스

눈에 손대지 마시길. 이 집에 들어오기 전 약속한 대로, 그 눈가리개를 내 이야기가 끝날 때까지 결코 풀어선 안 됩니다. 가능하면 이곳을 떠날 때까지가 좋겠습니다. 나가는 문까지는 제가 안내하지요. 이제 와 새삼 치욕을 감추고 싶어서가 아니라, 누룩과 같은 호기심으로 빵처럼 부풀었을 것이 틀림없는 당신 심장의 안위를 염려해서인데, 내 말을 믿지 못하겠다면 그걸 벗어도 좋습니다. 하지만 잊어서는 안됩니다. 오르페우스가 하데스의 말을 의심했을 적에 그 아내는 지옥으로 끌려 들어갔고 간청에 못 이겨 본모습을 보인 제우스 앞에서 세멜레가 한 줌 재로 스러졌으며 뒤를 돌아본 소돔의 여인은 소금 기둥이 되어버렸다는 옛이야기의 패턴을. 서사란 본래 금기를 깬 자들이 맞이하는 비극으로 이루어져왔고, 비참한 상황이 유발하는 카타르시스에 대한 독특한 취향 또한 무시할 바 못 되니 스스로 한번 그 주인공이 되어보겠다 생각하신다면 그 뜻을 존중하겠습니다만, 당신이 이걸 본댔자 얻을 수 있는 거라곤 경련성 발작과 심장마비가 고작일 겁니다. 이 일에 대해 풍문으로 익히 들은 바 있고 마음의 준비가 다 되었으니 괜찮다 하시겠지만, 눈과 귀가 모두 두 개씩이라 하여 듣는 것과 직접 보는 것의 무게와 충격이 같지 않답니다.

그날을 복기하기 위해서는 무엇보다도 그해 내내 우리를 고통과 혼란에 빠뜨리고 아우성을 쥐어짜냈던 갈증을 언급해야 합니다. 한 손가락으로 지그시 누르기만 하면 그대로 속이 텅 빈 비스킷처럼 바스러질 것만 같았던 우리의 육체와, 풀리지 않는 암호 또는 불가해한 신탁(神託) 같았던 우물의 존재를 설명해야 합니다.

비가 내리지 않은 지 80일쯤 되던 어느 날, 마을의 우물은 말라버렸습니다. 그러기 이전에 한두 벌 간단한 빨래나 하는 게 고작이었던 실개울이 갈라진 바닥을 드러낸 건 물론입니다. 그사이 기우제를 두 번 지냈지만 소나기 한소끔 볼 수 없었고 얼마쯤 지나서는 풀잎에 새벽이슬조차 맺히지 않게 되었습니다. 새로 우물을 파는 공사를 기꺼이 할 만한 남자들은 많지 않았고, 설령 장정들이 있다 한들 지하의 어느 수

원에서 어떤 공법으로 미답의 물줄기를 발굴해낼 수 있을 것인지, 땅 밑의 세계나 관개에 지식이 있는 이들도 없었습니다. 물론 온몸과 마음을 다 바쳐 필요한 만큼의 물을 얻을 방법이 없지는 않았습니다, 가족 모두가 양손에 들통을 하나씩 나눠 쥐고 왕복 한나절 거리에 있는 산속 샘물까지 다녀온다면요. 그러나 한 집안에서 그만한 힘을 쓸 수 있는 사람은 남편과 아내, 잘해야 큰아들 큰딸까지나 될까요. 그 인원을 총동원한다 해도 딸린 식구들이 모두 넉넉히 사용할 만큼 물을 길어온다는 건 애초에 무리였고, 무엇보다 급경사에 출렁거리는 물을 흘리지 않으면서 하산하기란 불가능에 가까웠으며, 천신만고 끝에 물통을 들고 집에 다다라서 내려다보면 줄곧 흔들려온 통이 어느새 바닥을 드러낸 모습을 발견한 경우도 적지 않았습니다. 뿐만 아니라 물을 구하러 갔다가 늑대나 곰에게 물려 죽는 이들도 종종 생겼는데 그런 환경에서 하루 한 번씩 온 가족이 물을 긷는 여행을 한다는 건, 타인의 지혜 또는 신물(神物)을 제공받는 영웅들의 모험담에서나 가능한 일이었습니다. 집집마다 밭이 갈라졌고 키우던 소와 양들은 싯누렇게 말라비틀어진 풀만 씹다가 하나둘씩 쓰러져갔는데, 개중에는 이대로 죽을 수 없다며 짐을 챙겨서는 도시로 떠나는 가족도 있었습니다. 그러나 그들을 태워간 말들도 물 부족으로 쓰러지기 일보 직전의 상태에서 출발했으니 어느 순간부터는 탈진한 말을 버리고 걸어야 했을 텐데, 그들이 도시에 무사히 다다랐는지 아니면 가던 길 어딘가에서 짐수레만 남겨놓고 까마귀밥이 되었는지는 하느님만 아실 겁니다.

그러던 중 기적적으로 가랑비가 내린 날이 있었습니다. 거의 석 달 만의 일이었고 사람들은 떨리는 손을 움직여 집 안모든 그릇을 꺼내다 비를 받았지만, 폭우도 아니고 두 시간채 내리다 말아서 그릇마다 받은 물의 양은 보잘것없었으며흙의 해갈에도 도움이 되지 않았습니다. 이미 메말라 굳은땅을 반 보지락만큼이나 적셨을까, 흙 속에서 지렁이나 달팽이 한 마리도 기어 나오지 않을 정도였지요. 정말이지 사람이 아직까지 살아 있는 게 신기할 만큼 마을에는 날벌레나길벌레 한 마리 눈에 띄지 않았고 땅 자체가 보비력(保肥力)을 상실한 상태여서 곧바로 무얼 다시 심거나 거두어들이는일은 꿈꿀 수 없었습니다. 벌도 나비도 모두 떠난 자리에 바람만이 꽃가루를 실어 나를 뿐 열매를 맺기까지 버티겠습니까. 우리는 하느님의 자비만을 기대하며 목숨을 이어 붙이고 있었습니다.

그럼에도 사람들의 기도가 조금쯤 통한 탓인지, 가랑비가잠깐 머물다 간 뒤로 메마른 우물 바닥에 다시 물기가 도는은혜를 입었지만, 그 양은 터무니없이 적었고 누군가가 그걸 독차지해버리면 한밤중 등에 칼을 맞을지도 몰랐기 때문에 섣불리 건드리기는 매우 조심스러울 수밖에 없었습니다.

마을 사람들은 각고의 토론을 거쳐서 각 집마다 하루 단 한 번, 단 한 두레박만큼의 물을 길어 가기로 했습니다. 씻거나 요리할 수 없어도 최소한 식구들이 목을 축일 만큼은 나눠 갖자는 취지였는데, 이후 폭우가 단 한 차례라도 내리거나 혹은 는개가 되더라도 자주만 온다면 그때 규제를 풀기로 하고 모두 이에 동의했습니다. 정해진 이상의 물을 길어 가는 사람을 잡아내기 위해 우물 옆에 파수꾼을 따로 두지는 않았는데, 누군가 거기 붙어 앉아 종일 눈에 불을 켠다 한들 일단 그이부터 갈증과 열사에 지쳐 사망할 위험도 있거니와 그가 물을 몰래 빼돌리지 않으리라는 보장도 없었고, 한두 사람 탐욕이 쌓인 결과로 마을 어떤 집에서 한 두레박만큼의 물도 얻지 못했다고 말이 나올 적에는 모든 집에서 공동 책임을 지고 가진 물을 내놓기로 했기 때문입니다. 그 같은 일이 반복된다면 그다음 번에는 양심과 징계 차원에서 마을 모두가 흙바닥에 물을 쏟아버리기로 합의했지요. 그 피 같은 물을 무의미하게 소비한다는 조치는 물 도둑으로 누군가를 색출하여 돌팔매질하는 것보다 강력한 제재가 되었어요. 남보다 키우는 소가 더 많은 집, 집에 아이나 병자가 있는 경우도 예외 없이 주어진 조건에 맞출 수밖에요, 각별한 사정 없는 이 없고 하나둘 그러기 시작하면 너도나도 예외에 속할 권리를 얻고 마니까요. 물론 그런 과정에서도 가축을 비롯하여 딸린 식구가 좀더 많은 어떤 이들은 그 같은 방침에 동의할 수 없다면서 매일같이 한나절이 걸리더라도 산속 샘까지 오가겠다고도 했지만, 실제로 그렇게 물을 뜨러 떠난 이들이 돌아오지 못하고 더한층 진해진 피냄새만 산바람에 실려 오는 것을 모두가 어렴풋이 느낀 다음부터는 더 이상 물 분배 문제로 말이 나오지 않았고, 사람들은 명백한 위험과 공포보다 시간싸움을 선택했습니다.

딱 죽지 않을 양의 물을 매일같이 얻으면서 사람들은 서로를 향해 낫이나 쇠스랑을 들이대지 않을 만큼은 제정신을 유지할 수 있었습니다. 우선 쇠붙이를 휘두를 정도로 체력이 남아도는 이도 없었거니와 단 한 사람이라도 미쳐 날뛰는 순간 우리 모두 끝이라는 걸 모르지 않았기 때문인데, 이처럼 아슬아슬한 균형을 누구 좋으라고 지켜나갈 필요가 있는 건가 극한의 통제란 결국 일주일 뒤 말라 죽을 꽃을 한 달간 시름시름 살려놓는 격이 아닌가 하는 생각을 저마다 했을 테지만, 사람이 육체가 받쳐줘야 정신이 맑아지고 논리가 생기는 법이니 오랜 가뭄에 시달린 우리는 그런 의문을 제기할 여력이 없었습니다. 그 가운데 고통을 스스로 관리하지 못하는 어린애들이나 내성이 약한 노인들이 꾸준히 죽어갔고, 가족의 불운한 퇴장을 지켜보던 이들에게서 어쩌면 조금쯤 안도하는 빛마저 드러났음은 우연이 아닐 겁니다.

그 무렵 수가 일을 저질렀습니다. 수와 나는 격일로 우물에 다녀왔는데 수가 당번이었던 날 그 아이는 평소보다 반

시간가량 늦게 돌아온 데다 손에 쥔 물통에는 절반밖에 물이 담겨 있지 않았습니다. 반쯤 채워진 물통을 보고 이 사람은 물이 반밖에 없네, 저 사람은 물이 반이나 들었네,라면서 좋은 쪽으로 생각하면 세상 모두가 아름답게 보인다는 희망의 주입을, 당신은 믿나요? 지금처럼 저수지가 많고 펌프를 누를 때마다 원하는 대로 물을 얻을 수 있는 당신들은 아마 그럴지도 모르겠지만, 그때의 우리에게 있어서 물이 반 담긴 통이란 텅 빈 거나 다름없었기 때문에 나는 주저앉을 뻔했어요, 엄마는 비명을 지르며 수의 멱살을 붙잡았고요. 그 바람에 물통이 흔들리는 걸 보고 그나마 남은 물마저 엎어버릴까 조마조마하여 나는 수의 손에서 물통을 조심스럽게 빼앗았습니다. 그런 상황에서도 나는 이성적이고 합리적인 사람이어서, 우물가에서 필시 다른 이들과 싸움이 났거나 뭔가 다른 이유로 평소보다 물 배분이 적게 되었나 보다고 생각했습니다. 그도 그럴 것이, 우물에 고인 물이 언제 다시 바닥나도 이상하지 않을 만큼 비 없는 날이 이어졌으니까요.

엄마가 바닥에 무릎 꿇은 수의 머리카락을 끌어다 부엌 벽에 짓이기자 그 애가 입을 열어 소리쳤습니다, 엄마 잘못했어요. 그러기가 무섭게 문득 구토를 할 듯이 입술을 오 자로 동글리고 저 혼자 목을 부여잡기에 엄마와 나는 멈칫했는데, 이 가뭄과 더위에 잘못 때려 사람을 죽이기라도 하면 송장 치우는 일은 어쩌나 싶은 마음이었습니다. 그러나 다음 순간 우리는 그 아이의 벌린 입술을 차례로 비집고 나오는 핑크 장미 두 송이와 진주 두 알과 다이아몬드 두 개를 볼 수 있었습니다. 그 방향(芳香)과 눈부신 빛에 우리가 황홀해하기보다 두려움이 앞섰던 이유는, 필시 훔쳤을 것임에 틀림없다는 짐작 때문에도 그렇지만 아무리 그래도 어찌 그 많은 양을 삼킬 맘을 먹을 수 있을까, 지금까지 우습게 보고 내키는 대로 부려먹기를 일삼았는데 — 이 말을 오해하면 안 됩니다. 당신들 세대에서 좀 나아지거나 형태가 바뀌었을지 몰라도 우리 때는 자식이란 집안의 노동력이었고 부모가 자식을 착취하는 건 당연한 일이었으며 그들도 그들의 윗세대도 오래도록 그래온 규칙에 가까운 관습으로, 공평한 노동의 분배 없이 그 애 혼자만 고생했다고 생각하시면 안 됩니다 — 생각보다 독하고 무서운 아이가 아닌가 싶었던 겁니다. 거기에 훔쳐 꺾은 꽃이라면 — 대체 이 지경에 꽃이란 어디서 났을 것이며 무어 쓸 데가 있어서 훔친단 말입니까 — 그냥 치마폭에 싸안고 오면 될 일을 굳이 삼켜서 운반해 왔다면 그건 그야말로 정신이 나간 거잖아요. 목구멍이 가시에 찔릴 텐데. 엄마와 나는 침묵을 지키며 공포 때문에 갈증도 잊은 채로 수가 이 보석과 꽃에 대해 해명하기만을 기다렸으나 막상 그 애가 말하기 시작하자 더욱 끔찍한 광경을 볼 수 있었는데, 한 마디 한 마디 떼어놓을 때마다 그 입으로 오장을 쏟을 듯 목과 가슴을 부여잡고 뒹구는 모습도 그랬거니와 그 과정을 거쳐 뱉어내는 보석과 꽃이 너무나 눈부시고 향기가 짙었기에 두 장면이 조화를 이루지 못한 까닭입니다.

그리하여 수가 들려준 이야기는 이랬습니다. 언제나처럼 통을 끝까지 채웠을 때 우물가에 여행자인 듯한 한 여인이 나타나 물을 좀 얻어 마실 수 있겠느냐고 청했다는 것이며, 평소 남이 하는 말에 싫은 소리 못 하고 맘에도 없이 웃는 얼굴로 일관하면서 착한 척하느라 애쓰는 그 애답게 선뜻 물을 한 바가지 떠서 내밀었겠지요. 한 두어 모금이나 마실까 생각했건만 이 여인은 그 자리에서 단숨에 바가지를 비우고 나더니 갈증이 덜 풀렸다며 조금'더 청하더랍니다. 이때쯤 이르러서는 수도 조금 망설였을 게 틀림없는데, 처음 한 번은 자기 몫의 물을 하루쯤 마시지 않으면 그만이라고 생각했을 테지만 이번에는 가족 가운데 또 다른 누군가의 갈증을 담보로 해야 했으니까요. 그것이 엄마와 나일 리는 없을 테니 아마도 아버지가 될 것인데 그 애는 이제 늙어 병상에 의지한 채 물 뜨러 갈 기운마저 없는 아버지를 생각하면서도 눈앞에 선 한 사람의 목마름을 해소하지 못하고 어설프게 그만둘 바에야 자기가 처음부터 물을 건넨 의미가 없다고 결정을 내린 겁니다. 그렇게 두번째 바가지마저 깨끗하게 비우더니 여인은 상냥한 수에게 선물을 주고 싶다고 인사치레만 한 뒤 자리를 떠나더랍니다.

그러니 어떻게 인과관계를 따져보아도 지금처럼 장미와 보석을 토해내는 것이 그 여인의 선물이었음은 의심할 여지가 없었습니다. 수가 말을 마쳤을 적에는 이미 그 애 자신도 목구멍을 타고 넘어오는 굵고 거친 이물질에 익숙해진 듯 덜 역겨워하는 기색이었고, 우리 앞에는 당장 도시로 이사를 가서 새집을 얻을 만한 보석 무더기와…… 건조한 날에 나오자마자 바싹 말라붙어 잔향만 맴도는 꽃송이들이 쌓여 있었습니다.

그러나 당장 움직이지 못하는 아버지를 수레에 싣는다 쳐도 여인 셋이 어떻게 도시까지 그것을 끌고 나간다는 말입니까, 더구나 충분한 물도 없이, 딱딱하게 말라 굳어서 칼로 갉아 가루를 내어 혀끝으로 녹여 먹어야 할 빵 덩어리만 자루에 둘러메고서요. 그러니 이 선물은 훗날 재산 가치가 있을지 몰라도 내일을 알 수 없는 우리 삶에는 무용한 것이었습니다. 엄마와 나는 일단 수를 헛간에 가둬놓고 의논하기를, 아버지와 수를 남겨두고 우리는 물과 보석만 챙겨서 도시로 달아나면 되지 않을까 했는데, 생각해보니 우물을 퍼내고 남의 집 말을 훔쳐 달아난다 해도, 지금 이 마을에 사람과 물통과 거기에 두둑한 보석의 무게를 견딜 말이 없을 것 같았습니다. 얼마 못 가 말이 쓰러지기라도 하면 우리 걸음으론 아무리 걸어보았자 마을 사람들에게 잡히는 건 시간문제일 테니까요.

그러는 동안 수는 어머니와 이복 언니가 자신을 가두었다는 내용의 노래를 처량하게 부르며 목이나 겨우 내밀 만한 크기의 헛간 창밖으로 계속 보석과 꽃을 토해냈고, 마을 사람들의 물 부족 실태를 점검하러 도시에서 나온 젊은 시의원이 그 모습을 보았답니다. 그다음 일은 어떻게 되었는지 당신도 들어서 아실 겁니다. 마을 사람들을 구하러 온 의원 주제에 계집이 뱉어내는 보화에 반해 ─ 그는 끝까지 수 자체에게 반한 거라 둘러댔습니다만 ─ 시찰을 하는 둥 마는 둥 마무리하더니 수와 그 아비만 냉큼 마차에 태운 사실을요. 늙은 아버지는 자기 딸에게 일어난 일이 무엇인지 끝까지 알지 못하는 채로 마차에 실려 갔고, 그것은 아버지와 함께가 아니면 의원을 따라가지 않겠다는 수를 설득하기 위한 조치였을 뿐 의원이 다 죽어가는 늙은이를 애틋하게 여기거나 수를 낳아주셔서 감사하다는 뜻으로 데리고 간 게 아니라는 사실을요. 나라님 자리를 호시탐탐 노리던 그 의원은 모르긴 몰라도 막대한 선거 비용만큼은 융통할 데가 생겼다 싶어 신났을 겁니다.

그러나 사람들은 그가 마을 여인을 낚아채 가든 말든 알 바 아니고 일단 의원에게 질척거리며 달라붙어서는 자비를 베풀어달라 호소했는데, 그는 임시 구호 방편으로 다른 마차에 실어 온 물 몇 드럼을 내려놓고는 곧 적절한 대응책을 마련하여 돌아오겠다는 대답을 남겼을 뿐입니다.

수를 태운 마차가 일으킨 흙먼지가 채 사라지기도 전에 사람들은 저마다 먼저 드럼통에 달라붙어 그것을 확보하려고 서로의 머리끄덩이를 낚아채기 시작했습니다. 우물과 달리 갑자기 떨어진 그 드럼통에는 어떤 암묵의 규약도 없었고 먼저 차지하는 이가 임자였습니다. 그 자리에 엄마와 나도 끼어들지 않을 수 없었지만, 누구 할 것 없이 얼굴을 할퀴고 주먹으로 때려뉘며 발길질로 넘어뜨리는 아수라장에서 여자와 아이들은 금방 밀려났고 어느새 남자들끼리 멱살을 잡아 뒹구는 난동이 벌어져 우리는 그저 망연히 그 광경을 바라볼 수밖에 없었는데, 그때 누군가가 드럼통을 비탈 아래로 밀어 차례로 굴려버렸습니다. 남자들은 그제야 정신을 차리고 아우성을 치며 모랫바닥에서 몸을 일으켰지만 나무로 된 드럼통은 비탈 아래 바위에 부딪쳐 부서져버렸고 덕분에 농사에는 아무 쓸모없는 바위와 그 주변 바닥만 물을 흥건히 머금게 되었지요.

어느새 단 한 개만 남은 드럼통에 한 발을 올리고 서서 그는 외쳤습니다.

"정신들 차려! 나머지 하나까지 쏟아버리기 전에."

그는 칙이라는 청년이었습니다. 물을 쏟다니, 자포자기에 가까운 그의 돌발 행동과 비통한 마음을 이 마을에서 오로지 나만은 이해할 수 있었습니다. 칙이 그전부터 수한테 관심 있어 하고 수 또한 그의 접근이나 친절을 꺼리기는커녕 은근히 즐겨왔다는 사실을 알고 있었거든요. 어쩌면 둘은 마을을 덮은 재앙의 그늘이 거두어지기 전까지 서로의 마음을 드러내지 않기로 약속했는지도 모를 일이었습니다. 깊은 시선을 주고받은 여인을, 단지 그녀가 보석과 꽃을 토해낸다는 이유만으로 도시에서 온 의원의 손에 홀랑 빼앗겨버렸으니 칙의 심정은 이루 말할 수 없었겠지요. 그는 어쩌면 마을 사람들을 꾸짖기보다는 그저 의원이 적선하듯 던지고 간 애꿎은 물통에다 화풀이를 했는지도 모르지만, 그의 일성은 각다귀판을 벌이던 이들이 냉정을 되찾고 남은 물이나마 질서정연하게 나누는 데에 큰 역할을 했습니다. 물론 드럼통 네댓 개를 부수고 나니 모두에게 돌아간 물은 꼭 하루치 먹을 만큼밖에 안 되었지만요.

이튿날 나는 정해진 시각에 우물가로 나갔습니다. 수는 이왕 떠난 사람이고 우리에게 남은 거라곤 지금으로선 물이나 빵으로 환산되지 않는 보석 한 자루뿐, 어찌 되었든 오늘 목을 축일 것은 필요했으니까요. 그때 나도 한 외지인을 만났던 겁니다. 그런데 이상했던 건 수가 본 여행자는 분명 화려한 옷이나 장신구로 몸을 휘감지는 않았더라도 겉보기에 멀쩡하고 깔끔한 사람이었다는데, 내 앞에 나타난 여인은 구멍 난 옷에 얼굴이 땟국으로 범벅인 그냥 거지였던 데다 굽

은 등에 한쪽 발을 절었고 말도 어눌한 정도를 넘어 손짓 발
짓을 동원해야 이쪽이 간신히 이해할 만큼이어서 실상 말 못
하는 이와 다름없었으니 수가 만난 사람과 동일인이 아니라
고 볼 수밖에요. 그녀가 그토록 힘겹게, 마치 어느 기도서에
적힌 말씀 또는 형식과 절차와 당위성마저 가진 공식처럼 내
게 물 한잔 달라고 의사를 전달하긴 했으나 내가 허위와 과
장을 섞어가면서까지 거절할 수밖에 없었던 이유입니다.

"제게는 이 우물에 대한 권리가 없습니다. 어디서 오신 분
인지는 모르지만 지금 여기까지 발을 끌고 오셨을 적에는 우
리 마을 꼴이 어떤지 보고도 남음이 있었겠지요. 낯선 이에
게 이 귀한 물을 나눠주면 일가가 몰살을 당할 텐데 당신 목
을 축이자고 우리가 떼죽음을 당할 수는 없습니다. 보아하
니 행색 또한 당장 쓰러지실 것 같은 분에게 이 피 같은 물
한 방울을 수혈한들 무슨 큰 도움이 되겠습니까. 형편 안 좋
은 데에서 도움을 구걸하기보다는 조금만 더 힘을 내서 다른
마을로 가시는 게 옳습니다. 우리는 이미 지칠 대로 지쳤고
남의 갈증을 돌아볼 기력이 남지 않았답니다. 이사야서의
한 구절을 믿는다면 조만간 당신한테도 우리에게도 좋은 소
식이 있을지 또 알겠습니까. 그때에 다리 저는 이는 사슴처
럼 뛰고 말 못 하는 이의 혀는 환성을 터뜨리리라, 광야에서
는 물이 터져 나오고 사막에서는 냇물이 흐르리라.* 조금만

참고 제 말대로 떠나시지요."

내가 말을 마치고 돌아보았을 때, 그전까지 굽은 허리로 더러운 지팡이에 간신히 의지하고 선 줄 알았던 여인은 어느새 상반신을 꼿꼿이 일으킨 상태였습니다. 여인의 키는 나보다 컸고 다시 들여다보니 얼굴도 그리 피폐해 보이지 않더군요. 당장 손에 든 지팡이로 나를 한 대 후려갈길 것만 같은 표정이었습니다.

당신도 틀렸다고 생각하십니까. 혹 내가 이기적이고 못난 마음을 먹어서 여인을 그리 대했을까요. 나는 그 상황에서 할 수 있는 최선의 대답을 한 것으로, 우리 마을에 실개울이나마 끝없이 흐르고 초록의 기운이 남아 있으며 강물과 같은 평화가 넘치던 날들이었다면 얘기는 또 좀 달랐을 겁니다. 사람 목숨은 최소한의 습기로 이루어져 있다고 들었습니다. 한 방울의 물이 충족되지 않은 내 몸에서 남을 돌보는 말이 곱게 나간다면 그거야말로 위선이 아니겠습니까. 이때 여인이 내게 묻기를,

"그대는 마을 사람들에게 좋은 소식을 얻어다 주기 위해 뭐든지 할 수 있다는 뜻인가?"

나는 대답했습니다.

"비 한 방울이라도 내려야 뭐라도 하든지 말든지 하지요.

* 「이사야서」 35장 6절.

사실 나는 어디까지나 내 가족의 안위를 생각할 뿐 마을 사람들까지 돌아볼 때가 아닙니다."

그러자 여인은 가지고 있던 지팡이 끝으로 내 목을 겨누더니 말하기를,

"합리적이고 실익에 밝은 그대에게도 선물을 내리지."

당신 같으면 조금 전까지 다 죽어가는 걸인처럼 보였던 여인이 아무리 기세등등하게 그리 말한들 설득력 있게 귀에 들어오겠습니까. 하여 나는 맘속으로 그런 거 필요 없다고 중얼거리며 가벼운 코웃음과 함께 돌아섰는데, 여인이 내 등에 대고 말하는 것이었습니다.

"그대로 개울가에 가 앉아 있는 게 좋을 거야."

한때 물이 지나간 흔적만 남아 있고 바닥에 말라 죽은 개구리와 벌레 껍데기나 들러붙었을 뿐인 개울가에 가보라니 기가 찼지만 그녀의 말투는 조롱이 어렸으면서도 명령에 가까워 나는 그 말을 따르기로 했는데, 어차피 집에 가는 길목에 그곳을 지나쳐야만 했으니까요. 아니나 다를까, 개울은 여전히 물길이 지나간 자리만 파인 채 전과 다를 바 없었고 나는 그 옆에 앉아 물통을 내려놓은 채 웃었습니다.

"이럴 줄 알았지! 미친 거지의 말에 설마 싶었다니 정신 나갔어."

그때 혼잣말이 내는 음향의 잔여가 다 사라지기도 전에 목구멍 깊은 곳에서, 아니 그보다 더 들어가 온 내장과 심장에

서부터 무언가 미끈거리는 이물질이 스멀스멀 식도를 타고 올라왔습니다. 처음에는 흡사 몰래 삼킨 마카롱이 가슴속에서 보깨어 거품과 함께 부걱거리는 느낌이었는데 그 전날 낮부터 먹은 거라곤 굳은 빵 덩어리를 갈아 만든 죽 반 그릇이 전부이니 배탈이 아닌 것만은 확실했어요. 그러나 형태와 질감을 알지 못할 무언가가 단단한 갈비뼈 아래에 고여 있다가 거슬러 올라오는 느낌만큼은 선연했습니다. 늑간을 손가락으로 지그시 눌러보니 푹신하면서도 묵직한 느낌과 함께 이물질이 이제 곧 입만이 아니라 코와 눈을 비롯해 구멍이 있는 데라면 가리지 않고 어디로든 뿜어져 나올 듯했고, 구토를 하기 위해 마른 개울 바닥에 허리를 숙이고 입에 손가락을 넣으면서도 나는 기시감을 떠올릴 여유가 없었지요.

마침내 차갑고 끈적거리는 점액질 덩어리가 목구멍을 비집고 나오더니 입천장과 혀를 천천히 훑으면서 마치 살아 있는 무언가라도 되는 양 꿈틀대다 입술 밖으로 흘러내렸습니다…… 그것이 마치,가 아니라 정말로 산 지렁이 무더기에 비리디언빛의 개구리 두어 마리가 떨어진 것이었음을 알았을 때는 그대로 개울 바닥에 머리를 거꾸로 처박은 채 정신을 놓았지만요.

다시 눈을 뜬 건 뺨에 닿은 차가운 감각이 점점 차오르더니 온 얼굴을 뒤덮기 시작하여 숨이 막혀왔기 때문일 겁니다. 고개를 들고 몸을 일으키자 무릎 아래로 흐르는 얕은 개울이 보였고 내가 뱉어놓은 개구리는 거기서 목욕을 즐기며 울음주머니를 한껏 부풀리고 있었습니다. 개울가로 기어 올라간 지렁이들은 축축해진 흙에다 몸을 뒤섞었습니다. 나는 두 손으로 개울물을 담아 마셔보았습니다. 잇새에 끼는 어떤 부유물도 물이끼도 없는 맑고 투명한 물이 목울대를 얼릴 듯이 적시며 넘어갔습니다. 한 모금, 두 모금 계속해서 마실 때마다 물은 심장과 혈관을 적셨고 죽은 나무껍질만 같던 피부에도 예리한 감각이 되살아났습니다. 나는 나도 모르게, 육성을 토할 때마다 욕지기와 통증과 함께 쏟아져 나오는 벌레들에 아랑곳하지 않고, 몇 번을 되뇌었어요, 물이다, 물이다, 물이다.

그 후의 일은 당신이 들어 아는 대로입니다. 내가 토해내는 미물들의 종류는 파리나 모기 꿀벌 같은 날벌레부터, 지금도 그 잔털이 입안을 가득 채우며 입천장을 간질이는 감각에 도저히 친숙해지기 힘든 송충이까지, 입을 열 때마다 다양해졌습니다. 그 벌레들과 정확히 무슨 상관관계가 있는지는 알 길 없지만 내가 입을 다물고 그것들을 뱉어내지 않으면 물길 또한 열리지 않았습니다. 끔찍하고 징그러운 것들이 입 밖으로 나올 때마다 그것들이 살 수 있도록 비가 내리거나 우물이 넘쳐흘렀습니다. 하느님은 사람들이 죽어가면서 비를 기원할 적에는 외면하다가, 기도 한마디 할 줄 모르는 온갖 벌레와 개구리 들이 땅을 뒤덮고 나니 그것들이 살 도록 물을 내렸습니다. 마을 사람들은 내가 몰고 온 물을 취하고 토해낸 미물들을 부지런히 밟아 죽였습니다. 물을 양껏 마시니 온 마을에 점점 생기가 돌았고 집집마다 가축들도 건강을 되찾아서 사람들은 이제 제대로 땅을 살려 다시 씨도 뿌려보자며 의욕이 살아나서는 내게 뭐가 됐든 더 목소리를 내어 말할 것을 종용하였습니다. 내가 무엇을 말하는지 그 내용은 중요하지 않았고, 그들은 어느새 벌레를 한 번에 많이 휘감거나 붙여서 효율적으로 죽일 수 있도록 길고 거친 막대기를 들고 옆에 모여들어 언제든 그것을 내 입에 쑤셔 넣을 준비를 하고 있었는데, 그들 눈에는 일상의 활기를 넘어선 광기마저 엿보였기 때문에 나는 입을 다물고 고개를 흔들었습니다. 안 그래도 처녀의 입에서 미관에 좋지 않은 것들이 튀어나와 온 바닥에서 꿈틀거리는 것만으로도 충분히 치욕스러운데, 아예 자리를 깔아놓고 서커스 재주나 되는 듯 그 장면을 구경하겠다니요.

처음 몇 번은 안쓰러워하며 귀를 후비던 이들도 나중에는 내 머리채를 잡아 흔들며 말하기를, 이년아 우린들 좋아서 그 꼴 보고 싶은 줄 알아, 네년이 그 짓을 해야 비가 오니까 그렇지! 또 어떤 이들은 나를 발로 걷어차며 말하기를, 이년이 물 한번 주었다고 비싸게 구네, 지금까지 이년이 우리를 모두 잡아먹으려고 무슨 속임수라도 쓴 거 아냐? 그들은 나를 무릎 꿇리고 구두코로 내 턱을 받쳐 올렸습니다. 원래대로라면 이런 사기를 치는 계집은 마녀재판에 부쳐서 산 채로 태워버려야 하는데 사람들에게 꼭 필요한 걸 주는 만큼 특별 취급으로 놔두는 거라면서요. 그들에게 필요한 게 정말로 물 자체였는지, 물 너머로 비치는 미워할 만한 누군가인지, 나는 알 수 없었습니다. 그리고 얼마쯤 더 지나서는 이년이 입을 열지 않았을 때 비가 오는 날이라도 생기면, 지금까지 있었던 모든 일을 우연의 일치로 간주하고 그때 목을 매달든지 하자는 것이었습니다. 그러니까 내가 줄곧 살아남은 이유는 그런 날이 오지 않았기 때문입니다.

불쌍한 여인을 괴롭히지 마시오! 이렇게 나선 건 역시 수를 좋아했던 칙이었습니다. 그는 나를 가엾게 여겨 이 높은 언덕에 따로 살 집을 지어주었는데 그것은 표면적으로 마을 사람들에게서 보호해주겠다는 제안이었고 이 몸으로 도시에 나간들 발붙이고 설 땅이 내게 없으리라는 걸 알기에 베푸는 호의였지만, 실은 비를 내리게 하는 자를 놓칠 수 없어서 그럴듯한 이유를 대어 만든, 이른바 신전을 가장한 감옥이었습니다. 사람들은 내가 도망가지 못하도록 번갈아가며 감시했고 나는 사람들이 원할 때 입을 다물었으며 농사가 안 된다거나 물이 좀더 많이 필요하다는 구실로 통을 들고 찾아올 적에—그 통은 피조물이자 잉여물을 받아가기 위해 준비해 오는 것으로, 땅에 기름기가 돌도록 지렁이는 골라내어 뿌리고 꿀벌은 수분을 시키기 위해 취하며 그러고도 남는 것이나 그 밖의 다른 해충은 한꺼번에 태워 죽인답니다 — 뭐라도 말을 해야 했습니다. 단지 비를 몰고 오는 샤먼의 역할을 위해 무의미한 말을 중얼거려야 하는 일은 참을 수 없었기에, 내 말들이 모닥불에 부어지는 벌레만도 못하게 버려지는 데에 분노하며 나는 통을 들고 온 대표 앞에서 마을 사람들을 가리켜 있는 힘껏 욕을 퍼부었고, 듣는 이들은 얼굴을 찡그렸으나 일단 그런 날은 틀림없이 비가 내렸기에 악담의 내용에는 개의치 않았습니다.

하여 나는 점점 더 저주의 수위를 높여갔고, 그 말대로만 실현이 된다면 당장이라도 땅이 갈라지며 온 마을을 집어삼켜서 살아 있는 거라곤 쥐새끼 한 마리조차 남지 않게 될 것만 같았는지, 더는 그런 말을 듣고 싶지 않다며 마을 사람들은 중지를 모았습니다. 그 덕에 물이 필요할 적에는 언제나 칙을 내게로 보냈습니다. 생각해보세요, 유일하게 마음을 준 사람 앞에서 지렁이와 개구리 날벌레를 토해내야 하는 여자의 마음을. 그러나 칙은 바로 지금 당신처럼, 내게로 올 때마다 시종 눈을 감거나 돌아서 있었답니다. 어머니와도 강제 분리되어 혼자 갇혀 지내며 강요에 따라 벌레나 뱉어가면서 사는 여자가, 순전한 동정심이라는 걸 알면서도 그 같은 배려와 섬세함에 감동하지 않을 수 있겠습니까. 수를 잃은 칙에게 내가 수의 자리를 대신할 수 있었으면 하고 연모를 품은 게 미친 건가요. 비록 바보같이 착하고 동정심 많은 사람이라고 해도 지렁이를 게워내는 여자를 아내로 맞아달라는 말은 차마 꿈도 꿀 수 없었으니 나는 그저 사람들이 농사나 더 많이 지어서 그가 내게로 좀더 자주 와주기나 했으면 하고 바랄 뿐이었습니다.

그랬는데 어느 날은 그들이 앞을 못 보는, 이제 어린 때를 갓 벗은 소년을 이 산중턱까지 보낸 거였죠. 소년이 전하는 이야기는 그전까지 겪어온 그 어떤 발길질보다도 고통스러웠고 어떤 손가락질보다도 치욕스러웠습니다. 말인즉 그동안 칙이 드나드는 횟수가 거듭 쌓이자 마을 사람들은 수를 좋아했던 칙이 대신 그 언니 루와 정을 통했다는 의심을 했으며, 결혼관계에 있지 않은 남녀가 그렇고 그런 일을 한다고 새삼 문제될 건 없으나 그 상대가 징그러운 벌레 까는 여자라는 것을 두고 모두가 놀림감으로 삼아 웃어댔고 — 진지한 비난을 퍼붓는 대신 웃음거리로 만들었다는 말은 곧 사람들이 그 의심을 사실이라고 믿어서가 아니라 그저 사소한 입방아나 유희가 필요했기 때문임을 증명하는 거겠죠 — 칙은 처음에는 그들의 말을 무시했으나 농사가 잘되고 마을이 안정 궤도에 접어들면서 다른 처녀와 결혼을 약속했기 때문에 새 출발을 앞두고 점점 내게 오기 부담스러워졌던 겁니다. 수를 잊기 위해 선택했을 것이 틀림없는 그 처녀, 착하고 어린 그녀의 입에서는 말할 때마다 보석도 개구리도 튀어나

오지 않을 것이고, 그 입은 사랑의 말을 속삭이거나 부드러운 빵을 씹을 때에만 필요하리라는 생각, 이름과 얼굴도 모르는 그녀를 다만 상상하는 것만으로도 내 심장은 절망으로 팽창해 있었습니다. 그래서 앞으로는 줄곧 네가 온다는 뜻이냐고 기진맥진한 목소리로 묻자 맹인 소년은 머뭇거리다 대답하기를,

"그게요…… 이제 오늘만 지나면 더 이상 이곳에 오지 않아도 될 것 같다고 마을 어른들이 말씀하신답니다."

나를 이곳에 몰아넣어놓고 그동안 마을에서는 수십 차례 외부에 자문을 구한 끝에 관개 수로를 확장 건설하고 저수지를 크게 만들어 가뭄 때를 위한 만반의 준비를 해두었다는 겁니다. 그 작업을 처음 제안하고 주도한 것은 다름 아닌 칙이었다고 해요. 그는 내게로 오면서 필요한 만큼 벌레와 물을 타 가며 다시는 이곳에 오지 않을 준비를 해왔다는 거죠. 소년은 앞을 볼 수 없음에도 무언가 분위기가 심상치 않다는 것을 기민하게 눈치챘는지 서둘러 수습하더군요.

"서운하다 생각지 마세요. 칙 아저씨는 어디까지나 당신을 더 이상 괴롭히지 않으려고 그런 거니까요."

칙의 평소 성격으로 보아서는 과연 소년의 말대로일 수도 있겠으나 그건 나를 위한 길이 아니었습니다. 형태가 그다지 아름답지 않고 방식이 조금 일그러져 있기는 하지만 그가 내게 관심을 기울여주는 단 하나의 근거를 빼앗아간다면 지

금까지 내가 존재해온 이유는 무엇이며 앞으로 내가 살아갈 희망 또한 무엇이겠습니까. 내가 감당해온 배신과 모멸이 이런 식으로 돌아온다면, 오랜 옛날 어느 부족에서 생리를 시작한 여아가 샤먼의 자리에서 인간의 자리로 떨어지고 찢겨 죽었던 것처럼, 나 또한 이 오두막을 영원의 관으로 삼고 버림받아야 한다면.

그래서 나는 소년을 앉혀놓고, 앞 못 보는 데다 아직 어리니 자세한 정황을 모를 것으로 짐작되는 소년에게, 말했던 겁니다. 지금까지 당신에게 들려준 이야기와 거의 같은 내용을. 그러나 지금처럼 중요한 사항만 요약하지 않고 페넬로페가 베를 짜듯 세부를 길게 풀어서 거의 3박 4일간 그 애를 내 오두막에 붙잡아두었습니다. 내가 토해낸 벌레들이 통에 다 담기지 않고 밖으로 흘러넘친 지 오래였고 그놈들이 꿈틀거리며 그 애의 몸을 타고 기어 올라가고 개구리들은 펄쩍 뛰어 그 애의 몸에 달라붙을 지경이 될 때까지, 이렇게 길게 말하지 않고서는 비 소식을 들을 수 없을 거야, 같은 말로 그 애를 속여가면서.

내가 기나긴 이야기를 마치고 이제 가도 된다, 허락하자 그 아이는 마지막에는 겁에 질려 벌레 담긴 통을 집어 가는 것도 잊어버리고 온몸에 벌레와 개구리를 붙인 채 오두막에서 뛰쳐나갔습니다. 그러나 산을 다 내려갔을 때쯤 그 아이는 무릎까지 차오르는 물로 알았을 겁니다. 온 마을이 물에 잠겼으며 거기에 살아 있는 것은 아무것도 남지 않았다는 것을. 그 애가 오두막에 끝내 되돌아오지 않은 걸로 보아서는 그 애 또한 그대로 물살에 휩쓸려갔을지도 모르겠군요.

이것이 당신이 알고 싶어 했던, 오랜 세월 물에 잠겨 그 자체로 거대한 저수지가 되어버린 마을에 대한 이야기입니다. 아니, 그 밑에서 온갖 사람과 동물의 시체가 썩어가면서 물은 검게 변하고 시종 끈적거릴 테니 그것이 사람이 쓸 수 있는 저수라고 보기엔 무리가 있겠네요. 나는 그 뒤로도 살아온 날들 내내 소리 내어 기도를 하거나 혼잣말을 반복했으니 물은 부지런히 빠져나가면서도 원래의 수위를 유지했을 테고요. 당신이 문간에서 본 더러운 먼지와 검댕 들은 모두 방치된 벌레들이 죽어 말라붙거나 가루로 부서져버린 흔적이랍니다.

참, 깜박한 게 있네요. 원래 옛이야기의 마지막은 그 뒤로 그들이 얼마나 오래도록 행복하게 살았는지를 자랑하거나, 떠돌이 음유시인이 그들의 혼인 잔칫집에 초대받아 마유주를 마셨는데 이상하게 목구멍으로 한 방울도 넘어가지 않고 턱수염만 적셨더라는 후일담으로 마무리하게 마련인데 말입니다.

칙이 전해 온 얘기에 따르면 내가 이 오두막에서 머문 지 얼마 되지 않았을 때 수는 이미 도시에서 세상을 떠났다고 합니다. 쇠약한 아버지는 도시에 도착하기가 무섭게 마치 이 순간만을 기다렸다는 듯 숨을 거두었다고 하며, 상을 당한 딸로서 결혼을 곧 강행할 수는 없다는 그 애의 부탁은 무시당했다고 합니다. 슬픔에 잠겨 그 애가 눈물로 화장을 대신하고 식을 올린 뒤 한 달이 채 지나지 않아서 의원은 무슨 큰 선거에 나가느라 수에게 노래를 부르든지 말을 하라며 닦아세우다가, 견딜 수 없었는지 그만 수의 배 속에 더 많은 보화가 있으리라고 착각했나 봅니다. 그래요, 수는 산 채로 배가 갈려 죽었답니다. 의원은 수의 배 속에서 붉게 번들거리며 똥으로만 가득 찬 내장을 보았겠지요. 그가 홧김에 내장을 집어 뽑아다가 벽에 패대기쳤는지, 그러고 나서 발광 끝에 죽어버렸는지는, 지금까지도 알지 못합니다.

관통 貫通

어느 곳이라도 좋다! 어느 곳이라도!
그것이 이 세상 밖이기만 하다면!
—

보들레르

유모차 안의 아이는 고르지 못한 숨결을 따라 불규칙하게 오르내리는 가슴만 아니라면 얼핏 시신으로 착각할 만큼 미동 없이 잠들어 있었다. 미온은 유모차를 잠깐 옆으로 밀어두고 자기 신장의 약 1.5배에 이르는 대형 캔버스를 올려다보았으나, 화폭의 크기와 그것이 통행을 방해하는 정도에 비추어볼 때 일부러 눈에 띄라고 전시해놓은 게 틀림없음에도 불구하고 거기엔 작가 이름도 그림 제목도 붙어 있지 않았다. 사람들이 오며 가며 건드려서 라벨이 떨어져나갔을 가능성을 생각해볼 수 있으나 마흔 점 넘는 나머지 작품들 가운데 이와 유사한 화풍이 하나도 없는 걸 보면 참가자들 가운데 한 명의 것으로 보기 어렵고, 사실 이 그림 자체가

'화풍'이라는 두루뭉술한 말로 표현하기엔 너무나 대담한 기법을 쓴 데다 다른 이유로는 뻔뻔하기까지 한 특징을 가지고 있었으며, 그렇다면 목록 외의 작품이 예정에 없이 끼어들거나 무단 투척되었을 것인데, 큐레이터는커녕 어느 작품이 탁란조(托卵鳥)의 알인지를 판단하여 치워버릴 만한 책임자조차 존재하지 않는 허접스러운 전시회였다.

그것은 루초 폰타나의 '공간개념' 연작이었다 ─ 아니, 루초 폰타나의 작품이 이런 어수선한 곳에 한 점만 덜렁 떨어져 있을 리가 없으니 정확하게는 루초 폰타나의 철저한 모작이라고 해야 옳을 터였고 그녀가 일견에 느낀 제작자의 뻔뻔함도 거기서 비롯한 것인데, 이걸 그렸다기보다는 그어서 뚫어버린 작자는 자기 작업이 얼마나 창의적이지 못한지를 스스로 잘 알기에 차마 제목도 이름도 내걸지 못했던 걸까? 그러기엔 이 S형 150호 사이즈의 캔버스가 아깝다. 붉게 칠해진 캔버스 위에 깨끗이 그어진 세 개의 세로 방향 곡선은, 원체가 그 자국 외에는 보여줄 만한 기법상의 요소가 많지 않기에, 공간과 그것을 파괴하는 데에서 비로소 이루어지는 소통을 포함하여 폰타나의 고민이나 철학을 담아내지 못하고 그의 커팅 자국만을 충실히 재현한 것에 불과했기에, 누가 이런 짓을 그대로 답습했는지 돈이 많아 주체를 못 하는 유한마담들의 여흥답다고 생각하면서도 미온은 그 앞에서 좀처럼 떠나지 못했다. 그어진 곡선 사이로 까만 틈이 벌어진 모습이 증식하는 블랙홀의 일부처럼 보였고, 그 꿈틀거리는 어둠의 농도는 조금 전 미온 자신이 도망쳐 온 상황과 닮았다는 생각이 들어서였다.

그러니까 지금 이 거리의 한 블록 전체가 「9인 9색전(展)」 용도로 점령당해 있는데, 이름마저 구태의연한 전시회의 작품 수준은 대략, 백화점 문화센터에서 숨겨왔던 소녀 시절의 꿈을 뒤늦게 펼치기는 했으나 그 동기부터가 갱년기 증상과 빈둥지증후군의 극복을 위한 일편인 데다 좋은 그림을 볼 줄 아는 안목과 굳은 손가락이 따로 노는 까닭에 신진 화가들을 물질적으로 후원하는 편이 인류 문화에 이바지하는 길일 듯한 부동산 부유층 아주머니들의 졸업 작품을 떠올리게 하며, 전시 공간마저도 작품 감상에 용이하도록 사방이 휑뎅그렁하게 뚫린 근린공원이 아니라 반경 1킬로미터 이내로 커피전문점 여섯 곳, 호프 아홉 곳에 편의점 세 곳이 분포한 전형적인 인구 밀집 지역으로서 지나다니는 사람들이 마음 편히 그림을 들여다보기는커녕 그림이 사람 발길에 차이지나 않으면 다행인 상태였지만, 문화는커녕 인간으로서의 기초 문명마저 잊어버릴 지경인 미온으로서는 그거라도 절실했다.

미온은 유모차를 밀며 전시된 그림들 사이를 천천히 지나다녔다. 워낙 쿠션도 좋지 않은 초저가 제품으로 재활용 쓰레기를 내놓던 날 어느 집에선가 갖다 버린 걸 주워 온 것인데 바닥이 고르지 않은 보도블록에 고무바퀴가 부딪치면서 덜컹덜컹 튀어 올랐다. 근처 대학교에서 쏟아져 나온 학생들이 장애물을 피하려는 최소한의 시늉도 없이 유모차를 툭툭 치고 지나가는 바람에 아이는 곧 칭얼거리기 시작했다.

길목 초입에 걸린 세로형 플래카드를 보니 화가 1인당 내놓은 작품 수는 약 다섯 점 안팎이다. 거리 전시인 만큼 제대로 된 리플릿이 없어서 미온은 플래카드를 한참이나 들여다보고 나서야 천천히 앞으로 유모차를 밀며 나아갔다. 거기 적힌 이름들은 모두 모르는 이들이었지만 미온이 아무런 성과나 활동 없이 학교를 떠난 지 10년이 넘었으니 그럴 만도 했고, 어쨌든 일련의 신인 작가들인 모양이며 어느 대학에서든 교수로 재직 중인 화백의 제자들일 터였다. 그러니 비록 약소하게나마 시 예산을 지원받아 전시회라도 열었을 테지. 뭐가 됐든 미온 자신보다는 나았다. 전시 첫날에는 작가들과 그들의 부모들, 교수들에다 몇몇 미디어 관계자들이 찾아와 이 구역 통행이 잠깐 통제되었다고 하는데, 모르긴 몰라도 지금 그들이 다시 와서 이곳을 둘러본다면, 그들이 어디까지나 제정신이고 평균 정도의 자존심이 있다고 가정할 경우지만, 자신들의 소중한 작품이 이런 인파와 먼지 속에서 닳고 떨어지는 장면을 목격하자마자 시 예산의 전시고 뭐고 그림을 거둬 갈 터였다. 각 그림들마다 액자로 보존되고 그 위에 아크릴 통을 씌운 한편 둘레에 진입 금지용 바가 세워져 있었지만, 사람들이 지나가며 일으키는 먼지에 얼마 못 가 작품 감상이 힘들 만큼 투명 아크릴이 뿌예지기도 하고 본의 아니게 넘어뜨린 바를 내버려둔 채 떠나버리는 행인들 덕에 작품들마다 가해지는 침식 작용을 완전히 막을 수 없었다.

아무리 수준이 미흡해도 그렇지 그림들을 이따위 방식으로 다루다니, 뚜껑을 덮었다지만 비라도 오면 어쩔 거야. 이 전시회를 시작으로 문화의 거리를 조성할 거라던 시장과 그 아래 일꾼들의 머릿속에 당최 예술에 대한 최소한의 개념이나 정의까지는 아니더라도 태도가 박혀는 있을지 의문스러워서 미온은 슬그머니 속이 뒤틀렸는데, 사실 마음속 단층작용의 방향은 직접 작품을 만들지는 못해도 보는 눈만은 남아 있는 자신에 대해서 — 마지막으로 붓을 쥐어본 게 언제였는지 기억조차 나지 않는 자신에 대해서였다. 마음 한 구석으론 어쩌면 고만고만한 실력으로 무슨 백이 있거나 자비를 들일 능력이 있든지 간에 전시회를 열 만한 환경이 되는 신인 작가들에 대한 질투와 함께, 기껏 내놓은 그들의 작품이 인파에 시나브로 훼손되는 걸 은근히 고소해하는지도 몰랐다.

불량한 승차감을 견디지 못하고 유모차 안에서 아이가 본격적으로 울기 시작했다. 이불을 걷어내고 만져본 기저귀는 보송보송했다. 마지막으로 젖을 먹은 지 두 시간은 넘었으니 지금쯤 아이는 배가 고플 만도 했다. 미온은 사방팔방을 둘러보았으나 문화의 거리에 모성 보호란 개뿔 같은 소리고 공동 수유실 하나 찾을 수 없었다. 무엇보다 이 거리 이 구역 자체가 라임과 허브 냄새를 풍기며 미니드레스 자락을 날렵하게 팔랑거리는 이십대 여자아이들을 주 고객으로 하는 소비 지향적인 곳이지, 8개월 된 아이를 데리고 다니는 초췌한 여인을 위한 자리가 아니었다.

그런 가운데에서도 문득 나무 몇 그루로 둘러싸인 휴게 공간이 눈에 띄어 미온은 그리로 들어갔다. 모서리가 찌그러지고 기울어져서 동전을 주는 대로 받아 삼키고 나 몰라라할 것 같은 음료수 자판기가 한 대, 나무를 깎아 만든 긴 의자가 네댓 개 있는 비좁은 공터였다. 바닥에는 아이들이 버린 종이컵과 햄버거 포장지가 굴러다녔고 쉬는 사람들이 듬성듬성 자기들 편한 대로 앉아 있다 보니 미온이 아이를 안고 끼어 앉을 데도 마땅치 않았다. 대학생들 서넛이 기타를 퉁기며 노래 연습을 하고 있는 모습만이 문화의 거리라는 명목을 유지하고 있었다. 그들은 빛바랜 청바지 차림에 민낯인 여자가 유모차를 밀고 들어서자 뜻 모를 눈빛으로 돌아보며 노래를 멈추었고, 미온은 이것이 자격지심 내지는 피해망상이라고 입속으로 중얼거리면서도 그 눈빛의 성분이 당혹감과 비난으로 이루어져 있다고 믿어 의심치 않았다. 대체 이런 곳에 젖먹이와 그 엄마라니, 화음을 맞춰보아야 하는데 우는 아기를 데리고 보무도 당당하게 들어서다니!

　그러거나 말거나 미온은 아이를 안아다가 사람들 사이의 애매한 공간에 엉덩이를 비비고 들어가 앉았다. 그녀의 몸이 닿자 왼쪽의 여고생과 오른쪽의 군인이 조금씩 비켜서 자리를 더 내주었다. 그녀는 사람들의 시선을 개의치 않는다는 몸짓을 하면서 티셔츠 가슴에 가로로 붙은 지퍼를 열고 아이에게 젖을 꺼내 물렸고, 그걸 본 여고생은 흠칫하다가 곧 스마트폰 삼매경에 빠졌으며, 군인은 아예 그쪽에 등을 돌리고 앉았다.

　허섭스레기 수준을 간신히 면한 이 수유 셔츠도 미온이 동네 주민센터의 의류수거함을 뒤져 찾아낸 것이다. 헐렁하고, 아기에게 젖을 먹이는 용도에는 부합하지만 어디까지나 실내 전용이며, 가로 지퍼 형식이어서 가슴이 드러나는 걸 완전히 막아주지는 못하기 때문에 밖에서 수유하기에는 편하지 않은 옷이다. 좀더 편안한 수유 셔츠는 지퍼 대신 세로 방향 절개가 있고 그 위를 긴 이중 천이 뚜껑처럼 덮어주기 때문에 평소에는 일상복과 거의 다를 바 없어 보이며 수유 시 유두를 드러내는 짧은 순간을 최소화할 수 있어서 바깥 활동에 무리가 없는데, 중국산 아닌 국내산 면에 국내 디자이너들의 작품이라는 믿을 수 없는 이유로 가격이 셔츠 한 장에 2, 3만 원을 가뿐히 넘긴다.

이 별 볼일 없는 전시회는 관람료로 쓸 만한 돈이라곤 집 안 동전을 모두 긁어내도 없는 상태에서 무언가 눈을 정화시킬 만한 요소를 찾아 굳이 아이를 끌고 집에서 도망치듯 나왔다가 발견한 것으로, 조금만 더 발품을 팔면 서민을 위한 무료 전시회가 꽤 있을 테지만 교통카드에는 잔액이 백 원 남아 있었으므로 유모차를 밀며 걸어올 수 있는 데는 여기뿐이었다.

결과적으로 정서 환기에 도움이 될 만큼 완성도 높은 작품들은 아니었지만, 그래도 하루에 열두 번쯤 불 질러버리고 싶은 집구석 말고도 눈 돌릴 데가 있다는 사실 자체만으로도 미온에게 위안이었다. 오늘도 난장판이 된 원룸에서 정신 질환을 앓는 시누이는 아직까지 뭐라고 악을 쓰고 있을까. 어쩌면 제풀에 거품을 물고 쓰러졌을지도 모르고 게워낸 것이 기도로 넘어가면 위험할 테지만, 지금 자기 아이마저 갖다 버리지 않는 게 스스로도 기특한 미온으로서는 시누이의 기도에 뭐가 넘어가든 알 바 아니었다. 미온의 관심사는 엿새째 소식 없는 남편이 언제 얼마를 갖고 돌아오느냐에 있었다. 실종 신고도 할 수 없었던 것이, 이런 일이 한두 번 있어온 것도 아닌 데다 격일로 그의 전화가 걸려왔기 때문이다. 그 내용은 걱정하지 말고 그저 기다리라는 거였는데 미온은 그때마다 비명을 질렀다. 네놈 걱정이 아니라 미친 아가씨에다 싸지른 새끼까지 돌봐야 하는 내가 걱정이

다, 돈이나 부쳐! 남편은 아는 선배를 통해 일을 알아보는
중이니 조금만 기다리면 수당을 당겨서 쓸 수 있다고 웅얼
거리고는 전화를 끊었다. 미온은 선배라는 존재 유무부터가
믿음이 가지 않았으나 무엇보다 궁금하고 급한 문제는 그
빌어먹을 수당을 언제 얼마나 받는가였다. 8개월이 된 아이
의 이유식도 아직 제대로 시작하지 못했다. 6개월부터 쌀죽
을 먹이기는 했지만 이제 유기농까지는 바라지도 않고 최소
한 썩지 않은 채소와 고기가 필요했는데 그 단계로 나아가
지 못하고 있었다. 아직까지 쌀죽과 젖만 먹는 아이는 얼굴
이 창백했고, 무료로 예방접종을 해주는 보건소에 갈 때마
다 보건의는 깜짝 놀라며 빈혈 검사를 해보기를 권했으나,
검사에 드는 몇천 원이 아쉬워서 미온은 고개를 저었다. 피
를 뽑아 확인할 것도 없이 아이의 빈혈 수치는 이미 상당히
높을 터였다. 아이가 그 지경이니 시누이의 진정제는 공급
이 끊긴 지 오래였다.

젖을 문 아기가 조용해지자 노래패는 다시 기타를 퉁기며
연습하기 시작했지만, 연습 초기인 듯 화음과 박자가 잘 맞
지 않고 각자의 성량도 풍부한 편이 아니어서 클라이맥스에
이르러서는 악을 쓰듯이 내지르기만 했다. 아이도 듣는 귀
가 있어서 그 불편한 소리에 물던 젖을 놓고 다시 울기 시작
했고, 그럼에도 동일한 소절을 몇 번이나 시도하던 노래패
는 결국 투덜거리며 기타를 챙겨 일어섰다. 그들 중 한 여자

애가 미온더러 들으라는 듯 크고 분명한 목소리로, 이런 데
서 왜 젖을 처먹이고 지랄이야, 집구석에나 처박혀 있지, 했
다. 그러나 아이를 안고 있느라 꿈쩍도 하지 않은 채 미온은
못 들은 척 고개 숙였다.

　미온 자신도 영양이 턱없이 부족한 데다 젖이 잘 나오는
체질이 아니어서 아이는 그런대로 목만 축이고는 다시 잠든
모양이었다. 그녀는 아이를 유모차에 내려놓고 가능한 한
덜 흔들리도록 조심조심 밀고 나갔다.

　그러다가 폰타나를 무비판적으로 수용하고 습작한 것 같
은 이 출처 불명의 그림 앞에 멈춰 섰던 것이다.

　처음 보기에는 분명 어린애 한 명이 몸을 모로 하여 간신
히 지나갈 수 있을 만큼의 칼자국이었는데, 그 틈으로 보이
는 어둠의 부피가 어느새 커진 듯하여 미온은 최면술사에게
손을 내미는 피험자처럼 일렁거리는 암흑 가까이 다가섰다.
점도 선도 없으며 따라서 부피나 깊이마저 무의미해 보이는
공간뿐이었다. 입자가 아닌 의식으로 채워진 것 같은 틈새.
형태가 없으므로 촉각으로 인식 가능한 무엇 또한 없으리라
는 선명한 예감. 이 그림을 목격하고 멈춰 서서 어둠의 틈새
를 발견한 것은 자신의 삶에 대한 일종의 경건하고 진중한
암시라는 생각이 들었다.

　남편이 서로 다른 종류의 인터넷 쇼핑몰을 네번째 말아먹

었을 때는 아이가 태어난 지 백일도 지나지 않았을 때였고, 그들 앞에 남은 거라곤 파워링크나 스폰서링크로 검색창 상단에 이름을 노출시키느라 광고비로 들인 수천만 원대의 빛뿐이었다. 보다 못한 미온은 결혼 전에 했던 방문미술교육업체 일을 다시 해보겠다고 입을 뗐다. 교육영리업체인 본사에서 미술 교사를 모집하여 각 가정에 회원제로 파견하는일로, 일정한 회원 수를 유지하는 일과 새로운 회원을 모집하기 위해 은근히 기존 회원들에게 영업을 거는 일이 적성에썩 맞는다고는 할 수 없었으며, 결정적으로 본사에서 떼어가는 수수료가 적지 않은 관계로 안정적 벌이라고 할 수 없는 까닭에 주로 일정한 직장에 다니는 남편을 둔 미술 전공주부들이 부업으로 뛰곤 했지만, 미온이 갑작스러운 임신과혼인 신고 전에 해본 일이라곤 그것뿐이었다. 과거 경험상본사에 속한 교사들 가운데 일부는 가끔 이 바닥에서 상도가웬 말이냐며 담당한 어린이 회원의 부모와 긴밀한 관계를 맺어 탈퇴를 유도한 다음 자신이 집에다 공부방을 만들고 아이들을 모아 교육하는 방법을 써서 수업료를 온전히 자기 수입으로 취하기도 했는데, 수시로 벽에다 대고 혼잣말로 욕을해대는 시누이가 있는 미온으로선 이제 그런 일까진 바랄 수없을 터였고, 그래도 철마다 아기 내복 정도는 바꿔 입히고싶었다.

그러나 남편은 자격지심 때문인지 여자는 집에서 아이나

돌보고 있으라며 모든 일을 자기에게 일임해달라고 강권했고, 미온의 생각에도 집중력 약하고 한눈팔기 잘하는 남편에게 아이를 맡기는 일은 안전성이 현저히 떨어질 것 같았다. 남편이 집일을 전담한다고 가정했을 때 그가 얼려둔 모유를 제때 녹여 중탕해서 아이에게 먹일 수 있을까 하는 의문도 그렇거니와, 시누이가 언제 아이를 집어 들어 개구리처럼 벽에 패대기를 칠지 모르는 일이라 상시 밀착 마크해야 했는데 남편에게 그런 정성스러운 일이 가능할지 믿음이 안 갔다.

그래서 이번이 마지막이라는, 생각해보면 거의 언제나 반복해왔던 결심과 함께 남편을 믿어보기로 했으나 당장 아이 입을 것 먹을 것이 급했으므로 친정에 손을 벌리려다, 전화를 받은 남동생이 전하는 이야기에 미온은 할 말을 잃었다.

"돈? 우리 식구 먹고 죽을 농약 살 돈도 없다. 매형인지 지랄인지가 엄마한테서 해먹은 돈이 얼만지나 알아? 우리 집으로 빚쟁이들 찾아와서 다 부숴놓고 간 게 몇 번인지도 모르지? 누나라고 하나 있는 게 첫째답게 가족에 살림 보탬 좀 되어보라고는 바라지도 않지만 어떻게 그렇게 너만 알고 이기적이냐. 받은 거 토해내라고까지는 말 안 하겠는데 더 뜯어먹겠다면 좀 뻔뻔하지 않냐?"

이어서 남동생은 자신의 희생을 밑천으로 누나를 미대에 보내놨더니 날강도한테 걸려서 몸 버리고 신세 망치고 꼴좋다고 비아냥거리기 시작했다. 네가 보냈니? 욕이 치밀어 오르는 걸 미온은 참았다. 남동생의 말이 모두 틀리지는 않았다. 미온이 미술학원비에 재료비도 꼬박꼬박 타내어 입시준비를 하는 동안 남동생은 그 어떤 종류의 보습학원 근처에도 어슬렁거려본 적 없었으며, 예술 하는 사람은 돈이 많이 들고 등록금도 만만치 않으니 자신이 대학을 가지 않겠다고 선심 쓰듯 선언했더랬다. 그러나 미온의 입장은 달랐다. 희생 같은 소리 하네, 반석차도 35명 가운데 잘해봐야 32등 했던 녀석이 마치 날 위해 불가피한 선택이라도 한 양 거들먹거리는 꼴이라니. 게다가 미온은 대학 시절 내내, 누나를 위해 큰맘 먹고 인생 궤도를 수정했다고 주장하는 동생과 장녀의 미래를 위해 기둥뿌리를 뽑았다고 돌림노래를 제창하는 집안에 대한 경멸과 혐오를 잊기 위해 죽을힘을 다해서 때로는 편법과 읍소와 알랑방귀를 동원해가며 절반은 장학금, 절반은 아르바이트로 등록금을 지불했으며, 한 학기 등록을 무사히 마칠 때마다 브라우닝 탄환이 빗발치는 사막 한가운데를 헤치고 나온 기분이었다. 언젠가 장녀가 유명한 화가가 되어 한몫 챙겨다 주리라 믿는 그들의 태도——대체 유학파도 아니며 계속된 알바로 교수에게 동정의 의미 외에 긍정적인 눈도장 하나 찍지 못한 자신이 무슨 수로 그런 영광을!——가 지긋지긋해서 미온은 두 가지 꿈을 품고 있었는데, 그 가운데 허황된 꿈은 외국 영화에 종종 나오는 것처럼 부유한 후원자를 얻어 화실에 틀어박혀서 제대로 된 그림을 그리거나 그 반대로 모작을 전문으로 하는 유령화가가 되더라도 모작 비용만은 고액을 받아 남부럽지 않게 사는 거였고, 좀더 현실에 밀착된 꿈이라면 미술 교사가 되거나 미술학원에라도 나가 착실히 돈을 모아서는 2년치 학원비와 재료비를 정산하고 거기에 세월의 이자까지 쳐서 가족의 면상에 다발로 던져주는 거였다.

임용고시에 세 차례 실패하고 사립 중학교에서는 채용을 조건으로 한 '초기 발전 투자비'라는 명목으로 5천만 원을 제시받은 뒤 자포자기 심정으로 만난 옛 동창과의 사이에 아이가 생기면서, 그녀는 허구와 현실 가운데 어느 쪽 꿈도 만져보지 못했다. 단체 희생의 핏값을 물어내라며 대놓고 요구하지 않으나 항상 가족의 푸념과 신세 한탄 속에서 눈치 빠르게 행간을 읽어냈던 미온은, 빚을 갚으려면 일을 해야 하고 일을 하려면 아이가 없어야 한다는 이유로 처음에는 몰래 병원을 찾아갔지만, 함께 일을 친 문제의 동창에게 수술비 부담을 요구하기 위해서는 임신 사실을 밝힐 수밖에 없었다. 지금의 남편이 된 그 동창은 가족에게 진 빚쯤 살면서 함께 갚으면 된다고 주장하며 수술을 막았는데, 그건 순전히 반짝 집중 단속으로 시세가 치솟아 부르는 게 값이 된 수술비를 낼 상황이 안 되어서였을지도 모르겠다고 미온은 후에 어렴풋이 짐작했다. 그도 그럴 게 아이가 태어나자 남편의 그전 주장은 이런 헛소리로 바뀌었던 것이다.

"생각해봐. 이렇게 예쁜 아이를 친정에 보여주는 것만으로도 빚 갚는 거라고. 야야, 이런 미인은 오히려 우리가 돈 받고 보여줘야 돼."

그때는 그저 장난이라도 애한테 실없는 소리 한다고만 생각했는데, 농약 운운한 남동생 말대로라면 그는 정말로 외손녀 열람 및 이용 요금을 가족에게서 타 간 거였다. 그동안 대체 얼마나 또 몇 번이나? 그것까지 동생에게 물어볼 용기는 차마 나지 않았다.

남편이 돌아오지 않고 친정도 그 지경이 되자 미온은 방문미술교사 시절에 두 번쯤 참석했던 동창회 연락망을 뒤져서, 그 당시 동화 일러스트레이션 일감을 막 받기 시작했다던 친구를 찾아갔다. 친구는 이제 세계명작동화나 위인전 등 일곱 권의 그림책에 자기 이름을 넣은, 미온이 보기에는 남부럽지 않은 프로가 되어 있었다. 친구는 자신도 아직까지 결제 순위에서 가장 뒤로 밀리는 신인이라 거래처에 누굴 소개할 만한 처지가 아니라며 난색을 표했지만, 그녀의 품에 안긴 스코티시폴드 고양이와 채광창이 넓은 작업실 환경은 그녀가 그림을 그려서든 집안이 받쳐줘서든 먹고사는 데 큰 문제가 없다는 사실을 알려주고 있었다. 미온이 보내는 시선의 의미를 알아차렸는지,

"애 혼혈이고 얼마 안 해. 사람 아기 놓고 키우는 것보다

훨씬 적게 먹혀."

친구는 그 말을 해놓고 미온에게 돌이킬 수 없는 치명상을 입혔음을 알아차렸는데, 미온은 다만 자기 아이를 내려다보며 씁쓸하게 고개를 끄덕였다.

"그러네. 요즘 같아선 사람보다 동물 키우면서 혼자 지내는 게 남는 장사다."

친구는 자신의 실수를 수습하기 위해, 아니면 저렴하게는 5만 원에서 20만 원까지 호가하는 요즘 엄마들의 패셔너블한 아기띠 대신 70년대풍 이불 포대기에 아이를 둘러업고 나타난 미온의 파리한 얼굴이 안쓰러웠는지, 그로부터 2주일 뒤 한 유아전집 기획실에 미온을 소개시켜주었다.

첫 대면에서 기획실 실장은, 그동안 고만고만한 지망생의 그림을 숱하게 검토해왔으니 그런 반응을 보일 만도 했지만, 하품을 참지 못하는 얼굴로 포트폴리오를 넘겨 보다 3분의 2 지점에서 덮어버리곤 미온 앞으로 도로 밀어놓았다.

"정확하고 세밀하게 그리는 건 말이죠, 홍대 앞 미술학원 3년만 제대로 다닌 아이들이면 누구나 해요. 지금 이거 잘 그린 그림이라고 가져오신 거죠? 잘 그렸다고 생각하세요? 잘 그린 거 아니에요. 지금 우리 일에 도움이 될 만한 구성이나 화풍은 한 컷도 안 보이네요. 아이들 동화를 소재로 하고, 무엇보다 상상력이 풍부해야 해요. 미대 나왔다고 이 일쯤 나도 할 수 있겠지, 우습게 아는 분들이 너무 많아요. 그런데 생각해보세요. 국문과 나왔다고 죄다 시 소설 시나리오, 척 척 쓰는 거 아니죠? 영문과 나왔다고 영어소설 멋들어지게 번역하나요? 영어소설을 읽을 줄 아는 것과 번역하는 건 천 지 차이죠. 무엇보다 '감'이 있어야 해요. 저희는 턴키 방식 으로 물건 만들어다 납품하는 데라서, 안타깝지만 그 부분 에 대한 트레이닝을 해가면서 일감을 드릴 수는 없습니다."

그날 미온은 집에 돌아와 창고에 처박아둔 안료와 붓 더미 사이에 포트폴리오 북을 깊이 쑤셔 넣었다.

한편 시누이는 어떨 땐 멀쩡한 사람처럼 조카의 기저귀를 갈아주거나 일상적인 대화도 할 수 있었는데, 그럼에도 미 온은 그녀가 아이를 갑자기 들어 던질까 두려워 이유식 먹이 는 일조차 부탁하지 않았다. 시누이는 정신이 돌아오는 때 가 불규칙하여 간간이 나가던 아르바이트도 이제는 하지 못 했다. 미온은 남동생이 마지막 전화 뒤에 두어 번 부쳐준 쌀 을 안치면서 130리터들이 냉장고에 남은 김치의 양을 가늠 했고, 아이를 위해서는 동생의 적선에 잠깐 기대는 수밖에 없지만 언젠가는 배로 갚겠다고 이를 갈았다. 그러나 그 쌀 마저 아깝게 시누이는 한번 발작을 시작하면 멀쩡한 상을 뒤 엎기를 기본으로 했으므로 미온은 아이를 안고 도망치기를 반복하기 일쑤였는데, 그대로 있다가는 순전히 엎어진 밥그 릇 때문에 눈이 뒤집혀 시누이를 살해할 것만 같아서였다.

눈앞의 어둠은 아까보다 부피가 커져 있었다. 틈에서 벌레 떼처럼 기어 나온 어둠은 부분부분이 거의 동일한 명도였는데도 어딘가 주름이 잡힌 느낌을 주면서 원근감을 자아냈다. 어둠은 살아 움직이는 생명체 같았고 가장 깊은 암부에는 소실점이 있을 것만 같았다. 사라지는 지점이라니, 지금의 자신이 가장 원하는 자리일지도 모르겠다고 생각하며 미온은 구멍에 손을 넣었다. 아무런 느낌이 없다. 진실의 입 같은 것이 손을 덥석 무는 정도의 스릴을 기대했으나 구멍 너머는 그저 캔버스 너머의 거리와 동일한 공간일 뿐이다……그런데 어째서 다시 캔버스 앞에서 바라보면 그 구멍으로 유흥가의 절편이 엿보이는 게 아니라 단순한 그림자를 넘어선 암흑이 실해파리처럼 스멀거리는 걸까. 물리적으로 설명되지 않는 호기심 다음으로 장난, 그와 비슷한 맥락에서 일탈에의 욕구가 피어올랐다. 이 거리에서는 모두가 분주하고 아무도 그녀를 보지 않았으며 개개의 작품들은 민망할 만큼 방치되어 있어서 누가 거기에 손을 넣어본들 제지할 사람이 없었다. 그렇다면 몸을 넣어서는 안 될 이유가 어디 있어. 어릴 적 네 개의 팔로 만든 동대문은 12시가 되기 전에 통과하지 않으면 닫히는 법이었다. 처음 손을 넣었다면 그다음에는 손보다 더 큰 것이 거기 들어가게 되리라는 건 어쩌면 모든 장난에 정해진 단계였다……게다가 정말이지, 유심히 들여다보지 않고서는 변별점을 찾기 힘들 만큼 충실하게 원본을 모방하기도 했고. 이런 때가 아니면 자신의 답 없는 인생에 언제 다시 루초 폰타나의 그림을 꿰뚫고 지나가보겠느냐며, 미온은 칼자국 안으로, 손짓하듯 너울거리는 어둠 속으로 한쪽 다리를 깊이 밀어 넣었다.

그럼 그렇지. 구멍을 통과하고 눈을 뜬 미온은 이전과 다를 바 없는 거리 풍경을 둘러보았다. 구멍에서 검은 꽃이 피어오르는 것처럼 보인 까닭은 아마도 작품 제작자가 어딘가에다 특수 효과를 입힌 게 아니면 착시에 불과할 터였다. 원근법이 무시되거나 기하학적 무늬가 배열되어 있거나 평면 세계가 펼쳐져 있지 않았다. 미노타우로스가 지키는 미궁에라도 이어져 있을 줄 알았나. 뫼비우스의 띠처럼 무한 순환하는 왜곡된 공간이라도 기대했던가. 틈새로 흐느적거리는 어둠이 부피를 키워가는 걸 보며 4차원에라도 빠지기를 바랐나. 조금쯤 그런 비일상을 꿈꾸었던가. 구멍을 통과해도 캔버스 뒤편은 어디까지나 캔버스 뒤편일 뿐이었다. 사람들은 서로 관여하지도 존재를 인식하지도 않으며 저마다의 무거운 그림자를 이끌고 걸어 나갔고, 보도블록의 요철 위로 분주한 소음과 무기력이 피어올랐다. 어디에나 있는 평범하고 남루한 세계, 거기에 수만 분의 하나만큼 생물학적 온기와 진동을 보탤 뿐인 자기 자신. 언제고 일상에의 대항과 반란이란 이런 식으로 끝날 수밖에 없음을 재확인시켜주는.

그러나 임신과 출산을 거치며 비대해진 자신의 몸이, 비록 모작일지언정 폰타나의 그림을 뚫고 들어가 캔버스 실밥 한 올이라도 훼손시켰을지 모른다는 일말의 쾌감이나마 느껴질 만큼, 비좁고 둔중한 미온의 일상에는 모험도 스릴도 이 정도가 고작이었다.

지방이 태워지고 여분의 살덩어리가 분해된 듯한 가뿐한 느낌으로 미온은 앞으로 걸었다. 어쩐지 처녀 적만큼은 아니더라도 자신의 몸이 훨씬 날렵해지고 우아해진 것만 같았고, 발걸음 하나하나에 실리는 무게가 그전보다 가벼운 것이 중력의 영향마저 덜 받고 있는 듯했다. 그때 문득 팔에 무언가 달랑거리기에 내려다보니 자기가 언제 어디서 이런 걸 누구에게 얻었는지 또는 훔치기라도 했는지 전혀 기억나지 않지만 3분백 내지는 영희백이라고 불리는 자그마한 보스턴백이 걸려 있었다. 대학 다닐 적에도, 방문미술교사를 하면서도 만져본 기억 없는 가방이어서 미온은 조금 당황하다가 곧 아무렴 어때, 싶은 마음으로 계속 앞으로 걸어 나갔다. 한 발씩 내딛을 때마다 기존의 세계에서 가볍게 분리되는 육체의 현존이 느껴졌고, 얼마 지나서는 기존의 세계가 어떤 것이었는지를 잊기 시작했으며, 가방 가죽의 생생한 질감만이 이 순간 속한 현실의 전부였다. 누군가가 흘리고 간 걸 주웠다면 주인이 찾으러 오는 대로 돌려주면 될 테고, 훔친 거냐고 몰아세우면 머리채를 잡고 싸우면 되겠지만 무엇보다도 길 가다 3분에 하나씩 나타나는 가방이니 주인이 누구든 알아볼 리 없었다. 이어서 미온은 문득 내려다보이는 자기의 옷이 태어나 처음 보는 옥색 실크 블라우스라는 사실에도 잠시 고개를 기우뚱하다가 이내 신경 쓰지 않았다. 인생을 통해 얻거나 누리기를 간절히 원했던 건 타오르는 예술혼도 남다른 인식도 아닌 그저 이 정도의 단순 명료하며 속물적이고 몰개성적인 표지였다.

그녀는 라임과 허브 냄새가 나는 대학생들 사이를 걷다가 잠깐 멈춰 섰다. 무언가를 잊고 온 것 같은데 그게 뭐였는지 생각나지 않았다. 뭐였더라…… 그보다 나는 어디로 가는 길이었더라. 미온은 얼마 지나지 않아 떠올렸다. 화실 가는 길이었지. 천장이 높고 빛이 잘 드는 이층집을 네 명의 작업실 메이트가 나눠 쓰고 있었지. 일러스트레이터와 조각가와 사진작가와……그리고 이제 막 전도유망한 신인 작가가 되려는 미온 자신. 거기까지 생각나자 그녀는 지체하지 않고 간판 조명이 출렁이기 시작하는 거리를 헤쳐 나갔다.

여남은 명의 사람들이 웅성거리며 낡은 유모차 한 대를 둘러싸고 서 있었다. 문제의 유모차는 적어도 네댓 시간 전부터 2층짜리 주점 건물의 붉은색 외벽을 마주 보고 세워져 있었으며, 그 안에서 아기가 깨어나 울지 않았다면 아무도 알아차리지 못했을 터였다. 한곳에 유모차가 장시간 서 있더라도 거기 뭐가 들었는지를 알기 전까지는 버려진 마트 카트나 다름없었고, 누군가는 아이가 타고 있다는 사실을 금방 알았더라도 주변에 당연히 부모가 있으리라 생각했을 법한 상황이었다. 아이의 울음소리를 듣다 못한 행인들 몇몇이 모여 당혹스럽다는 눈으로 주위를 둘러보다가 아무도 부모라고 나서는 사람이 없자 유모차 내부를 확인했고, 유모차 상태나 아이의 안색이나 입성으로 보아 버려졌을 가능성이 크다고 판단하여 경찰에 신고를 넣었다.

자리에 나타난 경찰은 우선 요람이나 기저귀가방 등 표지가 될 만한 물품을 조사했고, 휴지나 생리대를 비롯하여 탈탈 털어 340원이 나온 지갑 등 초라한 생필품들을 그대로 내버려두고 간 걸로 보아 계획적 유기 범행이라기보다는 무책임한 부모들이 술이나 인터넷 게임에 빠져 아이를 깜박 잊어버린 부주의 소행 또는 정신 질환자에게서 나타나는 자아 망실 행위의 일환으로 보았다. 지시를 받은 구급대원들이 장시간 실외 기온에 노출된 아이를 안고 구급차에 올라탔으며, 경찰들은 문제의 유모차가 바라보고 서 있던 주점을 시작으로 하여 탐문에 들어갔지만 주점뿐만 아니라 커피숍, 피시방, 그 종류와 수량을 일일이 열거할 수 없는 맛집들을 층층이 뒤지려면 시간이 오래 걸릴 터였다. 해프닝으로 끝날 가능성을 생각지 않을 수 없어서 주위 상가를 참을성 있게 뒤지던 경찰은 아홉번째로 들어간 아이스크림 카페에 이르러 다른 팀에게 무전기로 지시를 내렸다. 주위에 정신 상태가 좋지 않은 자가 혼자 방황하는 게 보이면 남녀노소 막론하고 일단 잡아놓으라는 내용이었다. 또 다른 지시 내용은 좀더 가능성 높은 경우를 상정하여, 납치 차량을 검거하기 위해 각 검문소에 내리는 협조 요청이었다.

구급대원이 미처 챙기지 못한 유모차는 아직도 붉은 벽의 주점 앞에 마주 보는 자세 그대로 세워져 있었다. 그대로 내버려두더라도 심각하게 더러운 데다 한쪽 바퀴가 거의 빠지기 직전이라 고물상 말고는 아무도 집어 가지 않을 것 같았지만, 처음 경찰에 신고했던 학생들은 텅 빈 유모차를 보고 어쩐지 안쓰러운 마음이 들기도 하고 통행에 방해되기도 해서 음산한 소리가 나는 철제 관절을 잘 접어 벽에 기대놓았다. 문득 그들 중 하나가 말했다.

"이거 봐. 가까이서 보니까 그림 티가 나네. 아까 봐선 진짜 칼로 쓱 그어놓은 것 같더니."

그 붉은 벽에는 세로 곡선으로 칼자국이 세 개, 서로 다른 길이로 그어져 있어서 그 틈으로 손가락을 들이밀 수 있을 뿐만 아니라 몸을 끼워 넣으면 그대로 빨려들어 다른 차원으로 넘어가기라도 할 것처럼 깊은 어둠의 두툼한 부피가 느껴졌는데, 다가가 들여다보니 그건 페인트로 자국을 그리고 음영을 칠해 넣은 그래피티에 지나지 않았다.

이창 裏窓

당신들이 나를 희대의 오지라퍼라고 불러도 좋다. 오지라
퍼란 알다시피 우리말인 오지랖에다 '그 일을 하는 사람' 내
지는 '직업'을 뜻하는 영어의 어미 '-er'을 붙인 신조어로,
유구한 역사를 자랑하는 말은 아니지만 이와 유사한 수준의
인식은 도시화와 핵가족화가 진행되면서 이미 정착했다고
보는데, 이 낱말의 출현은 '만인이 만인의 일에 신경 끌 것'
을 지향하는 세계관을 반영한다. 타인의 분노에 공감하고
그의 광기를 제어하려 해보았자 개입한 사람만이 터진 새우
등처럼 만신창이가 되며 보상은커녕 피해나 받지 않으면 다
행인 요즘, 누군가에 대한 동정은 시간과 비용 낭비에 불과
하고 정의라곤 깨금발로 서 있을 자리조차 잃은 때 나는 보

기 드문 오지라퍼일지 모른다. 그러나 역사적으로 기아와 질병을 없애고 폭력을 단죄하며 세상을 바꿔온 많은 이들이 이를테면 오지라퍼 아니었던가. 그들은 모두 본인의 불편과 무고와 고통을 기꺼이 감당하고 남들의 손가락질을 개의치 않으면서 토대를 다지고 씨앗을 뿌려 싹을 틔워온 게 아닌가. 나는 내가 본 것이 한 점 의혹의 여지도 없는 사실이라 믿고 사람들에게 진실을 알리려 했을 뿐이다. 나만이 유난스럽게 불의를 보고 참지 못하는 성격이라 주장할 마음은 없으며, 그것이 사람이라면 누구나 해야 할 도리라고 믿는다.

처음 목격한 것은 그녀가 거실 바닥에 납작 엎드린 아이를 발로 걸어차고 있는 장면이었다. 아이는 웅크린 정도가 아니라 젖은 잎사귀처럼 바닥에 들러붙어 있었다. 한 번으로 그치지 않고 두 번, 세 번, 여러 차례. 나중에는 셀 수도 없었다. 발길질을 한 번 할 때마다 아이의 몸이 이리 구르고 저리 굴렀는데 그녀는 그걸 일일이 쫓아다니면서 걸어찼다. 발길질 치고는 슬로모션이었다는 점을 인정한다. 천천히 밀어낼 때보다 빠르게 가격할 때 가속도가 붙어 두 행위 사이에 육체적 고통 측면에서 차이가 있으리라는 점을 안다. 그러나 속도와 무관하게 걸어차임을 당하는 대상이 느낄 모멸감과 고통은 동일할 테고, '꽃으로도 때리지 말라'는 유명한 모토는 그 사실을 증명한다. 꽃으로 때려서 사람이 죽기 때문에 꽃으로도 때리지 말라고 하는 게 아님을 우리는 모두 알고 있다.

시공업체에서 아파트 단지 구조를 엉망으로 설계하는 바람에 몇몇 동에 한해서 맞은편이나 대각선 집이 적나라하게 드러나는 일에 일부 주민들은 엄청난 스트레스를 받아왔고, 나 또한 두 동이 기역 자로 붙다시피 하여 대각선 방향으로 있는 같은 층의 집에다 윗집 아랫집 포함 적어도 세 집의 내부 구조와 인테리어가 훤히 들여다보이는 한편 간혹 옷을 덜 갖춰 입은 채로 서로의 눈이 마주치는 민망한 장면을 수차례 연출한 다음부터는 의도적으로 바깥을 내다보지 않기 위해 노력하는 데에 신경이 곤두서 있던 상태로, 내년에 전세 기간이 만료되기만 하면 당장 다른 아파트를 알아보리라고 벼르던 때였지만, 이번만은 그 형편없는 사생활 침해용 구조에 감사하며 긴급 신고 번호를 눌렀다. 여기는 P 아파트인데 311동 1001호에서 어떤 여자가 자기 자식인 듯한 어린애한테 과도한 폭력을 행사하고 있으니 빨리 와주세요. 네? 제 이름은 왜 필요한데요. 지금 그게 중요한가요. 아니 진짜, 바로 붙어 있는 집이어서 보인다니까요. 지금 벌써 열 번 스무 번도 넘게 애를 발로 차고 있다니까요! 애가 내장 파열이라도 되면 그때 오시게요? 아, 그놈의 집안 문제! 그렇게 해서 손쓸 거 못 쓰고 죽어나간 사람이 어디 한두 명이에요? 나중에 언론에 다 뿌리고 인터넷에 올릴까요? 어디 또 지금

녹음된 거 지우고 그래보세요.

통화를 마친 뒤로도 나는 베란다 앞을 떠나지 못하고 서성이며 그 집을 건너다보았고, 수십여 차례에 걸쳐 아이를 발로 미는지 차는지 하던 엄마(로 추정되는 사람)는 이제 바닥에서 몸을 뒤트는 아이를 주먹으로 쥐어박는지 양손이 아이의 작은 몸을 향해 오르내렸다. 아이가 이리저리 구르는 범위가 갈수록 커졌고 그것은 난폭하고도 완벽한 지배예속관계를 형상화하는 궤적이었다. 나는 그 장면에서 아이의 명확한 거부의 몸짓과, 그럼에도 불구하고 육체적 제약으로 인해 받아들일 수밖에 없는 체념을 보았다. 조금만 더 거리가 가까웠다면 나는 그녀의 입가에 그려진 미소마저 포착할 수 있었으리라고 확신한다. 그때 이윽고 경찰이 도착하여 초인종을 누른 모양으로 그녀의 모습이 베란다에서 사라지고, 아이는 연체동물이 꿈틀거리듯 몸을 일으켜 앉더니 바닥에 널브러져 있던 그림책을 읽는지 퍼즐을 맞추는지 무언가 다른 일에 관심을 쏟는 모습을 보였다. 거리도 있고 옆모습에다 방향도 대각선이라 확실하진 않겠지만 나는 그 아이의 외형 견적을 내보았다. 짧은 머리에 반팔 실내복 색깔로 봐서는 남자아이임이 확실하고 다섯 살? 여섯 살? 몸집으로 보아 초등학생일 리는 만무했다. 그 아이 옆으로 양복바지 입은 발이 몇 개 어른거리는 걸로 보아 경찰이 오기는 했나 본데 단 몇 분간의 조사에서 알아낼 수 있는 사실은 거의 없을 텐데도 불구하고 그들은 애엄마 말만 믿고 그대로 돌아가 버린 듯, 안쪽에서부터 그녀가 성큼성큼 걸어오더니 베란다 밖으로 나와서는 외부 새시까지 열어젖히고 몸을 내밀었다.

그녀가 고개를 이곳저곳 돌릴 것도 없이 한 번에 목표물을 포획했다는 확신 가득한 눈빛으로 나를 똑바로 바라보았고, 순간 심장을 누군가 쥐었다 편 것처럼 덜컥했으나 나는 그대로 선 채 미동도 하지 않았다. 나로선 잘못한 일이 하나도 없고 지금도 내 집 거실에서 밖을 내다보고 있을 뿐으로, 마주친 눈을 피하거나 그녀의 시선을 못 느낀 척 몸을 돌려 실내로 모습을 감춰버린다면 그야말로 경찰에 신고 전화를 넣은 사람 여기 있다고 인증하는 셈이었다. 상대방에게 인증한다고 해서 뒤가 켕기지도 않으며 이웃 주민으로 당연한 일을 했을 뿐이라고 주장할 수 있지만 그건 내 입장이고, 만에 하나 그녀가 보편적인 육아우울증 이상의 중증 질환에 시달리는 사람일 경우 스릴러 영화에서 종종 볼 수 있듯이 언제든 이리로 건너와 내게 해코지하며 광기를 표출할 수도 있다는 오싹한 가정을 해보면 가능한 한 이쪽 신분이나 행적이 알려지지 않는 게 좋았다. 요즘은 특히 너나없이 욱하는 게 기본이니 미치지 않은 것처럼 보이던 사람들도 태연히 남의 집에 쳐들어가 망치를 휘두르곤 하는데, 그녀가 그런 사람이 아니라는 보장은 어디에도 없었고, 그만큼 상식적인 사람 같으면 아이에게 애당초 그런 만행을 저지르지 않았을 것이다. 무엇보다 나 자신이 열한 살 딸아이를 키우는 처지에 도저히 그 장면을 보고만 있을 수 없었다는 게 인지상정인데 오히려 그것이 내 아이에게 화살로 돌아오지 않으리라는 법도 없으니, 양심에 따라 옳은 일을 하고서 포상은커녕 앙갚음으로 돌려받아서야 말이 아니다.

멍하니 서 있는 듯하던 그녀는 이어서 설상가상으로 의미심장한 미소를 지어 보였으므로 그건 내게 보내는 신호라고 보아도 무방했다. 이 상황에서 그 미소가 비웃음 아닌 이웃집에 건네는 순수한 인사라거나, 무심결에 창을 열었다 모르는 이와 눈이 마주친 데 대한 민망함을 얼버무리려는 반사작용이라고 애써 생각하는 게 더 우스운 일이었으니 다만 조소의 의미를 여러 가지로 분석해보았는데 그래봤자 내 빈곤한 상상력은 참견하지 마, 사람 잘못 건드렸어, 어디 두고 보자 언저리에서 맴돌았다. 그대로 상당한 시간이 흘렀고 나는 조금이라도 당당해지려던 최초의 판단이 잘못되었음을 알았다. 그녀는 지금 내 인상착의를 기억해두는 중이었다. 내가 한 일의 옳고 그름과 무관하게 앞으로 아이 손을 붙잡고 슈퍼에 오갈 때나 놀이터에 나갈 때 누군가를 마주칠 수 있는 수많은 확률과 변수를 고려하면, 그 시선이 처음 나를 붙잡았을 때 겸연쩍은 듯 모습을 감추어서 얼굴을 익힐 틈을 주지 말았어야 했다. 그러나 이제는 물러서기엔 너무 늦었으니 나는 오히려 어깨를 펴고 상대를 건너다보며 당신이 뭔데 나를 꼬나보느냐, 어디 한번 해볼 테냐 하는 뜻을 최대한 전달한다고 생각되는 표정을 나름대로 지어 보였고, 마침내 그녀는 눈싸움에 기가 질렸는지 아니면 오늘은 간만 봤다는 뜻인지 모를 묘한 미소를 짓더니 버티컬을 쳤다. 천천히 버티컬이 옆으로 펼쳐지면서 그녀를 가리는 장면을 나는 끝까지 바라보고 섰으며, 그녀 또한 완전히 모습이 사라지기 전까지 이쪽을 향한 시선과 미소를 거두지 않고 있었다.

여기까지 말했을 때 혹시라도 당신들이 품을지 모를 몇 가지 의문 —— 이 여자는 집에서 자기 애나 똑바로 돌보는 게 먼저 아닌가 직업도 없고 한가해서 고작 남의 집을 몰래 관찰하는 것으로 자신의 정의감을 대리 충족하려는가 왜 이 여자는 제대로 된 담론을 펴지 못하고 감성적이며 작은 일에만 분개하는가 —— 을 먼저 해소하고자 한다. 나는 초 단위까지는 못 되더라도 적어도 분 단위로 치열하게 움직이며 실천하는 삶을 산다고 자신할 수 있는데 이를테면 2주에 1회, 못해도 월 1회꼴로 정의사회를 구현하고 상식이 통하는 세상을 지향하는 시민단체의 모임에서 활동하며, 태안 앞바다에서 유조선이 침몰하는 등 안팎으로 각종 불상사가 생기면 어디든지 달려가 무보수 노동을 자처하기 때문에 그 횟수와 빈도는 대중없이 늘어날 때가 많다. 그 외에 신도들의 헌금으로 거대 호화 성전을 구축한 부자 교회가 아니라 정상적인 교회에서 운영하는 밥차 봉사를 적어도 분기별로 한 번씩 나가고 있으며, 지역사회 아동복지센터에서 빈곤층 자녀를 위해 운영하는 방과 후 교실에서 주 1회 수학 보충 공부를 돌보고 있다. 해고 노동자들을 위한 서명 참여 독려나 성금 모금 운동에 빠지지 않으며 어딘가에서 충돌이나 파업이 일어났다면 가장 빈번하게 눈에 띄는 얼굴 중 하나가 나일 테고, 한편으로는 내 아이의 육체적 건강에 감사하는 뜻으로 희귀 질환에 고통받는 어린이 환자들을 위한 재단에서도 봉사하고 있다. 단지에서 흔히 볼 수 있는 다른 주부들처럼, 남편의 수입은 안정적이나 본인은 반복되는 돌봄 노동에 삶의 한구석이 공허하여 재즈댄스나 서양요리 강좌를 찾아다니고 비슷한 친구들과 무리를 형성해서 식도락 여행을 다니며 끝에 가서는 언제나 서로의 자식 자랑으로 기선을 은근히 제압하는 식의, 비생산적인 시간을 보내본 적 없는 것이다. 완벽하다고는 말 못 하지만 그 모든 일을 다 해내면서 가족을 돌보는 노동을 게을리해본 적도 없는데, 내가 세탁과 다림질을 잊는 바람에 남편이 어제 입었던 드레스셔츠를 다시 입고 출근하는 일은 상상하기 힘들며, 아이가 머리를 빗지 못하거나 아침을 거른 채 학교에 가는 일도 없을뿐더러 학교에서 학원으로 이동하는 애매한 틈에 엄마표 수제 간식을 건너뛴 적도 없다. 가족의 주말 저녁 식탁에 배달 음식이나 대형 마트에서 대량 조리한 포장 음식을 올리는 장면도 있을 수 없고, 이미 단체마다 여러 일을 맡은 여건상 적극 가담하지는 못하나 환경 운동과 동물 보호에도 관심 있기 때문에 가능한 한 유기농 채식 식단을 구성하려 애쓴다. 된장찌개를 한번 끓이려 해도 고기나 멸치 대신 버섯과 양파와 감자로 국물을 내니 여간 번거롭고 까다로운 일이 아닌 데다, 연회비를 납부하고 생협 조합원이 되어야 좋은 식재료를 산지에서 배달받을 자격도 주어진다. 내가 하는 모든 사소한 일들과 일상에서의 작은 실천들이 사회 정의를 이루는 근간이 된다고 믿어 의심치 않는다. 가족 모두가 이민을 갈 계획도 능력도 없는 이상 이곳은 내 아이가 앞으로 살아갈 곳이기 때문이기도 하다. 그러니 내게 다른 이들의 비상식적인 행동을 보고 그저 눈살만 찌푸리기를 넘어 그것을 제지할 자격과 의무가 어찌 없다고 말할 수 있겠는가? 나는 가령 오후 4시경 백화점 문화센터에서 쁘띠보자르니 유리드믹스니 하는 놀이 강좌를 마치고 나온 여자들이 스타벅스 안에 옹기종기 모여 앉아 서로의 아이들을 유모차에 방치한 채 열량과 당분이 과다한 아이스코코아를 한 잔씩 쥐여주곤 남편 욕시댁 뒷담화에 열광하느라 시간을 낭비하는 장면만 보아도, 유의미한 공동체적 삶과 무관한 푸념을 늘어놓는 모습에 혀를 찬다. 그런 내가, 건너편 집에서 벌어지는 아동 학대 가능성이 농후한, 아니 확실한 일을 그냥 묵과했어야 한다는 뜻인가? 당신들이 말하는 정의와 당신들이 그리는 미래는 고작 그 정도인가?

버티컬로 가려진 창 너머에서 무슨 일이 일어나고 있을지 온갖 경우의 수를 짚어보면서 나는 가슴을 쓸어내렸다. 그녀가 무슨 말로 얼버무려 경찰을 돌려보냈을지, 아이가 말을 안 들어서 야단쳤을 뿐이라며 집안 문제로 둘러댔을 건 틀림없으나 문제는 그걸로 끝이 아니다. 그녀가 뒤늦게라도 정신을 차리고 아이에게서 발길질을 거두었다면 다행이다. 다음 날, 그다음 날 같은 일을 반복하지 않으리라는 보장이 없음에도 당장 그 순간은 아이가 무사할 테니. 그러나 그녀는 경찰이 다녀간 뒤 버티컬마저 치고 오히려 아이에게 더 심하게 화풀이할지도 모르는 일이며, 남편이 퇴근하면 낮 동안 무슨 일이 있었느냐는 듯 아무런 티를 내지 않을 터다. 공부방 아이들에게서 심리 상태가 비슷한 엄마들의 상황을 종종 들은 적이 있으므로 그런 행동 패턴은 쉽게 짐작할 수 있다. 나는 그때도 내 일처럼 펄쩍 뛰며 아이들에게 말했더랬다. 왜 그걸 가만히 두니? 아버지 퇴근하시면 의논을 드려. 하루라도 빨리 어머니를 치료받게 해드려야 하지 않니? 그러나 아이들은 심드렁하게 대꾸했더랬다. 365일 중에 320일을 야근하는 아빠한테 무슨 말을 해요, 한들 믿어나 주나요. 그 아이들의 낙담과 포기에서 나는 이미 그전에 수차례 같은 시도를 해보고 실패를 반복하여 겪어온 자의 상처와 패배감을 엿보았고, 그 아이들을 구하기 위해, 최소한 변호하기 위해 부모들을 직접 만나려고까지 했다. 그러나 아이들 몰래 독단으로 일을 꾸미는 것 또한 절차에 어긋난다 싶어 양해를 먼저 구했을 때, 그들은 하나같이 완고하게 고개를 저었다. 그것은 폭력에 익숙해진 사람의 무기력한 행동양상이므로 스스로 그 틀을 깨고 나가는 게 먼저라고 몇 번을 말했는지 모른다 — 이 사람은 그래도 나를 사랑해서 이러는 거겠지, 나도 이 사람이 가엾고 안타까운데, 내지는 이 사람 없이 내가 살아갈 수 있을까 같은 애틋하고 착잡한 마음들 말이다. 가만, 그런데 지금 맞은편 집의 그녀에게는, 최소한 밤만이라도 폭력 행각에 제어장치가 될 남편이라는 존재가 있기는 할까. 어쩌면 그녀는 남편과 이혼하고 혼자서 아이를 키우다 생활고 탓에 문제적 행동이 더 표출되는 것일지도 모르는 일……까지 나의 가정은 뻗어나갔다. 그러나 좀더 생각해보면 사이가 좋고 아니고와 별개로 남편이 없지는 않을 것 같았는데, 서민의 경제력으로는 이 아파트 단지에서 최소 평수인 23평에조차 전세를 살기도 힘들다는 점이 그 추측을 뒷받침했다. 싱글맘이라면 어지간히 잘나가는 회사 CEO나 특급 연예인이 아니고서야 어림도 없는 일이었다. 따라서 그녀는 외형적으로 평범한 중산층 가정에서 본인이 일을 할 필요 없이 남편의 충실한 경제적 부양을 받고 있을 것이며, 그녀가 아이를 걷어차는 행위는 남편이 출근하고 없는 낮에 국한되어 있으리라고 추리할 수밖에 없었다.

그녀가 햇빛을 받거나 환기하기 위해 언제고 저 버티컬을 다시 열 것이라는 기대로 나는 몇 날을 기다렸다. 그사이에 아이가 무사한지 궁금하여 신고한 내역이 어떻게 처리되었는지 관할 경찰서에 전화로 문의했으나, 역시 다짜고짜 내 이름과 주소부터 대라는 말에 그냥 끊어버렸다. 경찰 입장에서야 그럴 수밖에 없었을 텐데, 신분이 확실치 않은 사람에게 조사 결과를 알려줄 수는 없으니까. 그럼에도 나는 세상 모두가 합심하여 이웃집 아이의 불행과 재난에 한몫하고 있다는 생각에서 벗어나기 힘들었다. 당신들도 모를 리 없다, 사소한 선의를 실천하기 위해 한 사람이 받는 정신적 고통과 물질적 손해가 결코 작지 않음을. 거리에서 데이트 폭력을 당하는 여자를 구해줬더니 그전까지 연인 사이에 오갔던 폭력마저 혼자 뒤집어쓰고 고소당하는가 하면, 처참한 교통사고의 증인을 서주려 했다가 경찰서에 끌려가 장시간에 걸쳐 갖은 취조를 당하는 동안 내가 가해자인지 목격자인지 헷갈리게 되어버리는 사례를 익히 알고 있을 것이다. 그런 가능성을 고려해가면서까지 나로선 최선을 다했고, 필요하다면 조금 더 할 의향이 있었다는 사실만으로도 내가 당신들에게 이렇게까지 비난받아야 할 이유는 없다.

버티컬이 열리기 전에 나는 외부에서 그녀와 마주쳤다. 아파트 단지 안에서가 아니라 두 블록 떨어진 곳에 있는 대형 마트에서였다. 아까의 여담과 얘기가 다르지 않느냐 미심쩍어할 것 같아 거듭 말해두지만 나는 대형 마트에서 장을 보는 일이 없고 재래시장을 이용하거나, 품질 유통 관리가 확실하며 대기업의 촉수가 뻗치지 않은 산지 직배송 식재료를 인터넷으로 구매한다. 이때 마트 건물에는 어디까지나 3층에 어린이 전용 치과가 있어서 딸을 데리고 갔을 뿐이다. 4층 푸드코트에서 아이 손을 잡고 내려오던 그녀를 먼발치에서 보고 긴가민가했으나 설마 그럴 리야, 싶어서 지나치려던 순간 그녀는 정확히 나를 알아보고 먼저 인사를 건넸다. 310동 사는 분이시죠? 아파트 브랜드만 해도 주위에 네댓 개는 되는데 이름을 생략하고 곧바로 310동이라고 지르는 걸로 보아 그녀가 맞았다. 내가 그녀를 피해야 할 만큼 찔리는 일을 한 기억이 없고 모든 일은 통념과 상식 선에서 이루어졌다고 자신할 수 있지만 나는 그녀가 버티컬이 닫히기 직전까지 머금었던 미소가 이미 건전한 생활인의 그것이 아니라 느꼈으므로 이 갑작스러운 조우가 꺼림칙하지 않을 수 없었다. 나는 그녀를 처음 본다는 듯이 눈을 동그랗게 뜨고 딸아이를 잡은 손에 힘을 주면서 되물었다. 아, 예…… 그런데요? 갑자기 악력을 높이는 바람에 혈관이 부풀고 심장이 빠르게 뛰기 시작했지만 나는 몇 번이고 상기했다. 잘못한 일 없고 당당하며 세상 어떤 종류의 폭력이든 종식되어야 한다는 엄정한 의도. 그녀는 반쯤 가린 버티컬 너머로 보였던 미소에서 모종의 은밀함이나 경멸을 덜어내고 하해와 같은 미소를 지으며 말했다. 지난번에 혹시 우리 집을 경찰에 신고하신 분이 아닌가 해서요. 1008호 사시죠? 이렇게 대놓고 물어볼 줄은 몰랐기 때문에 나는 반응할 타이밍을 놓치고 대신 고개를 기우뚱하며 얼버무렸다. 예? 신고······요? 일단 이렇게 해두면 나중에 그녀가 사실을 확인하고 추궁하더라도 잠깐 기억이 가물거렸다는 정도로 마감할 수 있을 터였다. 아 맞다, 제가 그랬었네요, 근데 대수롭지 않은 일인가 싶어 잊어버렸지요, 까지 나는 그녀의 반격을 대비하는 대답을 떠올리고 있었는데, 그녀는 타인에게 해를 끼치는 삶이란 지금껏 생각해본 적도 없다는 듯한 미소를 지으며 천진하게 말을 이었다. 아, 아닌가? 지난번에 아이와 놀고 있는데 우리 집에 경찰이 갑자기 들이닥쳐서는, 이웃집에서 가정 폭력 신고가 접수되어서 조사차 찾아왔다는 거였어요, 세상에. 그분들 돌아가고 나서 이웃집이 대체 어딘가 싶어 밖을 내다봤을 때 마침 거기와 눈이 마주쳤던 것 같아서 그런가 보다 했지요. 저의 착각이라면 죄송합니다. 그녀의 말투는 적절한 수위의 조소와 예의를 한데 머금고 있어서 나는 어떻게 반응해야 할지 알 수 없었다. 천만에요, 괜찮습니다. 그런데 아이라면 지금 옆에 있는 이 아이 하나인가요? 나는 평범한 이웃집 이모 역할에 충실하고자 아이와 눈높이

116

를 맞추려고 허리를 살짝 굽혀보았는데 그 아이는 제 엄마의 미니드레스— 나는 이 아슬아슬한 길이의 미니드레스 또한 이 나이 대 아이를 데리고 다니는 엄마에게 부적절하다는 혐의를 두고 있었다, 손톱의 화려한 네일아트와 착용한 목걸이 반지의 돌출된 장식 펜던트를 포함하여 — 뒤로 반쯤 숨었다. 이번에는 베란다를 통해서가 아니라 가까이서 보았기에 다섯 살쯤 먹은 아이라는 걸 외양으로 확실히 알 수 있었는데, 키가 작고 평균보다 심각하게 말라 보였으므로, 이 부분에서 아이가 평소 제대로 먹고는 있는가 하는 의문이 새롭게 솟아나지 않을 수 없었다.

예, 하나예요. 둘은 낳았어야 저희들끼리 치고받고 놀 텐데 이 아이는 어린이집 다녀오는 것 말고는 엄마하고만 놀려고 들어서 큰일이에요…… 얌전한 대신 사회성이 부족하고, 몸도 약해서 자기보다 덩치 큰 아이들이 들러붙어 있으면 미끄럼틀도 가까이 가지 않을 정도라 놀이터를 즐기지도 않지요. 그래 집에서는 형제 대신 노상 제가 놀아주는데, 그날도 저는 아이와 총싸움 놀이를 하고 있었거든요. 아직 어린애인데 하루가 멀다고 집에 학습지 교사나 방문미술교사 불러들여 앉아서만 지내게 하면 너무 안됐잖아요. 세 사람 살기는 집도 넓은데 뛰어다니며 노는 게 제일 좋다고 생각했지요. 총싸움이라고 해서 우리 옛날 어렸을 때 골목대장 아이들이 하던 것처럼 막대기 들고 자갈 튀기다 패싸움 나고 결국 누구 하나 울고, 그렇게 과격한 게 아니라 그저 손으로 총 모양을 만들어 입으로 소리를 내며 뛰어다닐 뿐이니 서로 번 갈아가면서 총에 맞은 척 신음 소리와 함께 바닥에 자빠지는 게 암묵의 룰이기도 한데요. 나 맞았다! 하고 쓰러져서 매트를 뒹구는 아이를 장난삼아 발끝으로 슬쩍 건드려봤더니 얘가 자지러지더라고요. 그렇게 간지러울까 싶은데 끼룩거리면서 온 거실을 뒹구는 거예요. 어, 이게 좀 먹히나 보다 하고 발을 바꿔가며 아이를 톡톡 건드리니까 얼굴이 익어가도록 웃어젖히기에, 이 사소한 장난에 즐거워할 만큼 아직 어린애구나 싶어 흐뭇하게 웃기까지 했는데 그때 경찰들이 찾아오니까, 혹여 남편이 바깥에서 사고라도 난 줄 알고 깜짝 놀랐지 뭐예요. 자초지종을 들으니 이웃집에서 아동 학대로 신고가 들어왔다고 하겠지요. 나는 웃음 터지는 걸 참느라 가능한 한 허리를 깊이 접고는 일단 들어와서 아이가 어떤지 확인해보시라고 할 수밖에요. 아이 노는 모습을 보고서 결국 경찰들은 돌아가고 사소한 해프닝으로 끝나긴 했지만, 우리 아파트 단지가 구조나 배치도 좀 그렇고 문 열어놓은 채로는 뭘 도무지 못하겠다는 생각이 다시 한 번 들더군요. 온몸을 던져가며 남은 체력이라면 마지막 한 방울까지 쥐어짜내서 아이와 놀아주고 있는데 학대라니 얼마나 억울해요.

그전까지 일면식도 없는 내게 일의 전말을 기승전결까지 주워섬기고 있는 걸로 보아 그녀는 내가 신고자라는 걸 빤히 알고 있었다. 그렇다면 나 또한 아닌 척해주마 생각하며 장단을 맞춰보았다. 그거야 현명하신 생각이네요. 자두나무 밑에서 갓끈을 고쳐 쓰지 말라고 하니까요. 하지만.

네, 하지만?

그것이 실로 자두가 아닌 갓끈이었다는 건 본인 아닌 다른 누가 확신할 수 있을까요. 경찰은 그야말로 왔다가 갔을 뿐이니까요. 안주인이 있는 상태에서 영장도 없이 자세히 집 안을 뒤져보거나 아이의 몸 구석구석을 살피지는 않았겠지요.

그녀는 내가 할 말이 없는 나머지 그대로 찌그러질 줄 알았던 모양으로, 반격에 의외라는 듯 멈칫하다가 곧 어색하게 웃어 보였다.

그러게요, 그건 나만 아니까 결국 나의 양심에 전적으로 맡기는 수밖에 없지요. 하지만 경찰이 바보도 아니고, 외상이 눈에 띄지 않더라도 아이의 행동양상을 파악하면 그 아이가 직전까지 무얼 하고 있었는지, 어떤 상황에 놓여 있었는지 대강은 드러나지 않을까요. 엄마한테 밟히다가 외부인이 들이닥쳤다고 해서 아무 일 없었다는 듯 포커페이스를 만들 수 있는 어린애가 세상에 몇 명이나 되겠어요. 아이가 엄마를 보호하기 위해 그렇게까지 할 수 있다면 그건 이미 천진한 아이가 아니라 오히려 두려움의 대상일지도 모르겠네요, 제 짧은 생각에는, 이를테면 오컬트 무비에 나오는 것 같은 좀 유별나고 무표정한 아이……

천진한 게 아이다운 거라고 누가 정하지도 않았을뿐더러, 그럴 때는 보통 엄마를 위해서가 아니라 자기 자신을 위해서라고 볼 수 있거든요. 돌보아주는 사람을 불시에 빼앗기는데 두려움을 느끼는 아이의 본능은 그렇게 무시할 만한 게 못 된답니다. 우리 아이도 다섯 살 때였나 저한테 실컷 혼나고 울어서 딸꾹질까지 하다가도 그날 첫 방문한 튼튼영어 선생님을 보고 뚝 그치던걸요. 내 가족 아닌 사람에 대한 경계심이, 누군가에게 호소하고 싶은 마음을 압도한 거지요.

아…… 일리 있는 말씀이에요. 분석력이 뛰어나세요. 혹시 심리학 전공하셨어요?

아닙니다. 이 정도는 아이를 키우고 사회 활동을 하다 보면 저절로 습득되는 수준이에요.

그렇군요. 혹 시간 괜찮으시면 이렇게 서서 얘기 나눌 게 아니라 어디 좀 들어가 앉으시겠어요? 육아 조언도 좀 듣고 싶고.

말씀은 감사하지만 집에 손님이 오기로 되어 있어서, 먼저 실례할게요.

네…… 손님요. 그러시구나.

그러시구나,라고 나직하게 읊조리는 품과 억양은 우리 집에 손님 따위 올 예정 없다는 걸 잘 알고 있다는 듯했으나, 나는 옆에서 딸이 눈치 없이 엄마 누가 오는데?라고 묻기 전에 딸의 손목을 잡아끌고 무빙워크에 올랐다. 조만간 뵈어요. 집 어딘지 아시죠. 놀러 오세요. 여자가 등 뒤에서 소리치자 나는 반쯤 몸을 돌리고 고갯짓으로 대답을 대신했다. 누가 갈까 봐. 그러나 그대로 영 모른 척하기엔 그녀의 스커트 뒤로 숨은 아이의 상태가 신경 쓰였다. 그녀의 집에서 단 한 잔의 차만 마시고 나온다고 해도 그 아이의 행동을 통해 무언가를 두려워하거나 꺼리는 등의 심리를 짐작할 시간으론 충분할 테고, 짧은 소매와 바짓단 밖으로 드러나는 폭력의 흔적을 포착할 가능성도 배제할 수 없었다. 언젠가 어떤 방식이나 이유로든 내 발로 그 집에 찾아가게 되리라는 예감이 들었다. 피아간 구별이 자기 자식만 물고 빠는 행위로 규정되는 세상에서 나와 1그램의 상관도 없는 남의 집 자식 안위를 염려하는 게 그렇게 잘못된 일이라고 생각지 않는다. 당신들은 옆집에서 누군가가 죽어 나간들 그게 나와 내 자식만 아니면 그만이라고 할지 모르나 사람이 산다는 건 그런 게 아니다, 적어도 사람답게 산다는 건. 정신은 그것을 올바르게 사용할 때 비로소 정신으로서의 가치를 획득한다. 거기 존재한다고만 해서 그것이 정신이 될 수는 없다. 나를 비난하기 전에 부디, 당신들의 정신은 어디에 있으며 그것을 어떻게 사용하고 있는지부터 답하기 바란다.

나를 이해할 마음이 없는 당신들을 탓하고 싶지는 않다.

가장 가까이서 내 말을 믿어주어야 마땅할 남편조차, 내가 목격한 상황과 일의 전말을 세 차례에 걸쳐 들려줬을 때 끝에 가선 짜증을 터뜨렸다. 처음에는 그저, 내가 보기엔 당신 생각이 지나친 것 같아. 아이란 직접 키우는 엄마가 제일 잘 아는 법이잖아? 따위의 원론적이며 사람 양심에 일임하는 이야기나 심드렁하게 풀고 앉았다가 나중에는 벌컥 소리치기를, 아, 그놈의 신경과민 좀 집어치워. 그렇게 그 집 새끼가 걱정되면 거기 현관 앞에서 노숙이라도 하든지! 난 또 뭐 그 집 애가 내복 바람에 맨발로 쫓겨나서 콧물 훌쩍거리고 돌아다니는 걸 거둬주기라도 한 줄 알았네. 어디 부러지거나 터진 것도 아니라면서 왜 자꾸 혼자 상상의 나래를 펼치고 소설 쓰는데? 평소에 낄 데 안 낄 데 안 가리고 온갖 봉사 활동 다니면서 인생의 함정에 빠지거나 지옥에서 허우적대는 사람들만 만나니 그 분위기에 휩쓸리지 않을 수가 있나. 말이 나왔으니 얘긴데 제발 그 빌어먹을 봉사 활동 좀 줄여. 남의 집 새끼만 보이고 우리 새끼는 안 보여? 아니 그것도 관두고, 당신 한 사람 길길이 뛴다고 지금까지 손톱만큼이라도 바뀐 게 있기는 해? 그거 다 당신 시간이랑 노동이랑 내가 번 돈이랑! 그냥 꼬라박은 거잖아. 내 말 틀려? 이야기가 이쯤 흘렀다면 이미 본질을 벗어난 다툼이어서 말이 통하지 않는 법이었고, 나의 대응 또한 자신의 정당성을 주장하는 데에 초점이 맞춰졌다. 내가 언제 시민단체 들락거린다는 핑계로 당신 밥상을 안 차려놓고 간 적이 있기를 해, 아이 학교 숙제를 안 봐준 적이 있기를 해. 나한테 할당된 노동만 틀림없이 하면 다른 시간엔 무엇을 해도 좋다고 말한 건 당신이잖아. 내가 이 아파트 사는 다른 여자들처럼 피트니스나 다니면서 몸매 관리하고 에어로빅 센터에서 엉덩이나 흔들고 사는 거 아니잖아. 당신이 뼈 빠지게 벌어 온 돈, 사회적으로 의미 있게 쓰자는 거잖아. 남편은 숟가락을 던지듯 내려놓고 상을 물리며 말했다. 차라리 에어로빅을 해. 재즈댄스도 괜찮겠네. 춤이나 추라고! 다른 사람들 사는 거랑 좀 비슷하게 살라고, 쓸데없는 데에 유난 떨지 말고! 세상에 당신만 잘났고 당신만 배웠어? 여기 사는 여자들 중에 가방끈 당신만 못한 여자가 과연 몇 명이나 될까? 가방끈 긴 거 어디 써먹지도 못하고 스트레스 받는다며 중고 샤넬백이나 질러대고 스토케인지 뭔지 유모차 밀어다 커피숍에서 죽때리는 여자들이 당신 눈에는 한심해 보이지? 지금처럼 남의 집 일에 있는 대로 오지랖 떨면서 의식 있는 인간인 척 배운 티나 내는 당신보다는 낫다고 생각해. 똑같은 뒷담화라도 그들의 말은 그나마 가벼워서 훌훌 털어버리기에도 좋고, 그때그때의 욕구에 충실하니까 차라리 솔직하기라도 하지. 당신은 개인적인 관심사를 자꾸 있어 보이게 포장하려 들어. 행위의 본질은 대동소이한데 거기 자꾸 논리와 이유를 부여함으로써 자신이 정치적으로 올바른 인간이라 자위하고 싶은 거지. 남편의 그 말은 지금까지 남과 무언가를 나누기 위한 내 숨 가쁜 질주를 통째로 부정하는 것처럼 들려서 나는 있는 힘을 다해 그의 과거 행적까지 물귀신처럼 붙들고 늘어져보았다. 적어도…… 적어도 당신만은, 실천은 힘들더라도 잘못된 일에 최소한 관심이나마 가질 줄 알았는데. 당신은 그래도 한때 단대 학생회장이었는데…… 이 대목에서 남편은 코웃음과 손사래를 함께 쳤다. 무슨 잠꼬대 같은 소리를 하고 있어. 1년 임기 채우기는 했다. 그렇지? 근데 내가 그때 마음하고 똑같이 살았다면 지금 회사에서 과장까지 올라갔겠어? 우리가 딸 데리고 이 동네 이 단지 살기는커녕 근처에라도 와봤을 것 같아? 당신, 몸은 여기 살면서, 정작 버릴 수 있는 거 이 중 한 가지도 없는 주제에 그 빚 갚음 하느라고 혼자 깨어 있는 척 치열한 척하지 마, 사람 사는 거 다 똑같으니까. 그렇게 말하며 돌아서는 남편의 등 뒤로 자조와 체념이 길게 드리워지는 걸 보니 그 역시 나를 말리기 위해 절반은 마음에 없는 소리를 한다는 생각이 들었고, 누군가를 착취하며 살 만큼의 권력이나 요령도 없이 정당한 방식으로 누적해온 우리의 경제적 성과에 일종의 죄의식을 떨치지 못하는 거라 믿었다. 딸은 개수대에 제 빈 밥그릇과 수저를 털어 넣고는 부리나케 자기 방으로 모습을 감춰버렸다.

약속도 잡지 않고 얼떨결에 그 집에 가게 된 건 그로부터 닷새 뒤였다. 사실 정해놓고 다녀가는 방문이라면 그 집의 진실한 모습을 못 보게 될 가능성이 크다고 생각하기에, 누군가를 도울 마음이 있다면 무례한 급습이 결과적으로 효율이 더 높긴 하다. 그러나 이날은 내 마음의 준비가 안 되어 있었다. 이제는 거의 습관처럼 무심코 넘겨다보았을 때 그 집 베란다는 외부 새시뿐만 아니라 그전까지 굳게 쳐져 영원히 열리지 않을 것만 같았던 버티컬에다 거실 창문까지, 몸속 장기를 꺼내놓고 말리기라도 할 것처럼 활짝 개방되어 있었기 때문이다. 딱 좋은 가을바람이 불던 무렵 오후 5시쯤이었다. 거실 창 안쪽에서는 예의 그 모자가 작은 야생동물과 그를 뒤쫓는 사냥꾼처럼 뛰어다니고 있었다. 엄마와 아이가 꼬리를 잡힐 듯 말 듯 도망 다니기도 하고 쫓기도 하며 가끔 뒤돌아서 서로를 향해 두 손을 모아 올리고 상하로 흔들어대는 모습이 정말로 평범한 총싸움 놀이 동작으로 보여서, 정말 내가 그동안 오해한 것일지도 모른다는 생각마저 들었는데, 다음 순간 아이가 바닥에 나동그라지자 그녀는 기대를 저버리지 않고 아이를 발로 걷어차기 시작했다. 그러니까 그녀가 걷어차기 시작했기 때문에 아이가 바닥에 넘어져 구르는 것인지, 아니면 아이가 총 맞은 시늉을 하느라 드러눕고 나서야 그녀의 발길질이 시작된 것인지 선후관계를 미처 확인하지 못했을 만큼 눈 깜짝할 새 일어난 일이었으나, 분명한 건 지난번보다 발길질이 좀더 빠르고 리드미컬해졌으며 목표물을 정확히 가격하는 것 같다는 느낌이었다. 당신들은 이조차, 그녀를 반드시 범죄자로 몰아가고 싶은 나의 강박에서 비롯된 착시라 말할 것이다. 그러나 내 인생과 무관한 여인을 어째서 내가 그렇게 만들고 싶어 한다는 말인가. 설령 나중에 진실이 밝혀지고 — 이제는 그조차 요원하게 되었지만 — 내가 그녀를 철저히 오해했음을 확인하게 되더라도, 온몸과 마음을 다해 그녀 아이를 걱정했다는 본의마저 왜곡되어서는 안 된다.

내가 집에서 나와 엘리베이터를 타고 내려가서 옆 동으로 건너가 다시 엘리베이터를 타고 10층으로 올라가기까지 걸린 시간은 다해서 5분 안팎일 것이다. 각각의 건물에서 두 번에 걸쳐 엘리베이터를 타는 데에만 약 4분이 소요되었는데, 우리 집 라인에서는 중간에 타고 내리는 사람이 많았고, 그쪽 집 라인에서는 마침 안쪽에서 마주 나오던 집배원 덕에 방범 스크린도어를 쉽게 통과하긴 했지만, 어떤 개구쟁이의 장난인지 층층마다 버튼이 눌려 있었기 때문이다. 10층에 내린 나는 한번 깊은 호흡을 하여 내 숨소리가 집중에 방해되지 않도록 준비한 다음 현관문에 귀를 가까이 대보았다. 이렇게 귀를 댄다 해서 안쪽 소리가 철제 현관문을 울려 내게 전달될지 여부는 알 수 없었고, 적어도 27평은 되는 아파트인데 거실에서 나는 소리가 현관 밖까지 들린다면 그야말로 총체적 부실 설계의 증후가 되겠지만, 그 순간 곧바로 초

126

인종을 눌러서 문 안에서 벌어지는 상황을 종료시키는 것보다는 이렇게 먼저 살피는 쪽이 나았다.

예상하지 못한 바는 아니었지만 이 정도로 아이의 슬픈 울음소리를 잡아낼 수는 없었다. 지금까지 딸을 키운 경험에 비추어, 넘어지고 다치는 일반적인 상황에서 아이 울음이 5분을 넘기기는 쉽지 않다. 그런 경우가 있다면 대개 원하는 바를 얻기 위해 떼를 쓰거나, 지속적인 육체적 고통과 불편에 시달릴 때다. 내가 본 그 아이는 왜소하고 허약하기 이를 데 없어서 5분 이상 소리 내어 울면 제풀에 숨넘어갈 것처럼 생겼다. 그러면 이 안쪽 상황은 내가 도착하기 전에 이미 끝이 나서 아이는 다시 평범하게 놀고 있나. 엄마가 수건으로 아이 입을 틀어막았거나 아이가 기진하여 딸꾹질만 하다 쓰러졌을 가능성을 완전히 배제할 수 없었다. 나는 더 이상 기다리지 않고 초인종을 눌렀다.

안쪽에서는 도어 아이로 내 얼굴을 본 듯, 묻지 않고 문을 열었다. 그녀는 반가운 웃음을 띠었는데 그것이 문을 열기까지의 짧은 시간에 애써 준비한 미소라는 사실쯤 쉽게 짐작할 수 있었다. 어머나, 어쩐 일이세요. 안 그래도 오며 가며 마주치면 한번 차 마시러 오시라 말씀드리려 했는데. 나는 충동만으로 달려왔기에 아무것도 준비해 온 게 없었으나 얼버무리지 않고 말했다. 혹시 교회 다니시나 해서요. 저 요즘 전도 기간인데 마침 생각나서. 아파트 단지에서 이웃 간에 흔히 있을 법한 방문 목적을 스스로도 용케 잘 생각해냈지만, 이성을 찾고 보면 도대체 성경책 한 권 옆구리에 끼지 않고 전도라니 상대가 주의력이 깊지 않은 사람이라도 이 말을 믿을 리 없었다. 그러나 그녀는 살짝 올라가려는 한쪽 입꼬리를 끌어내리며 비웃음을 참는 듯한 미소를 짓고 현관에서 비켜섰다. 들어오세요. 마침 잘됐어요, 간식 시간 직전이었거든요.

아이가 거실에 없었다. 직전까지 그녀 아이가 밟히는 장면을 보다 달려왔으나 나는 짐짓 모르는 척 물었다. 아이는 아직 어린이집에서 안 왔나 봐요. 데리러 가실 시간이 언제인지. 그녀는 캡슐 커피메이커를 작동하면서 대답했다. 화장실에 갔어요. 그 말에 거실 옆에 붙어 있는 화장실을 바라보았으나 화장실 문은 살짝 열려 있었고 불은 꺼져 있었다. 안방 화장실에요. 바깥 것보다 좁고 환기가 잘 안 되는데 아이는 굳이 거기를 써요. 아늑하다나. 건포도빵 괜찮으세요? 먹으러 온 거 아냐, 라고 생각하며 나는 고개를 끄덕였다. 5분 정도 걸려 다과를 준비해 내온 여자는 거실 티테이블에 쟁반을 내려놓고 나서야 혼잣말처럼 중얼거리기를, 일 보다 빠졌나…… 하고 안방으로 들어갔다. 당신들뿐만 아니라 내 남편조차 나를 막무가내라고 생각하지만 나는 처음 방문한 상대의 집 안방까지 쳐들어갈 만큼 무분별하지 않기 때문에, 그녀가 아이를 데리러 간 동안 앉은 채로 거실을 둘러보며 찬찬히 구경하고 있었다. 때가 타기 쉬운 색인데도 아이보리 소파는 먼지 한 점 없이 깨끗했다. 고개를 들어 돌아보다 맞은편 벽 한 면을 차지한 책장을 본 순간 나도 모르게 피식 웃어버렸다. 그것은 말하자면 그녀가 요즘 젊은 엄마들 하는 일이라면 무비판적 또는 몰개성적으로 따라하고 있으리라는 증거로 보였으며, 10년쯤 전부터 애엄마들 중심으로 유행한 '거실에서 텔레비전 치우기' 운동인지 '거실을 서재로' 따위 이벤트의 결과물 같았다. 집 안에서 가장 넓은 공간을 넋 놓고 텔레비전 보는 데가 아닌 도서관으로 삼는 것은 누가 뭐래도 바람직한 일이 아니냐고 당신들은 반문할지 모른다. 그것은 당신들이 벽걸이 티브이가 어쩌고, 42인치 LED가 어쩌고 해가면서 번드르르한 전자제품에 과잉 투자를 하다 공간상 문제로 서재 꾸미기를 실천하지 못했기 때문에 — 이는 가족 구성원의 합의를 전제로 해야 하는 까다로운 운동이기도 하다 — 거실에서 티브이를 치웠다는 행동 자체를 선망의 대상 내지는 기특한 시선으로 보고 있어서 그렇다. 그런 서재 운동을 이끈다며 자랑스럽게 여성잡지 인터뷰에 응한 주부들의 기사를 본 적 있는가. 그녀들의 어깨 너머에 장식된 소위 '거실 서재'라는 곳은 책등이 똑같은 어린이 전집으로 가득 차 있을 것이다. 깔끔하고 경직된 책들은 표정 없이 냄새 없이, 읽는 용도보단 인테리어의 일부로 착각될 만큼 질서 정연하게 그 자리에 투척되어 있을 테고,

기사에 수록된 사진은 거의 다 위인전이나 과학동화 수학동화 경제동화 전집을 옆에 쌓아놓은 의도적 연출과 그 가운데 한 권을 펼쳐 읽는 어린 자식을 애틋하고도 자랑스럽게 바라보며 아이 어깨 너머로 책을 함께 들여다보는 시늉을 하는 엄마의 구도로 이루어져 있을 것이다. 자식을 위한다는 명목으로 대부분의 책장을 내주고 그녀 자신이 읽을 책이라곤 단 한 칸이나 많아봤자 두 칸을 차지했을 것인데, 책등에는 '좋은 엄마 되기'나 '영재 기르는 법'과 비슷한 맥락의 제목이 붙어 있을 것이다. 아이에 대한 아낌없는 투자의 결과로 그녀 자신의 내밀한 행복이나 성취감은 배제되기 마련이며, 그것은 종종 논리적으로 설명이 불완전한 우울로 이어지곤 한다. 그런 패턴에 기대자면 이 거실 서재는—엄밀히 말해 가족 모두의 독서 습관을 정착시키는 일과는 거리가 멀기 때문에 서재라고 부르긴 무엇하나—그녀의 마음속에 항상 도사리고 있을지 모를 죄책감이나 증오 및 환멸의 장식장일 가능성이 농후한 것이다.

마침내 그녀가 아이를 데리고 나왔다. 옷은 막 새것으로 갈아입힌 듯 실내복인데도 빳빳한 다림발이 선명했고 아이는 무표정했지만 그 아이 눈 흰자위에 붉게 선 핏발까지 감추어지지는 않았다. 아이는 내가 오기 직전에 분명히 울었다. 여자는 아이를 티테이블 앞에 앉히며 타이르기를, 그만 좀 훌쩍거려, 그렇게 김치를 안 먹으니까 변비가 오지. 그녀는 아이가 배에 힘을 주느라 눈물이 났다고 할 참인가 보았다. 나는 다시 한 번 선량한 이웃집 아줌마의 미소를 지으며 (이리 가까이 오렴, 해치지 않아) 아이에게 인사를 건넸다. 우리 지난번에 한번 만났는데 기억하니. 악수할까? 몇 살이야? 아이가 쭈뼛거리며 제 엄마를 돌아보고는 엄마가 아무런 눈짓도 수신호도 보내지 않고 그저 포크로 빵 조각을 찍어 건네자 그걸 받아먹기 시작했는데, 나는 아이의 태도로 그녀의 범상치 않은 심리 상태를 짐작할 수 있었다. 이런 상황에서 보통의 심신 건강한 엄마가 아이에게 형식적으로라도 할 수 있는 말은 '아줌마한테 안녕하세요, 인사해야지'일 것인데, 그녀는 내가 내민 손이 부끄럽거나 말거나 또는 아이가 최소한의 보편적 사회 규약을 준수하거나 말거나 개의치 않고 있었다.

그때 아이가 실수로 포크를 떨어뜨리는 순간 나는 정확히 세 가지를 포착했는데, 하나는 포크가 요란한 소리를 내며 티테이블에 흠집을 내자마자 아이가 엄마의 눈치부터 보는 장면이었고, 다른 하나는 거의 동시에 그녀가 눈을 부라리다가 나의 시선을 의식했는지 눈길을 거두는 모습이었으며…… 마지막 하나는 포크를 주우려 팔을 뻗는 아이의 옷소매 밑으로 드러난 푸른 멍이었다.

잡았다,라고 소리 내어 외칠 뻔한 걸 간신히 참았으나 나도 모르게 아이의 손목을 붙잡는 반사적인 행위까지는 참지 못했다. 모르는 아줌마에게 손목을 잡히자 아이는 작은 체구 어디서 그런 힘이 나왔는지 손을 낚아채곤 엉덩이로 뒷걸음질했고, 여자는 내 면상을 한 대 치고 싶어 하는 표정으로 물었다. 왜 그러시죠? 나는 이미 손목을 잡아버린 마당에 더 이상 숨길 수 없어서, 가능한 한 상대에게 불쾌감을 주지 않을 만한 말을 고를 여유도 없이 퍼붓기 시작했다. 제가 오해했다면 죄송하지만, 미리 말씀드리자면 저는 여러 시민단체와 지역사회에서 봉사해온 경험이 있어서 아무리 작은 일이라도 관심 갖고 지켜보는 편인데요, 어머님이 평소 이 아이를 어떻게 대하시는지 대강 짐작이 가거든요. 아이는 이 나이 또래답지 않게 위축되어 있고 사람 대하는 방식이 자연스럽지 않은 데다 몸에는 상처까지 나 있네요. 저는 어머님이 아이와 뭔가 작지 않은 문제가 있으시다 판단했고, 가능하면 어머님과 아이가 함께 상담 치료를 받으시는 게 어떨까 싶어요. 남의 일에 감 놔라 배 놔라 해서야 안 될 말이지만, 그래도 오며 가며 계속 볼 사이이기도 하고 다른 집 아이가 밝고 건강하게 구김살 없이 자라는 모습을 보는 것도 저 같은 사람들에게는 일종의 기쁨이자 보람이거든요. 불시에 자기 자식에 대해서 단도직입적으로 이런 이야기를 들었을 때 보통 엄마의 반응이란 당황해하거나(사실일 경우) 기가 막혀 하거나(사실이 아니거나, 사실이지만 사실 아닌 척할 경우) 두 가지로 대별되는데 그녀는 내 말이 끝날 때까지, 도저히 차를 마시는 걸로 보이지는 않았지만 줄곧 손가락에 우아하게 걸려 있던 찻잔을 조심스럽고 절제된 동작으로 티테이블에 내려놓고는 천천히 고개를 들었다. 하실 말씀은 그게 단가요. 그것이 변명이나 구실을 준비하기 위해 시간을 버는 동작이라고만 간주하기에는 지나치게 침착했으므로 나는 나도 모르게 다소곳한 자세를 갖추고 다음 말을 기다렸다.

신경 써주셔서 감사하다는 말씀을 먼저 드리고 싶네요. 하지만 걱정하실 일은 아무것도 없답니다. 상처만 해도 어린이집에서 친구들과 놀다 부딪친 것이고, 저와 아이 사이에는 큰 문제가 없어요. 물론 제 분을 못 참고 소리를 지를 때도 있고 야단칠 때도 있어요. 왜 없겠어요. 하지만 아이를 키우는 엄마 치고 늘 즐겁고 행복하기만 하다면 그게 오히려 제정신 아니지 않을까요. 아프고 힘든 순간에 삼키는 눈물의 양이 더 많다고 해서, 아이와의 관계가 좋지 않다고 섣불리 판단하는 건 신중하지 않다고 생각되고요. 그러니 그런 말씀을 하시러 왔다면 돌아가주세요.

그녀의 말은 묘하게 설득력 있고 화법이 세련되기까지 했다. 그녀의 말투와 표정에서는 순수하게 부모 된 자 고유의 권한과 자존심 외에 다른 어떤 의도도 읽어낼 수 없었다. 그러나 미친 사람은 자기가 미쳤다고 말하지 않는 법이고, 문제가 있는 사람이 첫 대면에 순순히 문제 있다고 고백하기도 흔치 않은 일이다.

죄송하게도 저는 여기 오기 전에 베란다를 통해 어머님과 아이가 노는 모습을 봤습니다. 그건 아이를 간질이는 게 아니라 걸어차는 것처럼 보이더군요. 설령 간질이던 게 맞다 치더라도 아이와 그런 식으로 놀아주는 게 바람직하다고 보이지는 않거든요. 아이가 싫어하며 그만두라는 즉각 반응이 나오지 않더라도, 영유아를 오랜 시간에 걸쳐 지나치게 간질이면 웃음 때문에 호흡 곤란이 찾아올 수도 있습니다. 폐 기능이 좋지 않은 아이의 경우 지속적인 웃음과 울음 모두 사망의 원인이 되기도 하지요. 게다가 아이를 발로…… 발을 사전에 얼마나 꼼꼼히 씻었는지는 별개 문제고, 아무리 열심히 쓸고 닦아도 눈에 안 보이는 병균이랑 먼지 묻은 바닥 밟고 다닌 발로 간질이는 건 엄마로서 할 수 있는 일 같지 않습니다. 아이를 짐승처럼 발로 굴리다니, 내 자식이라고 그렇게 해도 되는 거 아닙니다. 인격체라고요. 만일 어머님이 베이비시터나, 하다못해 타인도 아닌 친정어머니에게라도 아이를 맡기고 일 나갔는데 그렇게 발로 간질였다고 상상만이라도 해보세요. 어떤 느낌이 드실지.

나는 이쯤 되어서는 그녀가 걸어질렀다고 확신하고 있었으나 의도적으로, 내가 그녀의 말을 인정하고 있음을 어필하기 위해 간질였다고 몇 번이나 말했다. 여기서 고상한 사회인 가면이 깨어진 엄마 같으면 모욕감을 느낀 나머지 당장 꺼지라는 등 험한 말이 나올 법했는데, 돌아오는 그녀의 음성이나 어투는 한없이 예의 바르고 단조로워서 마치 기도라도 하는 것 같았으며, 얼굴에 나타난 미소는 전문 프로파일러가 미세 표정까지 파고들지 않으면 진실 여부를 가늠할 수 없을 만큼 정밀하게 구석까지 각이 잡혀 있었다.

남이 보이지 않는 데서라면 얼마든지 꼴불견에 비상식적이고 비위생적인 행동을 할 수 있지요. 태어나서 이날까지 남몰래 콧구멍 한번 안 파본 사람처럼 말씀하시네요. 하지만 누군가가 이 장면을 충분히 볼 수도 있으리라는 사실을 제가 잊고 있었어요. 말하자면 보고 싶지 않은 것을 보지 않을 어머님의 권리까지는 미처 생각지 못했던 게 사실이에요. 어머님 말씀 옳고, 남들 눈에는 충분히 안 좋게 보일 수 있으니 그 점 앞으로 조심하겠어요. 그럼 됐나요?

자신의 의도가 곡해되어 억울함을 느끼는 평범한 여인이라면 이 대목에서 흥분하여 언성이 높아지거나 말실수를 하게 마련이다. 지금의 미소와 음성에서 나는 하루빨리 시설을 나가고자 정상인을 연기하는 신경증 환자의 정돈된 예의를 엿볼 수 있었다. 그러나 그녀의 심리보다는 아이의 안전이 관심사인 만큼, 상대를 수긍하는 척하면서 논리와 공손함으로 쌓아 올린 견고한 벽과 완곡한 거절의 말을 내놓는 상황에 내가 무리하게 밀고 들어가면 더 큰 부작용이 있을지 모르니 다음 기회를 노리자…… 나 역시 눈으로 확인하지 못한 일을 억측으로 일관하고 있지는 않은지 자숙할 시간을 가져야겠다는 생각마저 들었다. 두 모금도 채 마시지 않은 찻잔을 두고 주춤거리며 일어섰을 때, 그녀가 마지막으로 드러낸 본색이 아니었다면.

일부러 애써서 경찰에 신고까지 해주셨는데 미안하게 됐네요. 그러니까 다시는 쓸데없는 짓 하지 말고 신경 끄세요. 아셨죠?

표정도 말투도 그전까지의 톤을 유지하고 있었지만, 오히려 그랬기 때문에 말의 내용에 담긴 선명한 적의가 더욱 도드라졌고, 그 부조화를 본 순간 나는 그 자리에 얼어버렸다.

나가는 문, 어딘지 아시죠?

이 역시 웃으면서 상냥하게 한 말이었음에도 거기 담긴 위협의 무게를 감지하는 데에는 충분한 어조였다. 다음 차례는 미치광이를 소재로 한 영화에서 익히 보아온 패턴대로 그녀가 내게 무슨 짓을 할 것만 같아 돌아서서 허둥지둥 신발을 꿰다가 두 번을 헛발질하고 넘어질 뻔했다. 현관문을 닫자마자 그녀가 뒤따라 나와 도로 그 문을 열어젖힐 것만 같았고 엘리베이터가 올라오기를 기다리면서 그 자리를 버틸 수 없었기에 층계로 달음질쳤다. 5층까지 내려가서야 따르는 발소리가 없음을 확인하고 나는 한숨을 토해냈다.

지역과 이름을 모두 익명으로 처리하고 이 일의 개요를 인터넷 게시판에 올렸을 때 네티즌의 반응이 한결같았다는 점은, 아주 예상치 못했던 건 아니나 사람들 인식이 실로 이 정도 수준인가 싶어 당혹스러웠다. 그 글은 나중에 삭제했지만 캡처본을 갖고 있으니 증명할 수 있는데, 내가 글 속에서 그녀를 문제 삼는 태도는 가능한 한 자중하고 그저 '이웃 아이를 돕기 위해 무얼 할 수 있을까'를 요지로 하여 아이 가진 엄마들의 관심과 응원을 촉구한 것에 지나지 않음에도, 스크롤이 조금만 길어지면 앞뒤 잘라먹고 훑어 읽기 일쑤인 자잘한 오독에다 얼굴 모르는 상대를 향한 흥미 본위의 악의가 중첩되어서는, 백 개의 댓글이 달렸다고 치면 그중 여든 개가 나더러 오지랖을 넘어선 편집증이 의심되니 정신과에 가보라는 내용이었고, 열 개는 바카라 전략이나 노예 두 명 상시 대기 운운하는 스팸 광고였으며, 당신의 의도만큼은 존중한다는 중도 입장에 하나 마나 한 소리가 나머지 열 개였다. 그러니까 80명의 얼굴 모르는 이들은 지금 당신들이 내게 보이는 것과 거의 같은 반응을 나타냈다. 당신 자식이 피해를 본 것도 아니고 모른 척 지나가면 될 일을 애써 파고드는 저의는 무엇인가, 누군가를 위한다는 신념이 얼마나 위험한지 아는가…… 같은 것들 말이다. 내 아이가 다치지 않으면 그만이라는 이런 사람들이 길러내는 아이가, 훗날 누군가를 다치게 하는 아이로 자라난다는 걸 그들은, 당신들은 정말 모르는 걸까.

그들은 이웃집 그녀보다 오히려 나더러 제정신이 아니라

고 한목소리로 말하며, 이제 누가 미친 사람이고 미치지 않은 사람인지의 경계를 모호하게 만들어 본질을 흐리는 데에 한몫했다. 글을 올린 지 이틀이 채 지나지도 않아서 몇몇 사람이 내 신상을 털기 시작했고 — 나는 내가 얼마나 심신 건강한 사람으로서 타인의 일에 관심 갖고 당신들의 구태의연한 입버릇인 '그래도 아직은 살 만한 세상'을 만드는 데 힘쓰고 있는지 최소한의 사전지식을 제공하기 위해 기본 스펙과 함께 과거 봉사 활동 목록의 일부를 올려놓았더랬다 — 신상 털기 앞에서는 '고향에서 환영받지 못하는 예언자' 역할을 더 이상 수행할 수 없었기에, 본격적인 마녀사냥이 시작되기 전 나는 원문을 삭제했다. 나 혼자 억측의 희생양이 되는 건 감당할 수 있지만 그 엄마에 그 딸자식이야 안 봐도 비디오라는 식으로 내 딸까지 이상한 아이라는 오해를 받게 놔둘 수는 없었다. 결코 내가 누군가를 해칠 모종의 계획이 있어서 원문을 내린 게 아니라는 사실만 분명히 해두고 싶다.

따라서 내가 게시물을 내린 바로 그날 그 집 아이가 사망했다는 사실은 내 행동과 아무런 인과관계가 없다. 까마귀 날자 배 떨어졌다고 해서, 항상 가까이 있는 그 엄마를 좀 더 철저히 조사하지는 못할망정 어떻게 내가 조사 대상 순위에 다섯 손가락 안으로 꼽힌단 말인가. 양심이 있다면 당신들, 어찌 딸 가진 엄마에게 누군가의 죽음을 조장했다며 손가락질할 수 있는가. 당신들이 내게 하는 비난에는 어떤 논리적 과학적 근거도 없으며, 그저 암탉이 남의 집 일에 참견하고 쏘삭거리다가 재수 옴 붙어 그리 되었다는 미신적 사고에 불과하다. 실제로 그녀는 아이가 화장실에서 미끄러져 머리를 부딪혔다고 진술했고 병원의 소견도 뇌출혈이었는데, 당신들은 내가 이웃집 아이를 밀어 떨어뜨리기라도 했다 말하고 싶은가. 진정으로 뇌가 있고 심장이 있는 사람이라면 이렇게 나를 몰아세우기 전에 당신들이 그 아이를 위해 무엇 하나라도 했는지부터 생각해보라. 적어도 키보드 위 손가락이 아닌 몸을 움직이며 눈 크게 뜨고 살핀 사람에게 이러는 법은 없다.

이왕 당신들이 나더러 정신 나갔다며 가루가 되게 빻아대고 있으니 마지막으로 한 가지만 더 밝혀두자면, 내가 그 아이 소식을 듣고 나서 죄책감을 느낀 건 사실이다. 그게 이상한 일인가. 분명히 말하건대 내가 죄책감을 느낀 대상은 그녀가 아니라 그 아이다. 당신들은 옆집에서 오다가다 만난 사람이 어느 날 갑자기 큰 사고를 당하거나 목숨을 잃었을 것 같으면, 그 재난에 전혀 관여하지 않았음에도 마음 한구석에 구름이 끼지 않겠는가. 타인의 불행에 어떤 식으로든 공모자가 되었거나 최소한 엮여 있는 것만 같은 불편한 감정을 조금도 느끼지 않을 수 있는가. 만일 그런 사람이 있다면 병원에 가보기를 바란다. 선의와 관심이 돌팔매와 비난으로 돌아오기를 반복하더라도 나는 이 역할을 멈추지 않을 것이다. 내가 조금만 더 조치를 빨리 취했더라면, 그녀의 남편을 만나보고 상의했더라면, 어쩌면 그 아이는 무사했을지도 모른다 — 비록 내가 살피던 사안과 무관한 사고사임에 틀림없다 양보하더라도 이런 회한이 자연스레 밀려오는 것이, 정말로 편집증의 지표라도 된단 말인가.

이 무거운 마음을 안은 채 나는 그 아이 장례식장에 갔다. 나 혼자 가면 또다시 시비를 걸러 왔다고 오해받을지 몰라 남편에게 동행을 부탁했으나 남편의 반응은 지금 당신들이 보이는 것과 비슷했다. 거기가 어디라고 가. 가서 따귀나 맞지 않으면 다행이게. 나는 말뜻을 이해하면서도 반박했다. 내가 뭘 어쨌다고? 그 집 애를 내가 잡았어? 남편은 고개를 저었다. 전후관계나 논리는 필요없어. 당신과 상관없는 일에 끼어들어서 애가 부정 탔다고 트집 잡힐 거라는 예상이 정말 안 되는 거야? 그쪽 집안은 역장이 무너져서 지금 누구라도 탓할 대상을 필요로 하고 있을 테고, 마침 그 자리에 당신이 나타나주면 땡큐다 하고 달려들걸. 사람 공격성이 언제나 그럴 만한 때와 장소에서 나타나리라는 생각은 안 하는 게 좋을 텐데.

결국 나는 학원 숙제가 많아서 싫다는 딸의 손목을 끌고 장례식장에 이르렀다. 인사만 드리고 갈 거야, 인사만. 너 이런 것도 좀 봐둬야 해. 너도 사람이잖아. 생로병사는 언젠가 누구에게나 닥쳐올 일이야. 딸은 볼이 미어지는 소리로 투덜거리기를, 엄마 제발 작작 좀 해, 남 보기 쪽팔려 죽겠어. 엄마가 이런다고 누가 엄마 생각 알아나 줄까 봐? 거기다 자식이 내일모레 시험 본다는데, 시험 보기 전에 이런 데 데리고 오는 부모가 세상 어디 있어? 재수 없게. 내가 키운 딸이 이토록 비과학적이고 태도나 세계관이나 바람직하지 않은 말을 하는 모습이 충격이었지만 못 들은 척 그대로 딸의 손을 끌고 빈소에 들어섰다. 검은 한복을 입고 자신의 남편과 나란히 서서 손님맞이를 하던 그녀가 인사를 마치고 고개를 드는 순간 나는 분명히 보았다. 그건 최소한의 가식조차 내려놓은 진정한 의미로서의 조소였으며, 그녀가 입 꼬리를 올리고 퉁퉁 부은 눈을 내 시선과 똑바로 맞추었을 뿐임에도 이런 목소리가 들려오는 것 같았다. 이제, 만족해요?

나는 영정 속의 아이를 차마 바라보지도 못한 채 눈을 아래로 깔고 절차를 갖춰 인사한 다음 그 자리를 물러 나왔다. 돌아 나오기 전에 설마 싶어서 한 번 더 바라본 그녀의 눈은 여전히 나와 내 딸을 향해 있었고, 그녀의 웃음은 이제 곧 촉수를 뻗어 우리 두 사람을 휘감을 것처럼 보였다. 그 웃음은 고통과 슬픔의 여진에서 비롯하는 게 아니라 내가 이겼다, 고 말하고 있었다.

그녀 웃음의 진의가 무엇이었을지, 비이성적인 사람은 누구이며 이 일이 누구의 잘못에서 비롯되었는지, 이제 당신들이 멋대로 판단하라. 진실을 아는 이는 무덤에 있으니.

식우 蝕雨

처음 그것은 일상적이고도 자연적인 퇴락을 표시하는 작고 별 볼일 없는 크기로 다가왔을 것이다. 그날, 기침이 멎을 듯 말 듯한 쪽방의 고로롱팔십처럼 28일째 이어지는 빗속에서, 그 자체가 하나의 동네보다는 도시에 가까운 거대 아파트 단지의 제1구역을 평소의 동선대로 순찰하던 경비원 기역 씨는 비옷 차림에 우산을 덧쓰고 장화 신은 발을 찰박거리며 걷던 중 문득 고개를 들어 검은 우산 속을 올려다보았을 것이며, 거기 매달린 물방울들과 그 너머로 볼록렌즈를 들이댄 듯 부풀어 보이는 점 모양의 잿빛 하늘을 발견했을 터다. 보험성 저축 상품에 신규 가입하고 창구 직원에게서 건네받았던 기억, 우산의 출처를 떠올리다 그는 문득 그것이 언제 이렇게 낡고 닳았는지, 얼핏 눈에 띄지 않으나 빗물 방울이 통과할 만큼 크기는 넉넉하고 간격은 촘촘한 구멍들이 우산에 나 있는 걸 알아차리곤 판촉용 증정품이란 으레 이런 법이거니 실소했을 것이다. 문득 코끝에서 부서지는 습기의 나날들이 불쾌를 넘어 점차 불안하지만, 옛날 살던 산동네에서 기름띠를 두르고 안방을 떠다니는 액자니 그릇이니 세간을 건져내고 물을 퍼내던 시절과는 달리 최첨단 최신식 배수 시설을 자랑하는 이 도시에 별문제는 없으리라 막연히 믿었을 것이다. 최적의 실내 습도를 유지하도록 가가호호 조절 장치는 돌아가고, 입주민들은 빌트인 드럼세탁기에서 완전 건조된 셔츠를 꺼내 다리면서 언제쯤 출근길에 우산을 지참하지 않을 수 있을까 정도나 가끔 궁금해하며 일기예보를 검색하고 있었을 것이다. 시간당 강수량은 약 10밀리리터를 유지하여, 논밭이 많은 지역에서 이 정도 규모의 비가 28일간 지속되었다면 작물 피해와 소규모 산사태 및 침수를 우려하는 보도가 진작 나왔겠으나, G시를 이룬 부속들은 꼭 이 아파트 단지에 국한하지 않더라도 그 정도 비를 감당하기에 무리 없었으므로 눅눅함과 불쾌함을 견디는 일이 가장 큰 어려움일 터였고, 아름다운 캐스터가 자기 잘못도 아니건만 사뭇 안타깝고 미안하단 어조로 내놓는 마무리 멘트는 출퇴근길 불편과 세탁물 건조의 용이치 않음을 오늘도 감수하셔야겠다는 차원에 머물렀을 것이다. 사람들은 발목에 들러붙은 무거운 바지 자락의 감촉이나 힐에 튄 흙탕물 또는 지연되는 대중교통 등에 가끔 눈살을 찌푸렸을 테며, 도시관리과에서는 불의의 감전 사고 예방을 위한 인력을 수시로 파견하여 피복이 벗겨지거나 완전히 끊어진 전선이 없는지 점검했을 것이다.

그러다 경비원 기역 씨는 비옷 모자를 아무리 끌어내려도 다 못 덮는 코에 떨어진 굵은 물방울 하나를 슥 훔쳤을 텐데, 이때 코끝이 조금 아린다고 느꼈을 테지만 싸구려 나일론 비옷으로 살을 문질렀기 때문이려니 싶어 대수롭지 않게 넘어갔을 것이고, 그러다 점차로 피부에 작열감이 고조되어 한번 더 코를 닦았을 때 그는 제 소매에 묻어난 선홍색 피를 발견했을 것이며, 자신이 마지막으로 형식에 불과한 건강검진이나마 받아본 게 언제였는지를 미처 더듬어볼 틈도 없이 괴저에 걸린 듯한 관리사무소 건물 외벽에 송송 뚫린 구멍을 보았을 텐데, 건물이 언제부터 이처럼 부실해졌는지는 몰라도 그 구멍의 크기나 밀집도가 어쩐지 자기 우산이 뚫린 모양과 비슷하지 않나 싶은 순간, 머리 위로 무너져 내리는 시멘트 무더기를 미처 피하지 못했을 것이다. 시멘트 덩어리들과 관리사무소의 집기들 밖으로는 경비원 기역 씨의 부러진 우산 일부가 드러났을 것이며, 역시 파묻힌 채 밖으로 일부 나와 있던 비옷 걸친 손은 다른 이들이 현장을 발견하고 시신을 수습하는 동안 서서히 녹아내려 붉은 근육에선 모락 모락 김이 솟아오르고 흰 뼈가 드러나기 시작했을 것이다.

　그로부터 24시간에 걸쳐 역학조사가 이루어지고, 현재의 강우가 왕수 수준의 강력한 부식 성질을 띠고 있다는 발표가 나오기 무섭게 G시에서 하룻밤에 열 채 이상의 단층 건물들이 무너졌다.

*

　엑소더스 물결에 몸을 맡긴 채 내다본 도로는 배설 불가능 상태의 내장 같고 가다 서기를 꾸준히 반복하는 정도가 그나마 소통이 원활할 때였으며 대부분은 평균 한 시간가량 제자리에 머물다가 20미터 남짓 기어가기 일쑤였는데, 문제는 이 도시를 완전히 빠져나갈 때까지 차체나 바퀴가 얼마나 버텨줄까 의심스럽다는 데 있었으니, 물결에 몸을 맡긴다는 감각 자체가 어찌 보면 사치스럽기 이를 데 없지만, 그럼에도 니은은 차창 너머의 아비규환이라곤 슬로모션의 무음 영상처럼만 보일 뿐 그 소란이며 빗소리가 스밀 틈 없는 차 안에 탄 자신이, 지금으로선 그 정도 감정적 호사는 누려도 된다고 믿는다. 생성도 내세도 없이 분해만을 촉진하는 빗속에서 그나마 쾌적한 조건 아래 이동할 수 있는 까닭이라면, 앞 좌석에 앉은 부모님이 약 20년에 걸쳐 근검절약보다는 주로 기민하고 과감한 투자 감각과 금융 흐름을 타는 재능을 발휘하여 일구어온 부에 있다.

최초로 사고 방송이 나왔던 날로부터 이틀쯤 뒤에는 재량 휴교령이 전 도시 차원에서의 긴급 의무 휴교령으로 바뀌었으며, 저마다의 몸이 녹아 없어진다면 이 돈을 쓸 손인들 남을 리 없고, 구체적인 도주 계획을 세우기에도 애매모호한 시점이었으나 하여간 무언가 조짐이 안 좋을 때 으레 그러는 대로 사람들은 은행 창구에 몰려들어 대량의 적금 해약과 예금 인출 사태를 빚었는데, 니은의 부모는 이미 비가 내리고 보름 남짓했을 무렵 평소 즐겨 찾던 무속인의 충고에 따라 갖고 있던 주식 가운데 깡통만 제외하고 모두 팔아 현금화했으며 원금 보장이 안 되는 상품을 제외한 모든 적금을 해지하여 보유하고 있었다.

그 과정에서 니은의 부모는 남부 도시의 어느 휴양림 관광호텔에 머물기로 예약했으나 출발 전날 어디의 무슨 지시를 받았는지 이미 표를 구매한 열차의 운행이 모두 중단되어 예매가 임의 취소되었다는 연락이 왔다. 열차뿐 아니라 비행기가 모두 결항되었고 각 비행기들은 남부 지역의 여러 공항에 흩어져 G로 되돌아오지 않았으며, 터미널에서는 각종 관광버스와 시외버스가 자취를 감추었다. 정부에서는 이를 두고 만에 하나라도 생길지 모를 각종 공해나 폭발, 부식 사태를 미연에 방지하기 위함일 뿐 이 비만 그친다면 아무런 문제도 없이 각종 교통편은 정상화할 것이며 비에 포함된 부식 성질 또한 시간이 지날수록 불규칙하게나마 농도가 옅어지고 있으므로 G의 시민들은 염려 말고 대기해달라는 발표를 냈는데, 그 발표를 낸 정부 고위직 인사와 국회의원 들의 상당수가 이미 의전 차량을 통해 대거 타 도시로 이동했다는 소문이 들렸으므로 사람들 사이의 술렁임은 사그라지지 않았다. 전 도시적 혼수상태인 탓에 그런 느낌이 증폭되기도 했지만 인터넷 포털 메인에 노출된 미디어 뉴스들은 무언가 강력하고 대대적인 엠바고 명령이라도 받은 듯 양심과 신념과 그럼에도 불구하고 공익에 의거한 비밀 따위가 끓는 물에다 같이 뛰어들어 부자연스럽게 휘발된 어조를 띠었고, 간혹 G가 이미 정재계 중요 인물들이 다 빠져나간 유령도시 상태이며 비의 부식성이 줄어들고 있다는 발표도 과학적으로 거짓이라고 주장하는 커뮤니티의 글들은 눈부신 속도로 신고 및 삭제되었으나 캡처본은 여전히 SNS를 비롯한 각종 인터넷 게시판을 통해 날라지고 있었다.

세상에서 제일 견고한, 외국 건축회사의 권위 있는 전문가들이 설계했으며 건축과 조립에 필요한 모든 재료를 유럽산 정품으로만 썼다는 고품격 주거 공간인 아파트 단지마저 중증 골다공증 환자와 다르지 않다는 관리 본부의 자체 진단이 나옴과 함께, 니은의 가족은 필요한 것들을 챙겨 급한 대로 시내 중심가에 있는 무궁화 다섯 개짜리 호텔로 이동했다. 호텔은 시의 권고 사항에 따라 긴급 사태인 만큼 사전 예

약을 받지 않고 도착하는 순서대로 방을 배정했으므로 그들 가족이 도착했을 때는 스위트룸뿐 아니라 가족실이나 2인실이 모두 점령당한 상태여서 프런트는 아우성치는 사람들로 만원이었다. 이때 호텔 측은 정문을 잠그더니, 지금까지 입장하신 고객들 가운데 방을 잡지 못하신 분은 다른 데로 가셔도 좋고 여의치 않으신 분들은 로비에서라도 지낼 수 있게 이부자리를 최대한 마련해드리겠다는 안내 방송을 내보냈다. 5성급 호텔이 마을 회관 피난소가 되게 생겼다며 이미 방을 잡는 데 성공한 고객들이 눈살을 찌푸리는 동안, 니은의 아버지는 지나가는 총지배인을 붙잡아 우선 보름치의 객실 사용료를 현금으로 찌름으로써, 이들 가족은 싱글 사이즈의 방에 더블침대 하나와 간이침대 하나를 억지로 쑤셔 넣어 들어가는 데 성공했다. 아버지는 적어도 한 달치는 찔러줘야 방을 받을 수 있으리라 주장했고 어머니는 내일이라도 비가 그치면 아까워 어쩔 셈이냐며 먼저 보름치로 시도해보라고 닦달했는데 결국 나중 가선 어머니의 판단이 옳았던 것이, 그들이 머물며 기상 변화와 정부 대응의 추이를 지켜본 지 나흘 만에 튼튼하게 짓기로는 아시아에서도 손꼽힐 정도라던 호텔 벽 일부가 무너져 4세 유아를 동반한 일가족 사망 사건이 일어났기 때문이다.

　대규모로 군경이 파견되었으나 당장 곳곳에서 수시로 일

어나는 사고의 잔해와 시신을 수습하는 데만도 일손이 모자랐는데, 다른 유사 재해와 달리 현재 진행 중이라 해외의 자원봉사자들이 원정 오기도 꺼리며 무엇보다 살신성인의 자세로 어느 공항에 내린들 이 도시에 진입할 민간 교통편이 없었고, 전 세계의 군인이 강대국의 호소 내지는 지시로 발벗고 돕는다 한들 사고 자체를 예방하기는 거의 불가능했다. 어쨌든 이 낯익고 과묵한 침입자는 테러범이나 맹수가 아닌 물방울이었다. 어디에나 소매치기처럼 또는 카드를 펼치는 마술사의 현란하고 은밀한 손길처럼 스미고 고일 수 있으며 방패나 최루탄으로 막을 수 없는. 관공서나 초고층 빌딩 등 주요 건물에는 특수 소재에 중화제 처리가 된 군용 범포를 대량으로 수입하여 덮었는데 이것은 모레 무너질 건물의 운명을 보름 뒤로 미뤄주는 수준의 용도로, 이대로 비가 멎지 않으면 언제고 너덜거리는 범포 아래 뒹구는 시멘트의 잔해를 목도하게 될 터였다.

그사이 이대로 넋 놓고 중심을 상실할 수 없었던, 중심에서 주변으로 밀려나는 일만은 어떻게든 피해야 했던 G에서는 정부의 전폭적인 지원을 받아 부식성 비의 구체적 성분을 밝힘과 동시에 이와 같은 일이 벌어진 원인을 규명하려 시도했으나, 최근 한두 해 사이에 어디선가 원자로가 터지면서 방사능이 유출되어 등이 휜 수만 마리 물고기 떼가 물 위로 둥둥 떠오른 사건은 (표면적으론) 없었고, 검증되지 않은 약

물을 토지에 뿌리거나 방역에 이용한 내역이 발견되지 않았으며, 설령 그런 일이 있어서 비에 치명적인 불순물이 섞였다고 인과관계가 도출된들, 60일째 비가 그치지 않는 것부터가 이 세상의 논리로는 설명할 수 없는 자연의 폭주였다. 일종의 비극적 아이러니로 보아야겠지만 심판의 칼날을 거두사 이 비가 그치기를 기도합시다, 라고 목사가 입을 여는 순간 그 자리에 무너져 수많은 신도가 매몰된 교회도 한두 군데가 아니었다.

거기에 각종 관공서에 남아 있는 중하급 실무진들 외에 정치경제적으로 중요한 인물들과 그의 가족들은 소리 소문 없이 타 도시나 해외로 도피한 다음이라는 심증이, 게시판을 스쳤다 사라질 뿐이지만 수차례 시민 파파라치의 사진을 통해 점차 사실로 확인되자 G의 사람들은 공인들의 무책임한 태도에 대한 분노와, 그들이 G를 정말로 버려야 할지 그렇다면 시기는 언제가 좋을지 견적 내보고 있다는 두려움 가운데 어느 것을 앞세워야 할지 혼란스러웠다. 이때 마지막까지 상황을 지켜보던 자산가나 연예인 들이 약 2주에 걸쳐 자선단체 행사 및 지방 팬 미팅 등 공식 일정을 구실로 헬기를 띄워서 도시를 차례로 빠져나갔다. 신경쇠약에 걸린 환자처럼 빗발은 때때로 가늘어졌다가도 원래의 세기와 부피를 회복하면서 사람들에게 헛된 희망을 불어넣곤 했으며 G를 이룬, 그보다는 G 자체인 호화로운 건물들의 지속적 붕괴가

보도되면서 전국 각지의 종교단체와 해외교포단체에서 구호물자도 속속 도착했는데 G에 진입하는 동안 대부분 훼손되었고, 그 무렵 G의 사람들에게 필요한 것 또한 라면이나 헌옷이 아니었다. 그나마 붕괴를 지연시키는 데 가장 도움되는 거라면 특수 소재의 군용 범포였지만 주요 건물 두어 개를 덮고 나니 정부 차원에서 이를 추가로 수입하는 데엔 사실상 한계가 있었고, 개인 비용으로는 수입 루트도 애매하거니와 집 한 채 가리기도 무리였는데 무엇보다 고층 아파트 거주자가 대부분이었으므로 천재지변과 관련한 공동 대응에의 합의를 이끌어내기도 여의치 않았다.

무디고 굼뜬 정부 대책만을 더 이상 기다릴 수 없었던 시민들의 본격적인 탈출이 시작된 것은 나흘 전, 2천 명가량의 주민이 임시 대피소로 쓰던 초등학교 건물의 일부가 붕괴되어 이 지역에서 더 이상 안전한 건물이란 없다고 판단한 일군의 사람들이 지하철역으로 들어간 지 48시간 만에, 총 18개 역의 역사 입구와 계단이 소금 기둥처럼 무너지면서 그 안으로 약 3백 명이 생매장된 다음이었다. 사람들이 무사히 매몰을 피했는지, 그랬다 치면 선로를 따라 다음 역으로 이동하여 몇 명이나 무사히 빠져나왔을지는 알 수 없었는데, 그 뒤로도 곳곳의 역사 입구가 붕괴되었단 소식이 꾸준히 들려와서였다.

니은은 몰티즈를 끌어안고 뒷자리에 앉아 창밖을 내다본다. 아버지는 양팔로 운전대를 끌어안고 까무룩 잠에 들었다가 앞 차량이 조금이라도 움직인다 싶으면 어깨를 건드리는 어머니의 손길에 고개를 든다. 곳곳이 부서지고 떨어져나간 도로는 차바퀴와 닿을 때마다 들썩거려 차체가 리드미컬하게 튀어 올랐으므로 깊은 잠에는 들려야 들 수가 없고, 룸미러로 보이는 아버지의 두 눈은 충혈되어 있다.

차에 탄 지 일곱 시간째, 꼬리를 문 차들 한가운데서 고속도로 휴게소로 빠지는 길을 탈 수 없기 때문에 저마다 생수병에 소변을 본다. 니은은 휴대전화를 켜고 웹 뉴스를 검색한다. 상당수의 기지국이 손상되어 필연적으로 결락을 동반하는 접속이긴 하지만, 자판기와 화장실 외에는 아무것도 이용할 수 없는 휴게소로 한번 들어간 차량들은 다시 차선의 물결에 합류하지 못하고 그대로 갇혀 있다는 뉴스를 본다. 기자의 목소리는 강풍과 헬기 프로펠러 소리에 파묻혀 전달이 잘 되지 않고, 헬리콥터의 부식이 진행되고 있으므로 취재팀은 서둘러 현장에서 철수하는 것 같다. 차가 앞으로 가는 둥 마는 둥 하니 볼일이 급한 사람은 차에서 내려 남들 안 보는 데로 다녀와도 그만이지만, 암만 으슥한 데를 찾더라도 대로변인 만큼 부식성 비를 한 방울도 맞지 않고 볼일에 성공하리라는 보장이 없으며, 그보다 지금은 차 문을 열고 내리는 일 자체가 위험하다. 저 밖에 방황하는 네덜란

드인처럼 흐느적거리며 나아가는 무리들. 당연히 이 도시에도 자가용을 소유하지 않은 이들이 있고, 자차 보유자라 하더라도 연식이 오래되어 고장 났거나 기름이 바닥나 차를 버리고 걸어가는 이들도 있다. 실상 도로가 갈수록 좁아지고 밀리는 이유는 버려진 차가 점점 늘기 때문이기도 하다. 양심 있는 차주는 사이드를 풀어서 어떻게든 이 고철 덩어리를 4차선 끝으로 빼놓으려 일단 시도는 해보지만 그것이 빠져나갈 수 있을 만큼의 틈을 다른 차선의 차들이 내주지 못하기 때문에 대부분은 그대로 방치하며, 뒤차는 앞차의 상황을 뻔히 알 뿐만 아니라 자신들도 조만간 저리 될 것을 예감하면서도 차를 떠나는 이들의 뒤통수에 대고 공연한 경적을 울림으로써 도로에 흘려보낸 시간의 켜마다 앉은 불안과 초조를 한 번씩 털어낸다. 보험회사 차량도 움직이지 않고 평소 같으면 하이에나처럼 아가리를 벌리고 달려들 레커차도 지금은 볼 수 없다. 선택지 없이 앞만 보고 걷는 이들이 입은 비옷은 쓸모가 다한 저주인형처럼 너덜거리며, 살이 따가워지기에 이르면 그 위로 새 비옷을 덧입으며 계속 걷는다. 장화도 녹으면 갈아 신는데 장화 속의 발은 몇 겹의 양말 위로 비닐까지 씌웠다. 이 모든 교체에 필요한 대량의 비상용품을 담은 백팩이나 트렁크도 저마다 구멍투성이라 얼마를 더 버틸지 모른다. 그런 사람들이 갓길을 따라 몇백 미터 넘게 줄지어 걷는 마당에 고작 방광 좀 비우겠다고 차 문을 열었다간 떼로 몰려들어 자기들도 태워달라고 매달리거나 차를 통째로 덮쳐 약탈할 수도 있다. 지금 같아선 그 어떤 차로도 시 경계를 무사히 넘어가리라는 보장이 없으나 일단은 빼앗고 보자는 것이다.

지금까지는 생수병으로 버텼지만 슬슬 큰일 처리에 대한 고민과 불안이 밀려온다. 니은은 공연히 배의 묵지근한 느낌을 몰티즈로 덮어 달랜다. 몰티즈한테는 애견 기저귀를 채웠고, 어머니는 신체 구조상 생수병을 쓰기도 힘들어 성인용 기저귀를 차긴 했으나 가능한 한 조금씩 싸서 말리는 방법으로 버티고 있을 것이다. 도로는 각 차량마다 위험을 무릅쓰고 차창 틈으로 내버린 쓰레기와 오물로 가득하고 그 위로 비가 떨어져 신속한 분해를 돕고 있다. 그러나 차 안이 아무리 불편하고 불결하더라도 밖에 걸어가는 이들보다는 처지가 나을 것인데, 그들은 시간 대비 순수 이동 거리만 보면 차를 탄 것보다 차라리 나을지는 몰라도 가는 동안 계속 옷과 신을 버려야 한다. 마침내 덧입고 갈아 신고 할 것이 모두 바닥난 이들은 그대로 자기 살이 녹아가는 소리를 듣거나 냄새를 맡으며 끝까지 가든지, 전진을 포기하고 그 자리에서 한 줌의 유기물 덩어리가 될 것이며, 운 좋은 이들은 더 이상 걸을 발이 남지 않기 전에 다음번 휴게소를 발견할지도 모르나 그 휴게소 건물이 온전하리라는 법은 없다. 앞으로 더는 굴러가지 않을 만큼 타이어가 상하면 니은의 가족도 저도보의 물결에 합류해야 하고 그 지경에 이르면 틀림없이 어머니는 몰티즈를 두고 가라고 할 테지만, 니은은 자신의 두 팔이 녹아 떨어질 때까지는 결코 너를 놓지 않겠다는 결연한 표정으로 몰티즈를 안은 팔에 힘을 준다.

문득 갓길의 인파에서 유달리 뒤처지는 한 가족이 니은의 눈에 띈다. 짙은 색 차창에 빗물로 상이 이지러지기까지 하여 거기서 이쪽이 보일 리 없는데도 니은은 총알을 피하는 군인처럼 반사적으로 허리를 숙이고 몰티즈의 등에 턱을 묻는다. 난데없이 어깨를 들먹이면서 흐느낌인지 웃음인지 모를 신음과 함께 그 소리를 참느라 발까지 동동 구르는 아들의 모습이 룸미러에 비치는 걸 보고 니은 어머니는 아이가 혼란과 충격으로 실성했는지 걱정되지만 무슨 일이냐고 묻지는 않는데, 그녀 자신부터가 지금의 난국을 미치지 않고 견딜 만큼 강인하지 않아서다. 차 문을 열 수 없어 남편과 운전 교대를 해주지 못하는 점이 미안하나 실은 운전이라고 하기 민망할 정도로 정체가 지속되고 있음에도 아직까지 차체에는 첫번째 구멍이 뚫리지 않았으므로 어떻게 봐도 갓길의 유목민들보다는 나은 상황이지만, 당장의 육체적 고통을 피하는 만큼 언젠가 닥쳐올 환난에 대한 내구성은 부족하다는 스스로의 성향을 잘 안다. 그녀는 가능하면 차 안에서 이대로, 어떤 것도 인식하지 못한 채, 최초의 빗방울이 살갗에 닿는 순간 영혼까지 그대로 녹아버리는 죽음을 맞이하기를 소망한다.

만약 니은을 갖지 않았다면 그들 부부는 이렇게까지 기를 써서 도시 밖으로의 탈출을 감행하지 않고 침몰 직전의 3등석 선실에서 서로를 끌어안은 가난하고 애틋한 가족처럼 이제 곧 머리 위로 덮쳐 그들을 쓸어갈 물마루를 기다렸을지 모른다. 세상에서 가장 무용하면서도 강렬한 유혹을 발산하는 가정법, 두 사람에게 니은이 없었다면, 애당초 젊은 시절부터 주택 분양 시기를 치밀하게 계산하거나 주식을 사고파는 요령도 습득하지 않았을 것이다. 그녀는 학생 시절 3년간 유럽에서 경비를 벌어가며 배낭여행을 다닌 경험으로 자신의 모험심과 적응력이 보통 이상이라고 한때 자신한 적이 있었고, 여기저기 부딪치는 여행을 통해 얻은 배짱과 기지를 발휘해가며 종합상사에서 과장을 막 달았을 무렵 니은이 생기면서 결혼을 피하지 못했다. 그 뒤로는 니은이라는 자신의 분신이 G에서 최소한의 사람으로 대접받을 요건을 충족시키는 일에 전 인생을 걸었으므로 두 손에 남은 거라곤 현금과 부동산을 움켜쥘 수 있는 힘찬 악력뿐이었으며, 두 발은 아이를 하루 세 군데 그룹 과외에 실어 나르거나 입시 설명회를 따라다니기 위해 브레이크와 액셀을 밟을 정도의 힘만 남았다. 종합상사 시절의 활동력과, 통역 없이도 각국 바이어들을 설득하여 수지타산을 맞추던 화려한 언변은, 또래의 엄마들을 규합하고 저명한 강사를 확보 및 초빙하는 데에 쓰였다. 니은은 이제 열일곱 살이었고 부부 모두가 자신들의 개인적 욕망과 아이의 가시적 발전을 맞교환한 끝에 소기의 성과를 막 거두어서 오래지 않아 G의 중심으로 자랄 터였는데, 그런 그들의 등 뒤에서 지금 G는 열사에 떨어뜨린 초콜릿바처럼 녹아 허물어져 내리고 있다.

한편 어머니의 허탈감과 비애 따위 안중에 없는 니은은 어느 정도 시간이 흘렀다고 생각될 무렵 고개를 슬그머니 들고 창밖을 내다보지만 조금 전의 5인 가족은 아직도 그 자리에서 벗어나지 못하고 맴돈다. 주차장이나 다를 바 없는 도로에 오도 가도 못하고 찔끔거리는 차량보다는 차라리 걸어가는 이들이야말로 앞서 나갔어야 하는데, 니은은 그들이 지체하는 동안 다른 행렬이 그들을 치고 지나가는 이유를 알 것 같다.

그들은 같은 반의 디귿네 가족으로, 몇 겹의 비옷을 덧입었음에도 불구하고 니은이 디귿의 옆얼굴을 알아본 까닭은, 그들이 어디서부터 차를 포기하고 걷기 시작했는지는 알 수 없으나 이미 비옷 모자 부분이 무용지물이 되어 디귿의 훤히 드러난 얼굴에 상처가 나고 있어서다. 디귿의 두 뺨에 흘러내리는 피는 분화구 밖으로 꿈틀거리며 기어 나오는 용암 줄기 같다. 디귿은 할머니를 업은 채로 걷고 있으며 어머니는 어린 동생을 업었고 아버지는 가족 모두의 짐을 한꺼번에 둘러멘 데다 나머지 가족과 보조를 맞추느라, 이 촉촉하고 위협적인 빗방울 속에서 그들의 전진 속도는 유난히 느리다. 디귿의 조모는 약간 치매 증세가 있는 듯 수차례 디귿의 머리나 목을 잡아 흔들다 결국 땅에 내려서고, 디귿의 손을 뿌리치며 진행 방향에서 이탈하여 뒤로 돌아가기를 반복한다. 디귿이나 그의 아버지가 잡아 말리면 간신히 못 이기는 척 또 좀 두어 걸음 제대로 걷는가 싶다가 다시 시작인데, 조모를 말리는 이들의 손끝에도 그렇게 절실함은 없고 피로와 원망이 묻어난다. 짜증과 고통과 무엇보다 후회로 가득한 표정들을 보면, 저들은 노모를 집에 두고 올까 말까 고민하다 그런 일을 가족투표에 부치기엔 양심이 허락지 않아서 일단 데리고 온 모양이다.

돌아서는 조모를 다시 수거하여 둘러업을 때 니은은 디귿과 눈이 마주쳤다고 느꼈는데 실은 차창이 물방울로 이지러져 있어서 그쪽은 자신을 알아보지 못했을 테지만 그 순간만큼은 온몸이 손이 되어 디귿을 향해 열렬히 흔들어 보이고 싶은 충동을 느낀다. 그 충동의 성분이 동정이나 공감 또는 애정 같은 것들로 이루어져 있지 않음은 확실한데, 니은의 머릿속에 동시다발적으로 떠오른 장면이란 대충 이러해서다. 멀쩡히 복도를 걷던 자신의 진로 한가운데 내밀어진 발, 칼로 그어져 눈앞에 내던져진 텅 빈 발리 반지갑, 변기에 빠진 휴대전화, 누군가의 전화기에서 우연히 발견한, 니은 자신의 이름만이 제외된 그룹채팅 창 같은 것들. 거기 나열

된, 그들끼리만 통하는 은유와 대유 들. 그리고 명시되지 않았으나 정황상 니은을 가리키는 것이 확실한 몇 마디의 결정적인 묘사들과 거기 잇닿은 말풍선 속의 비웃음들. 디귿은 한때 우아한 맹모들의 모임에서 공들여 짜준 그룹 과외의 한 팀에 속해 있었고, 어머니는 니은과 디귿의 사이가 가깝다는 데에 추호의 의심도 없었으며, 디귿의 어머니도 교사들도 그런 줄로만 알았다. 어른들은, 자기들도 바깥사회에서 그렇지 않으면서 아이들 간의 물리적인 거리가 가깝다는 이유로만 절친하다고 착각하기 일쑤였는데, 나중에는 그 허울뿐인 우정이나마, 오히려 허울뿐이어서 그렇겠지만, 이용하거나 제거해야 하는 대상으로 간주하니 태도에 일관성이 없었다.

그러니 지금 디귿 가족이 처한 곤경을 응시하며 니은이 느끼는 감정은 어른들의 그런 — 가까운 자란 언제라도 코에 걸었다 귀에 바꿔 걸 수 있는, 나를 빛나게 해줄 장신구에 지나지 않는다는 — 태도에 힘입은 바 클 것이다. 그러나 니은의 어머니도 디귿의 어머니도 각각 상대방 아이가 자기 아이라는 본체의 장신구 내지는 부품이 되길 은근히 바란다는 데에서 문제의 본질은 피어난다. 디귿의 손가락은 그 언제라도 니은을 직접 가리킨 적은 없으며 둘 사이에 주먹질도 오간 적 없다. 디귿은 지금 차창 밖으로 보다시피 조모가 몸부림칠 때마다 수차례 떨어뜨리면서 주워 업고 가는 게 고작일

만큼 체력도 그저 그런 데다 단 한 번도 니은의 지갑을 힘으로 뒤집어 털거나 5백 원을 던져주곤 천 원짜리 빵을 사오라고 매점 심부름을 보낸 적도 없으며, 반 아이들이 단자음을 연발하는 채팅 창에도 말 두어 마디 이상 보탠 적 없다.

바로 그게 문제다. 어머니들의 치마폭 안에서 생성된 관계라도 남들보다 한 개의 매듭은 더 맺혀 있다고 착각했는데 디귿은 그저 관망하거나 외면하고 있었다. 니은에게 벌어지는 모든 일을.

그랬던 디귿에게, 이제 차창을 열고 따뜻하게 한마디만 하면 되는 것이다. 이 차를 함께 타고 가지 않을래? 상황이 역전된 처지에서 그 장면은 얼마나 아름답고 성스러우며 자기만족의 극치를 경험하게 해줄 것인가. 빗줄기가 굵어지기 전까지 이어졌던 호흡곤란의 날들, 니은은 45층 아파트 창밖으로 몸을 던지지 않고 기다려온 순간이 바로 이때라는 생각이 들었다.

그러나 니은은 곧 현명하고 냉정하게 현실이 영화가 아님을 인정하기로 한다. 자신이 한껏 옹송그린대도 이 세단 뒷자리에 더 태울 수 있는 사람은 두 명까지로, 디귿을 부르기 위해 차창을 내릴 때 그의 부모가, 별로 그럴 만한 사람들로 보이지는 않지만 깊이 머리를 조아리며 감사 인사와 함께 숭고한 희생적 손짓으로 디귿의 등을 떠민다 쳐도 — 디귿의 동생이나 조모를 추가로 부탁할 수도 있겠다 — 합의

하에 문을 여는 순간 저 인파 가운데 몇 명이 가망도 없는 자리에 끼어 타겠다며 급습할지 모를 일이고 — 자신이 정말로 몸을 접거나 포개어 탈 수 있을 것 같아서가 아니라 그저 내가 아니면 너도 안 되기 때문이다 — 이미 중상자에 가까운 디귿이 동행에 부담되지 않을 리 없다. 무엇보다 한순간의 충동으로 하해와 같은 베풂과 나눔을 실천한들 바퀴나 엔진 소리로 미루어 이제 이 차도 오래가리라는 보장이 없어서 나중 가면 피차 난처해질 뿐만 아니라, 그를 가족과 떨어뜨려놓은 마당에는 자기 몸 하나 젖지 않도록 감싸기도 여의치 않을 터에 줄곧 그를 건사해야 할 것이며, 그가 가족과 재회하기 전에 과다출혈로 죽기라도 한다면 문제는 더욱 커진다. 최악의 경우 시신을 둘러메고 다녀야 할지 모른다. 누군가 한 존재를 책임진다는 것은 그러한 일이다. 옆자리를 나눈다는 행위는 그 자리가 비어 있다고만 해서 가능한 일이 아니다.

그럴 것 같으면 품속에 몰티즈 한 마리나 무사히 지켜내는 게 정신적으로 남는 장사이며, 이 순간의 외면은 누구의 잘못도 아니라는 결론이 자연스럽게 도출된다. 문득 차창 너머의 디귿과 다시 한 번 눈이 마주친 것만 같다는 생각도 들었고 그 눈 속에 담긴 혐오 내지는 공포 아니면 간구의 빛을 포착했다고 느꼈음에도 니은은 다만 불가능한 행운과 안녕을 비는 것이 서로에게 최선이라 믿으며, 디귿의 얼굴 거의 절반이 녹아내리는 이 순간 그들은 그 어느 때보다 동등해진다.

*

사람들은 이동하는 동안 그 전까지도 그리 세찬 편은 아니었던 빗줄기가 O에 가까워질수록 점점 가늘어짐을 느꼈고, O로 진입하기 직전의 마지막 톨게이트부터는 습기가 여전하나 빗발이 듣지는 않아서 어쩌면 G의 비가 전체적으로 그치는지도 모르겠다는 희망을 잠깐 품기도 했다. 그러나 G는 여전히 빗줄기와 용융과 총체적 괴사의 한가운데 놓여 있음을 기상청을 통해 확인한 뒤로는, 일단 직접적 위험에서 벗어났으니 한숨 돌릴 겸 주위에서 천막을 치고 대기해보겠다는 팀도 있었지만 그건 아슬아슬한 차이로 신체 훼손을 면한 이들에 한했으며 대부분은 도로와 숲과, 무엇보다 습기와 한기로 이루어진 허허벌판에서 버티느니 O의 시내 중심가로 완전히 넘어가기를 택했다. 체력이 남았거나 예금 인출 사태 당시 현금을 다량으로 확보한 팀은 일단 O에 진입한 다음 다른 교통수단을 이용해 더 멀리 떨어진 P나 T시로 건너가자는 의논을 했는데 이들은 톨게이트에 천막을 친 무리보다도 소수였고, 대부분은 지금까지 호흡을, 무엇보다 손발을 흘리거나 떨어뜨리지 않고 유지해온 것만으로도 스스로를 칭찬해주고 싶다는 마음이 역력한 표정을 지으며 먼발치에 O의 시내가 보이자마자 무릎이 풀려 주저앉았다. 이 대규모의 인원 가운데 신체 일부가 녹아내리는 일을 완벽하게 피한 운 좋은 이들은 거의 없었고, 지혈과 응급처치가 제대로 이루어진 이들도 많지 않았는데, 모두가 이제 곧 O의 가장 좋은 종합병원에서 진료를 받을 테고 당장 감촉은 나쁘더라도 깨끗하게 갈았을 모텔 침대의 시트에 몸을 던질 수 있을 터였다. 무너지는 차체에서 빠져나오지 못한 사람들, 차를 너무 일찍 버린 탓에 신체 훼손이 상당량 진행되거나 실혈 쇼크로 사망한 사람들, 그 모든 낙오자들을 뒤로하고 그들은 이 순간 승리자였다.

그러나 안도와 성취감을 충분히 누릴 새 없이, 정신을 차렸을 때는 O의 시 경계에서 시내로 진입하는 길목에 상인연합회 회원들 전원과 일반 시민을 포함한 약 3천여 명이 결집하여 화물차로 가로막고 서 있었으며, 그들은 G의 사람들이 이곳에 진입해도 전염병이나 방사능이 퍼지지 않는다는 과학적 증거를 정부에서 내놓아야 한다고 주장하고 있었다. 화물차뿐만 아니라 대형 컨테이너 박스를 2단으로 용접하여 길목을 막은 것으로 보아서는 G의 인구 대이동이 시작되자마자 작정하고 준비한 구조물 같았고, 컨테이너 산성 너머에서는 O시 숙박시설연합회 회장이라는 사람이 핏대를 세우며 하는 말이 앰프를 통해 흘러나왔다.

우리가 괜히 이러는 게 아닌 줄 다 아실 겁니다. 저놈의 도시가 통째로 삭아 바스라지는데 거기서 이리로 들어오는 사람들이랑 손에 손잡고 사이좋게 얼굴에 빵꾸가 나기엔, 우리가 당한 기억이 너무 아픕니다. 여러분, 우리 시의 농가에서 오리들 전염병이 돌았을 적에 저 작자들이 어떻게 나왔는가를 떠올려들 보시라고요. 그게 불과 3년 전의 일입니다.

그때부터 회장의 목소리는 3년의 세월과 개인사를 넘나들며 격앙한다. 그는 당시 정부에서 취했던 조치를 하나하나 되짚고, 그의 눈빛은 타 도시 사람들이 보였던 반응을 더듬는다. 워낙 확산이 빠르고 촉박한 조치를 필요로 하는 상태에서 내린 연구 결과는 해당 전염병이 오리 사이에서만 옮는 것으로서 사람에게 건너가지는 않으며 하다못해 소 닭 개한테도 아니고 오로지 오리끼리만 전염되는 한편, 세균이 오리를 돌보는 사람의 몸속으로 들어갔을 경우 서식 조건이 맞지 않아 바로 소멸하는 것으로 보이지만 장기적으로 봤을 때 이 세균 번식 과정에서 변종 출현 가능성을 완전히 배제할 수는 없다는, 실로 갖다 붙이기 나름이면서도 대안 없을뿐더러 아랫돌 빼어 윗돌 괴는 듯한 내용이었다. 그나마 대인 간 전염이 되지 않는다는 말도 '확실한 증거나 사례가 없음'이라는 긴가민가한 표현으로 대체되었다. 농가에서는 살아 있는 오리들을 땅속에 대량으로 묻었고 오리 주인들 몇몇은 밤마다 꽉악 꽉, 하고 울리는 환청에 시달리다 목을 매거나 흐르는 강물에 몸을 던졌다.

이때 O 시내는 해당 오리 농가에서 15킬로미터 정도 떨어져 있었고, 시내는 장사나 교육업에 종사하는 이들이 대부분이어서 사실상 농가와 인연 있는 이들은 많지 않았는데, 지금 그들이 컨테이너 박스를 세운 바로 그곳에 대규모의 군용 차량이 지키고 서 있었다. 시외버스는 움직이지 않았고 O의 사람들은 다른 어디로도 건너갈 수 없이 사실상의 격리 상태가 두 달간 지속되었다. 전염병이 잦아들고 격리 명령이 해제되어 군대가 철수한 뒤에도 G의 상당수 학교에서는 O에서 이사 오는 아이들의 전학을 받지 않겠다고 선언했고, 어쩌다 받아들인 경우에도 교실에서 아이들이 접근을 기피했다. 병이 있을지 몰라. 세균이 잠재 숙주에 깃들어 있다가…… 어디선가 조류 분뇨 냄새가 난다며 보란 듯 코를 킁킁거리다 도망가는 시늉을 하는 아이들도 있었다. 새로운 지점에 발령받아 가족을 데리고 이사했던 이 금융업 종사자는 고통받는 자식들을 보다 못해 퇴사 후 고향으로 돌아와서 지금은 지인들과의 동업으로 찜질방을 운영하고 있다는 게 연설의 결론이었는데, 말끝에 아이들이 아직도 외상후스트레스증후군으로 정신과 치료를 받고 있다는 부연을 넣다가 마이크에 대고 울먹였고, 회장의 눈물은 다른 이들의 폭풍 같은 공감과 분노를 불러일으켰으며, 그리하여 이 컨테이너 박스가 G의 사람들 눈앞에서 열릴 일은 없어 보였다. G의 사람들은 물기에 젖고 추위에 곱은 손으로 컨테이너 박스를 타고 기어오르다 떨어져 낙엽처럼 바닥에 뒹굴기를 반복했다. 어쩌다 등반에 성공한 사람은 건너편에서 긴 각목으로 밀어 떨어뜨렸다.

그렇게 대치 상태로 2박 3일째 접어들 무렵, 대량의 예금 인출 사태부터 예고된 인구 대이동이었으나 대체로 늑장 아니면 속수무책으로 대응하기 마련인 정부에서는 이제 와 각시에 긴급 명령을 내렸는데 그 내용이란 지금은 전시 체제와 동일한, 아니 그 이상의 국가적 위기이며 각 도시 — 특히 G와 가장 근접한 O시에서는 각종 관공서와 상업시설, 가능하다면 일반 가정집까지 이 피난민들을 조건 없이 수용하라는 지시로, 이 가운데 직접적인 생계 위협이 예상되는 숙박시설에는 국가 보조금을 지급한다는 것이었다. 또한 부식성 비를 맞아 신체가 훼손된 사람이 정상인과 접촉했을 때 특정 질병이나 이상 증세를 옮기지는 않는 것으로 보인다는, 약간 모호하고 급조한 듯한 연구 결과 발표가 뒤따랐다. 단지 부식성 비 때문이 아니더라도 장기간 장마 시에 으레 돌게 마련인 일반 세균 및 전염성 질환의 가능성을 완전히 간과할 수는 없으므로 G의 난민에 대한 간단한 역학조사는 그로부터 일주일에 걸쳐 O에 있는 모든 중급 이상 의료 기관을 24시간 풀가동하여 이루어질 터였고, 그리하여 중증 질환이나 이상 징후가 발견되지 않은 사람들은 정부에서 수용 가능면적에 따라 의무 분배하는 대로 상업시설 또는 일반 가정에 머무르게 될 터였다. G의 비가 그치고 최소한의 복구 시도나마 가능해질 때까지.

이런 내용의 정부 대변인 기자회견을 듣고 그간 경계 태세를 유지해오던 숙박시설연합회에서 콧방귀를 뀐 까닭은, 코딱지만 한 보조금을 업소끼리 나눠 먹으면 용돈 벌이 수준도 안 된다는 사실을 차치하고 3년 전의 원한 역시 일부 시민이 겪은 치욕으로서 보편적인 사례는 아니라며 백 보 양보한들, G의 인간들이 들어왔을 때 만에 하나 생길지도 모를 수질 오염에의 두려움만은 해소할 수 없었던 탓이다. 이때 숙박시설연합에 속하지 않은 한 대규모 스파에서는 나름대로 대의를 실천하겠다며 기존의 회원들을 당분간 받지 않은 채 G의 피난민들을 무료로 입장시키겠다고 발표했다가 곧 연합의 철퇴를 맞아 이용 요금의 50퍼센트 선에서 입장시키겠다고 말을 바꾸었지만 그것도 어디까지나 G의 피난민이 O의 시내에 무사히 진입한다고 가정했을 때 성사될 일이었다.

보통 이 같은 상황에서라면 방사능과 부식성 물질에 대한 시민들의 두려움에 공감하고 정부의 명령을 받은 군경이 출동하여 겉으론 멀쩡해 보이나 어떤 종류의 희귀 질환자 내지는 돌연변이가 되었을지 알 수 없는 피난민들의 진입을 막았을 테고, 실제로 3년 전에 그들이 했던 일이 바로 그런 것이었다. 그러나 지금은 사정이 다른 것이, G는 국가의 중심이었고 G가 곧 국가였으며 국가가 G였다. 정부에서는 G 시민의 편의를 최우선으로 돌볼 필요가 있었고 G에서 일차로 피신한 정부 조직과 주요 인사들은 그들을 지지해줄 기반이 필요했다. 어느 한쪽이 녹아 없어져야만 한다면 그건 O의 사람들이었다.

따라서 출동한 군경은 G의 사람들을 돌려보내는 게 아니라 스크럼을 짜고 선 O의 사람들을 강제 진압 및 해산시키는 데에 쓰였는데, 우선 O 시내 상공에 헬기가 떠서 사람들 머리 위로 물을 뿌렸고 군용 차량은 시속 30킬로미터의 속도로 무대를 들이받아 모여 선 사람들을 흩어놓았다. 젖은 사람들이 한데 구르며 드러누웠고 경찰들의 손이 그들의 어깨를 잡아 끌어내거나 맞붙은 옆구리 사이를 곤봉으로 쑤셔서 떨어뜨렸다. 그러는 가운데 동원된 군인들은 준비한 각종 절삭 공구로 컨테이너의 용접 부위를 해체하고 있었다. 사람들은 화물 차량에서 각목과 소화기를 비롯한 여러 자재를 끄집어내어 상대를 가리지 않고 휘두르기 시작했고 얼마 지나지 않아 그 화물차량마저 흔들리다 넘어졌다.

화물 차량 무더기와 사람들이 도미노처럼 뒤엉킨 가운데 첫번째 컨테이너 박스가 해체되었다. 그리하여 직전까지 한기와 상처에 몸부림치던 G의 사람들은 언제 그런 일이 있었느냐는 듯 표정을 바꾸더니 우아하고 당당하며 기품 있는 자세로 O에 무혈입성하기 시작했다. 서로 먼저 넘어가겠다고 소란을 피우지도 않았고 질서 정연하며 협동심 넘치는 태도로, 누가 주동하거나 시킨 것도 아닌데 누구 하나 열에서 벗어나지 않고 줄을 맞추어 나아갔다. 하다못해 코흘리개 아이들까지도 알고 있었다. 이제는 아우성을 치지 않아도 손을 뻗어 울부짖지 않아도 G의 사람이라면 누구나 누릴 수 있는 당연한 권리를 획득했다는 사실을. 저마다 쓰러진 사람은 일으키고 부축했으며 1단 컨테이너를 오르지 못하는 이는 밀어 올려주었다. 이 모든 것이 좀더 신속하게 옆 도시에 입성하기 위해서였다. 전설 또는 정설에 따르면 G에서는 유년기부터 부과되는 강도 높은 수동적 학습으로 인해 아이들의 부모 의존 성향이 높고 누구라 할 것 없이 이기주의가 만연하여 협동이나 단결 따위 그들에게는 사전에나 밑줄 그어진 말이라고 알려졌는데 실제로 지금의 장면을 보면 그 반대로, 그들은 자기들의 위험과 이익에 어느 누구보다도 예민한 촉을 지녔고 그것에 반응하기 위해서라면 상대 불문 얼마든지 손잡을 줄 아는, 학습인지 본능인지 모를 작동 기제를 보유하고 있었다.

그런데 품위 넘치는 행렬을 이루는 그들의 옷과 짐은 대부분 녹아 뚫리거나 흘러내렸고 머리카락이 거의 남지 않은 데다 얼굴과 팔다리는 피투성이였기 때문에, 그전까지 누워서 우리를 밟고 가라던 O의 사람들은 그 광경에 아연실색하여

슬금슬금 뒤로 물러나더니 오래지 않아 저마다 그들을 위한 각종 불편을 겪을 준비에 자발적으로 들어가기 시작했으며, 이때 얼굴과 등의 절반이 녹아 내린 몰티즈 강아지가 남아 있는 한쪽 안구를 덜렁거리면서 주인을 찾아 뛰어다니고 있었다.

이물異物

치밀한 불법 개조로 여섯 가구를 쟁여놓은 다세대 주택 대
문으로 들어가 여느 밤처럼 반지하방 왼쪽 현관을 열었을
때, 양선은 어둠 속에서도 무언가 평소 없던 것이 거실 겸 부
엌에 웅크린 모습을 보고, 동세가 없었으나 곁눈질로 포착
한 질감과 양감만으로 그것이 가구나 이국의 장식품이 아닌
생물이라는 것을 알았다. 고만고만한 대형견이라기에는 너
무 크고, 곰으로 간주하자니 털이 너무 길다. 커다란 청소 도
구쯤으로 보이는 흑색 장모(長毛)의 아름드리 생물은 방으
로 진입하는 길목을 가로막아 적잖은 방해가 되지만, 부실
한 체력으로 산동네 끝 번지까지 하루 새 네 번을 오르내린
양선은 그것의 정체를 확인할 여력이 있기는커녕 등을 밝히

기 위해 팔을 들어 올리는 일조차 사치였으므로 그저 등으로 벽을 쓸며 발끝으로 스쳐 지나가선 반 년 가까이 세탁은 고사하고 개켜본 기억도 없는 이부자리에 엎어진다. 온몸이 콘에서 흘러내린 양지바른 곳의 아이스크림 같고 그녀는 이 순간 세상에 궁금한 것이라곤 없다.

옆 이불에는 방난이 화장대를 거의 끌어안은 자세로 모로 누워 잠에 떨어져 있다. 어쩌면 저것은 평소 과도하거나 엉뚱한 과제를 내주곤 직속 비서가 발탄강아지처럼 뛰어다니며 분투하는 모습을 즐기는 방난의 상사가 맡긴 좀 크고 이상한 애완동물에 지나지 않을지도 모르는데 — 가만, 방난은 이미 회사를 여러 차례 옮기지 않았던가, 통근 5개월째인 지금 회사에서는 이런 일이 없었던 걸로 기억하는데, 하긴 그래봤자 장 자 붙은 것들은 비서 알기를 저들 발닦개 내지 파출부로 알기가 일쑤겠지 — 그렇다면 외래 희귀종이나 고가의 개체일지 모르니 함부로 건드리면 안 될 테고, 고작 그걸 묻기 위해 방난의 어깨를 잡아 흔들 필요는 없다. 둘의 우정은 새벽의 단잠을 깨워도 좋을 만큼 돈독하지 않고 3년 남짓한 동거 기간을 통해 서로에 대한 호감은 안 그래도 옅어진 참이다. 그 까만 그림자인지 털 뭉치인지 일단 사람은 아닌 게 분명하고, 문득 오랜 옛날 포 Poe의 괴기소설에서 보았던 오랑우탄의 발톱에 찢긴 모녀의 비극이 연상되지 않는 것도 아니나, 지금 같아선 뭐가 됐든 간에 사람 아닌 것은 위험하지 않았다.

아침 8시에 양선이 눈을 떴을 때 방난은 보이지 않았다. 상사의 일정과 건강 관리 및 최소한의 자기 계발을 위해 늦어도 7시 30분에는 출발한다고, 묻지도 않은 업무 내역까지 풀코스로 읊어서 오히려 다른 사람들로 하여금 비서와 상사의 이른 밀회를 더욱 의심하게 만드는 긁어 부스럼 과에 속하는 아이니 당연한 일이지만, 방문을 열었을 때 그 자리에 바위섬 모양으로 버틴 거대 털 뭉치를 보고 양선은 외피에 싸인 밤알처럼 무럭무럭 익어가던 부아가 툭 터진다. 깜짝이야. 계집애, 저건 왜 두고 갔담. 사장이 며칠을 맡아두라고 했는지 모르나 밥은 줬는지 똥은 치웠는지, 저거 나더러 어쩌라고. 출근하느라 메모 한 장 남겨둘 새 없었다 쳐도 호박에 줄 그을 시간은 있었겠지. 어쩌면 방난은 그대로 내버려두면 조금이라도 늦게 나가는 양선이 알아서 대강 거둬주리라 믿고 내뺐는지도 모른다.

그전에도 몇 번째 회사인지는 기억나지 않지만 방난은 임원이나 그의 가족이 출장 또는 휴가를 떠났을 때 고양이나 강아지 등 그들의 애완동물들을 며칠 집에 데려다 놓은 적 있었고 그때마다 내세우곤 했다. 이것도 업무의 연장이거든, 비서란 건 그래. 사장의 지시라면 그 어떤 것도 하찮은 일이란 없다는 자세가 첫째지. 비록 그것이 사장네 반려동

물을 임시로 맡아 돌보거나 그 자녀의 수행평가 숙제를 대필하는 일이라도 말이야. 기관지가 부실한 양선은 개털이 날릴 때마다 기침을 했지만 아무리 좋게 봐줘도 회사 업무와 손가락 반 마디만큼의 관계도 없는 일을 하면서 애써 자부심을 장착하는 방난이 안쓰러웠던 까닭에 그것들이 머무는 시간을 며칠씩 참아냈다. 그러나 방난이 같은 이유로 뚜껑 달린 어항에 개구리를 담아 왔을 때 양선은 눈살을 찌푸렸고, 어느 날인가는 분명 개구리를 담았던 바로 그 어항인 듯한데 거기 뱀이 똬리를 튼 걸 보고 기겁했으며, 급기야 여덟 개 다리를 꿈틀거리는 팔뚝만 한 타란튤라를 받아 왔을 적엔 말다툼 끝에 간단한 짐을 챙겨서 폐업 직전 특가 행사 중인 찜질방에 사흘간 머물다 그곳 황토방 천장이 무너지는 사고로 쫓기듯 귀가하기도 했다. 언젠가는 이것도 사장네서 키우는 거라며 목줄 맨 사람을 하나 데리고 와도 놀랍지 않을 것 같았다.

사람보다야 낫지만 이번엔 종속과목강문계도 모를 털 뭉치라니. 색깔이나 모양이 밤에 보았을 때와 크게 다르지 않았으며 다만 가늘고 긴 검정 직모가 조각만 한 빛 아래에서 보니 공단처럼 부드러워 보인다. 어떤 동물인지를 알려면 우선 얼굴을 확인해야겠는데 온몸이 털이라 눈코입을 어디서 찾아야 할지 알 수 없다. 딱히 눈코입의 위치나 생김새 내지는 더 나아가 그것의 존재 여부에 집착하고 싶지는 않지만, 지렁이나 유글레나가 아닌 이상 이 거대한 몸으로 최소한의 생명 활동이나마 유지하려면 반드시 있어야 할 것들이다. 꼬리는 있는지 다리는 몇 개인지 어디까지가 머리이고 어디부터 발인지 역시 육안으로 확인하기 어려우나 섣불리 만져보기 꺼려지는 이 동물은 어쩌면 불가해한 기관의 집합으로 내부가 채워져 있을지도 모른다. 또한 일반적인 동물 옆에서 맡을 수 있는 냄새와는 조금 다른 게 맡아지는데, 이를테면 공장식 양계장에서 풍기는 불쾌한 냄새 — 식용으로 길러지는 개체의 공포심이 혼합된 특유의 화장실 가스 비슷한 냄새와는 미묘한 차이가 있다. 양선은 당장이라도 방난에게 전화하여, 사회복지사란 정체불명의 거대 생물을 전후 설명도 없이 떠맡아 돌보는 역할이 아니라고 말해주고 싶지만 평소 하는 모양으로 봐서는 어떤 식으로 대꾸할지 짐작이 간다. 그래서 그게 뭐? 응, 맞아. 그런데 그냥 놔두면 되잖아. 내가 언제 너더러 어떻게 해달라고 한 적 없지? 그런 뒤 양선이 어떻게든 낯선 손님들을 대접하거나 수습해놓은 다음엔 고맙다는 형식적인 한마디쯤 하면 어디가 덧날까, 이거 네가 원해서 한 거다? 잊지 마. 그것도 일종의 직업병 같은걸. 무얼 봐도 그걸 꼭 네가 돌봐야 할 것만 같은 책임감이 느껴진다면 말이야.

양선은 긴 한숨 끝에 저것을 이 집에 놔둠으로써 생길 수 있는 일들의 가짓수를 꼽아본다. 사실 몇 가지 안 될 것 같기는 하다. 옹송그린 자세로도 낮은 천장까지 닿는 키와 몸집을 보아하니 녀석이 조금이라도 움직였다면 싱크대나 건조대를 건드려 그릇과 냄비 두어 개는 나동그라지고도 남았을 테지만 거실 겸 부엌에 다른 흔적이 없는 걸로 보아 털 뭉치는 밤새 발가락 하나 꼼지락하지 않고 그 자리를 지켰던 모양으로, 놈한테서는 살아 있는 동물에게서 뿜어져 나올 법한 기초 반응조차 엿보이지 않는다. 그렇다고 낯선 장소에 대한 흥분과 두려움으로 헐떡이거나 울부짖기를 바라지는 않았고 오히려 안 그래줘서 고맙지만, 지나치게 본능이 억제된 것으로 보여 안 좋은 약을 맞힌 게 아닌가 의심도 든다. 할 수만 있다면 내장뿐 아니라 온몸의 표면, 털가죽까지 자신의 내부에 접어 넣을 법한 위축된 자세로 인해 생김새를 파악하기 힘들며, 거미나 뱀에 비하면야 징그럽지 않고 크기에 비해 위협적이거나 폭력적으로 보이지도 않기 때문에, 양선은 깊이 생각하기를 그만두고 까치발로 그 옆을 슬금슬금 지나쳐 욕실 문에 닿는다. 밤새 지금까지 으르렁 소리 한마디를 뽑지 않았지만 — 어쩐지 이런 크기와 형태의 동물에게는 으르렁 쿵쿵,이 가장 잘 어울리는 것 같다. 실제로 놈이 피리 소리를 낼지 초음파를 낼지 모르는 일인데 — 어깨 또는 등 부위가 규칙적으로 오르내리니 동물 인형이나 박제는 아닌 모양이고 잠들었는지 또한 알 수 없으나 단 하나 선명한 예감이라면 실수로라도 건드리거나 눈을 마주쳐서 좋을 일이 없으리라는 것이다.

그렇다고 이걸 이대로 두고 출근한다고? 소유주가 따로 있는 이상 달리 방법이 없으니 그럴 예정이긴 하나 양선은 부연 거울에 비친 팥죽색 잇몸이 뒤집어져라 힘차게 이를 닦으며 한 손으론 방난에게 문자를 보낸다.

부엌에 있는 털 뭉치는 뭐니

문자를 찍다가 자기도 모르게 손끝에 힘이 실려 칫솔모가 잇몸을 깊이 찌른다. 침과 피를 뱉으며 양선은 다음 월급이 들어오면 결국 치과에 가야 하나 생각하지만, 적빈의 시절을 버티게 해줬던 학생식당의 2천 5백 원짜리 멀건 곰국에 소 뒷다리가 물을 한번 적시고 지나갔듯이, 언제나 구체적인 형상이나 실감 나는 색깔 대신 몇 자리 기장된 숫자로 통장을 스쳤다 갈 뿐인 월급으로 할 수 있는 일의 종류는 많지 않다. 방난과의 다세대 반지하 생활이 편안하지 않으면서도 대뜸 동거를 청산하지 못할 만큼 지갑이 얄팍한 형편에 목이나 귀나 손도 아닌 입속의 금이라니 그런 사치는 또 없다. 이력서의 공란을 채우기 위해 분투한 오륙 년에 걸쳐 이름 석자 외에는 모든 것을 구조 변경한 방난 덕에, 입을 벌리는 순간 수십 수백만 원이 그 입을 통해 빠져나간다는 사실을 익히 알아온 양선은 충분한 경각심을 가지고 관리하여 얕은 어금니 충치가 두어 개 있을 뿐이라 믿고 환부를 긁어내서 아말감으로 때우면 그만이라 생각했는데, 어느 병원에 가서 입을 벌려도 결국은 금은방 알바인지 의료인인지 포지션을 알기 힘든 코디네이터가 따라붙어 밀폐된 상담실을 피해갈 수 없었고 카드가와 현금가의 할인 폭 차이에 대해 설명을 가장한 설득을 들어야 했다. 치아 개수가 적힌 계약서에 서명하기를 미루는 동안 잇몸은 시큰거리기 시작했고, 할 수 있는 일이라곤 가능한 한 힘주어 칫솔질을 하는 것뿐이었다. 입안에 고인 치약과 침을 뱉어낼 때마다 세면대 구멍으로 흘러 들어가는 핏물의 궤적을 내려다보며, 그런들 방법 있냐,고 중얼거리는 일뿐이었다.

칫솔로 혀를 문지르다 아차 너무 깊이 밀어 넣었지 싶은 순간 양선은 헛구역질과 함께 눈물 흘린다. 어디 입뿐이겠어, 몸에 있는 그 어떤 구멍이든, 열리는 순간 돈이지. 그런 의미에서 작년 헤어진 남자와의 의도치 않았던 아기에 대해, 그 형체가 막 갖추어졌을 무렵 신속한 결정을 내린 것은 당시 홀로 감당해야 했던 심신의 타격과 후유증에도 불구하고 지금 생각하면 현명한 일이었다.

양선이 세면을 마치고 옷을 갈아입는 내내 털 뭉치는 최소한의 미동도 없이 그 자리에서, 기본 체적을 줄이지는 못하나 가능한 한 당신의 일상에 개입하지 않겠다는 듯 웅크리고 있었고, 양선은 생것에 대한 좋지 않은 습관이라고 생각하면서도 문득 양은 냄비 같은 자신의 내부에서 식어가던 동정심의 자투리가 만져진다.

양 선생, 그렇게 반 푼어치 동정심으로 덤비는 거 아니라니까.

지난주 양선을 위기에서 구해주고서 지역사회 봉사자가 혀를 차던 모습을 떠올리며 양선은 털 뭉치의 머리라고 생각되는 부분을 향해 조심스럽게 들어 올렸던 팔을 내린다. 그것은 알지 못하는 존재에 경솔하게 보탤 뻔했던 여분의 체온을 거두는 행위이자, 손대는 순간 품에 고이려던 자기만족을 떨어내고 냉정한 현실을 인식하게 하는 동작이다.

몇 번이나 더 위험한 꼴을 당해야 알아먹을까. 이번에야 시비 붙는 정도로 끝났지만 다음번엔 이보다 더한 사달이 나도 양 선생 도와줄 사람 찾기 쉽지 않을 거요. 그 집에 하루가 멀다 하고 풀방구리 쥐 들락거리듯 드나든 건 양 선생이니까. 봉사자는 도무지 1절로 그치는 법이 없어서, 어쩌면 우려보다는 오지랖이나 원한 내지는 존재 근원을 향한 저주가 아닐까 싶은 어조로 후렴구를 이어 붙이기를 잊지 않았다. 어디 젊은 여자가 이런 세상에 험한 꼴을 보려고. 직업은 직업이고, 안전을 최우선으로 해야지. 장년의 남성 봉사자는 영탄조 내지는 혼잣말인 척하는 방식으로 종종 양선에게 반말지거리를 하며 그걸 친근함과 착각하곤 했다. 봉사자뿐만 아니라 양선의 평소 업무 태도를 탐탁지 않아 하던 선후배들이나, 사업 지원금 신청을 비롯한 행정관계가 얽혀 있는 공무원들도 비슷한 맥락의 격려인지 충고인지를 하곤 했다.

선아, 넌 아무래도 진로를 잘못 선택한 것 같다. 저분들이 정말 필요로 하는 건 네 눈물이나 공감이나 따뜻한 손보다는 과감한 영업력으로 실속을 챙겨주는 거야. 애가 왜 이리 배 짱이고 넉살이고 쥐뿔만큼도 없는지, 그까짓 종합상가 돌면서 가게 주인들한테 목청 높여 인사하는 일조차 어려워하면서 무슨 사업을 하게? 이거 우리 나랏돈 지원 받아가면서 하는 일인데, 실적 내야 하거든? 이번 사업 잘 안 되면 내년 책정 예산이 깎여요, 이 사람아.

양 선배, 또 나무에 올라가서 고양이 주워다 줬죠? 지난번엔 누구네 집 똥개 싣고서 동물병원으로 달려가놓고, 병원비는 결국 혼자 계산 다 하고. 한번 틈을 주니까 이 사람 저 사람 다 양 선배만 찾잖아요. 복지사가 그런 일 하라고 있는 거 아니죠? 본질 호도, 선후관계 망각. 자존심을 가지라거나 숭고한 대접을 받아야 한다고까지는 말씀 못 드리겠지만, 복지사의 정체성마저 흐려놓고 아무든지 쑤셔도 되는 지역 심부름센터 취급이나 당하게 만드는 건 양 선배 같은 사람들이에요. 조금만 더 있으면 집 나간 햄스터 찾아달란 말만 듣고 전단지 돌릴 기세네.

양 선생, 그동안 고마웠어. 나 실은 이번 말일까지야. 응,

남편 근무처 따라서 미국에서 지내게 될 것 같아. (목소리를 낮추며) 너한테만 솔직히 고백하는 거지만, 난 신념이 모자라 그런가 도저히 너처럼은 될 수 없을 것 같다는 생각을 줄곧 했어. 우리 일이 계속 존재 가치가 있으려면 물고기를 잡아다 주는 게 아니라 물고기를 잡는 방법을 깨우쳐야 하는 거잖아? 소경을 걷게 하고 앉은뱅이를 일으키지는 못하더라도 그와 웬만큼은 비슷한 결과를 얻어야 하지 않나? 그런데 그들 입에 떠 넣어주는 데만도 나는 허덕거렸어. 내가 고작 물가로 당나귀를 끌고 가기밖에 더하나 싶더라고. 솔직한 심정으론, 부단한 생산과 소비 활동으로 사회를 굴리는 일과 전혀 인연이 없는 이들에게까지, 단지 그들이 살아 있다는 이유만으로 설 자리를 끊임없이 만들어 바쳐야 한다는 현실에 지쳤어. 너는 전혀 그럴 때가 없어?

  학형의 서푼짜리 동정심을 우리는 싸구려라고 일컫지요.
  대학 시절 과에서 외부 봉사 활동 때마다 양선이 들었던 소리다. 어느 활동을 나가도 그런 핀잔 내지는 비난이 돌림노래처럼 집요하게 따라다녔다. 양선은 아무리 생각해도 자신이 가난하고 불행한 사람들 앞에서 보이는 반응이 심장 있는 보통 사람의 그것과 다르지 않은 것 같았는데, 제일 연장자인 선배 하나가 그리 말하기 시작하자 다른 이들이 덩달아서 그 뒤로 아예 찍어놓고 입을 모았다. 양선은 그 까닭을 알 것 같았지만 누구에게도 말하지는 않았는데, 이를테면 무언가를 사랑한다며 온몸과 마음을 다해 그것을 돕겠다는 이들이 기대하는 것은 어쩌면 갈라진 입술이나 고랑이 팬 이마 같은, 지극히 비극과 어울리는 어떤 표정이라는 생각이었다.

첫 엠티 때 사회복지학과 지원 동기를 밝히는 자리에서 양선을 비롯한 모든 새내기는 입학 면접관에게 들려주던 당위성 가득한 모범 답안과는 다른 솔직한 사연을 털어놓을 것을 주문받았고, 그걸 그대로 믿은 양선은 씻김굿처럼 자신의 가정환경과 내력을 털어놓은 바 있었다. 그녀는 그만한 이력은 어지간한 이들이 입 밖으로 내놓지만 않을 뿐 조금씩들 보유한 낡디낡은 클리셰나 마찬가지인 줄 알았다. 아버지는 만취 상태로 개천에 코를 박고 죽을 때까지 15년간 10원 한 장 벌어 오지 못하고 늘 한쪽 다리를 저는 엄마를 때렸고, 본인은 여성과 신체 불편한 이들로 대표되는 약자를 위해 일하기로 했다는, 세부를 걷어내고 요약하자면 대강 이 정도였으니 이보다 더 간명하면서 소상할 뿐만 아니라 흔해빠진 동기란 있기 힘들다고 생각했는데, 문제는 그 말을 하는 양선의 모습이 막 데뷔하여 상기된 얼굴로 첫 무대에 오른 아이돌 가수 같았다는 데 있었다. 거추장스러운 육체 활동이 따라붙기 마련인 엠티에 하고 나타난 차림부터가 낡은 청바지와 학과 맞춤 티셔츠 대신 스팽글 장식의 시폰 블라우스와 미니 플레어스커트에 레더레깅스, 자색 앵클부츠였고 금빛에 가까운 밝은 고동색의 풍성한 머리카락은 조금 전까지 고데기로 말다 나온 것처럼 굵은 웨이브가 졌다. 이미 만취 상태였던 한 남자 선배가, 실은 오티 때부터 그녀를 점찍었으나 경쟁자가 많아 미처 집적대진 못하고 놀던 고무줄 끊는 심정으로 일갈하기를, 뭔가 앞뒤가 안 맞잖아 그 머리는 얼마 주고 했냐? 곧이어 너도나도 그 말에 공감하며 불신 가득한 어조로 그녀의 외모에서 트집을 잡기 시작했으므로, 시장에서 산 재료로 집에서 직접 머리를 말았으며 옷도 구두도 모두 남대문에서 발품을 팔았다는 그녀의 항변은 그대로 묻히거나 잊혔고, 헤어 문제가 해결된다 치면 다음으론 그녀의 깊은 스모키 화장에 쓰인 아이라이너를 살 돈으로 해결할 수 있는 더 유익하고도 절실한 민생고와 관련된 기회비용이 언급되었기 때문에 항목별로 설명하기를 포기하는 쪽이 빨랐다. 오래지 않아 그녀는 작은 클러치백과 전공서적을 옆구리에 끼고 한 손에는 스타벅스의 캐러멜마키아토가 담긴 종이컵을 든 채 교정을 거니는 이미지로 정착되었는데 실제로 그녀가 꼭 그와 같은 차림으로 다닌 적은 없었다. 불행은 줄곧 부당하게 수면 아래 가라앉았다가 어떤 극단적 상황에서 피치 못할 방식으로 타의에 의해 공개될 때 비로소 가치와 무게를 획득하는 모양으로, 양선의 밝고 명랑하며 때론 화려하기까지 한 표정은 그녀가 겪은 과거의 고생을 생각보다 아프지 않은 가격으로 책정하는 데에 일조했다.

어쨌거나 객관적으로 외모가 좀 되는 그녀는 봉사 관련 행사 및 전시용 사진 기록을 남길 때마다 등이 떠밀려 계속 맨 앞줄로 보내졌고, 그럴수록 사람들은 그녀를 보고 기업 이미지를 제고하려는 재벌가 손녀 내지는 아프리카에 봉사를 나간 연예인 정도로 간주했다. 양선이 누군가를 위해 눈물 비칠 때마다 선배들은 그녀의 태도를 지적했고, 활동하는 사람이라면 타인에게 자신을 대입하거나 그 역의 경우가 있어선 안 된다고 준엄하게 그녀를 내려다보며 주입했다. 그러다 어느 날은 결국 뒤풀이 자리에서 한 선배가 — 딴에는 너무 쉽게 타인에게 공감하고 간 쓸개 다 빼줄 것처럼 보여서 나중에는 있는 살 한 점까지 다 발라버리고 뼈만 남을 것 같은 그녀를 위한다며, 뭔가 정신이 번쩍 날 만한 얘기가 없을까 궁리하다 꺼낸 극단적 예라지만 어쨌거나 화자의 인식 수준만큼은 아낌없이 드러냈는데 — 엄마 없는 남자 보면 불쌍하다고 몸이라도 대줄 테냐, 했다가 피처 잔이 날아다니고 호프 안은 난장판이 되기도 했다.

그러나 나중 가서는 그 선배의 폭언이 영 틀린 것도 아니게 되어버린 것이, 그녀가 지금껏 사귀다 한 번은 돈을 뜯기고 한 번은 자궁 속 태아를 뜯는 데 일조한 두 명의 남자 모두 지역 행사를 통해 만난 이들이었으며 그들은 무언가가 결핍되었다고 할 적에 흔히 동원되는 대유인, 엄마가 없는 게 기본이거나 있어도 도움이 안 되거나 없는 게 차라리 나은 이들이었다. 선배들의 저주에 걸려 그런 남자들만 만나게 된 것인지, 아니면 정말로 그녀의 촉이 그런 이들에게만 반응하는 것인지 양선은 선후관계를 알 수 없었다.

그래도 유일한 사실이라면, 적어도 지금 눈앞의 동물은 누군가에게 상처나 피해를 주는 데에 필요한 최소한의 신체 활동인 소리와 움직임이 전무하다는 점에서 사람보단 낫다는 것이다. 사람을 상대하고 사람을 구하는 직업인으로서 바람직한 사고 구조는 아니지만, 오물 투척과 고성방가 및 시비로 하루가 멀다 하고 민원이 들어오는 독거 정신 질환자의 자활을 돕기 위해 지역 주민들과 소통의 다리를 놓으려던 3개월간의 노력 끝에 얻은 결론이다. 노력은 물거품이 됐고, 무언가가 수포로 돌아간 적이 복지사 생활 5년에 이번이 결코 처음은 아니며 오히려 일상이 실패의 연속으로 보아도 무방할뿐더러 비협조적인 지역 주민들이나 어깨들로부터의 상해 위협도 열 손가락 꼽을 만큼 있었지만, 실제로 열 손가락 자국이 목에 선명히 찍힐 만큼 직접적인 위험에 노출된 경우는 이번이 처음이었다. 다만 그뿐이었다. 부푼 희망이나 다짐이 소각로에 던져져 티끌과 재로 사그라지고 심장과 머리가 냉각되는 계기란 이처럼 단순하다. 블록의 누적이 한계에 도달하고 균형을 상실한 채로 버티고 있을 때 그것을 직접 쓰러뜨리는 것은 어디선가 급습하는 대단한 토네이도 같은 게 아니라 부주의한 어린애의 집게손가락이다. 그녀는 이제 가능한 한 월급이 표시하는 만큼의 일을 객관적 절차에 따라서만 할 것이고 사명감 따위는 개나 줘버린 다음 더 이상 아무도 사랑하지 않을 것이다. 지금까지 한 것을 사랑이라고 부를 수 있다면. 내밀한 지향보다는 표면적 당위로 변질되어 부질없기만 했던 선언 ── 누군가를 구제한다는 착각에 매몰되지 말아야 하며 봉사는 나의 모자람을 타인으로 인해 채워가는 행위라는 ── 도 남몰래 코를 푼 휴지처럼 변기에 던질 것이다.

너는 뭐라고 부르는 애니?

그러므로 그녀는 결국 행위도 언성도 없는 이름 모를 동물을 그 자리에 가만히 내버려두고 출근 시간에 대기 위해 집을 나설 것이며, 굳이 손대어 털을 쓸어보거나 심사숙고라도 하는 듯한 녀석의 자세를 흩뜨리지 않을 것이다. 그것의 온기와 감촉을 아는 순간 또다시 그것의 권리와 자격을 숙고하게 될 것이기 때문이다. 보살핌을 받을, 옆에 살아 있어도 되는 존재. 이어서 그것을 방기한 이들에 대한 분노를 감추지 않을 것이기 때문이다.

자, 나는 화장하고 나갈 준비를 할 거야. 그게 끝날 때까진 여기 있어도 좋아, 어디까지나 내 옆에서 가만히 아무 소리만 안 낸다면.

팔짱을 낀 채 숙면 중이던 남자 대학생이 환승 구간에서 내리자 방난은 출근 시간의 흔치 않은 행운에 감사하며 빈자리를 차지한 다음 오늘 일정을 확인한다. 물론 사장 내연녀의 생일 선물을 교환하기 위해 백화점 명품관에 방문하는 일말고는 특이 사항이 없지만 그래도 혹시 기입을 잊은 게 없나 숙고한다. 지지난주 사장 부인의 생일 때는 백화점과 마트 사이 연결 통로에 위치한 시즌오프 행사장에 갔고, 지난달 사장의 어린 딸 생일에는 토이저러스에 갔다. 이 일상이 그려내는 리듬은 변하지 않을 것이고 그녀는 추석 시즌이 돌아와야 비로소 보통의 비서 매뉴얼에 정식으로 나와 있는, 거래처 접대용 상품권 대량 주문 같은 본연의 업무로 바빠질 것이다.

5년간 네 차례 이직하며 마지막 회사를 선택했을 때의 조건은 칼퇴근에 적게나마 밀리지 않는 월급, 가능한 한 일이 적고 내방객이 많지 않아 MBA 과정 교육 동영상을 틈나는 대로 볼 수 있을 법한 근무 환경으로 잡았다. 비서학과 출신이 아닌 여성이라는 점에서 출발부터 불리했음은 차치하고라도, 그동안 박봉과 시간을 쪼개 준비한 세무회계 시험에는 번번이 떨어졌고 써먹지 못한 지식이 머리나 가슴도 아닌 복부 어디쯤에 소화되지 않은 사과씨처럼 맴도는 나이에 접어들었으며, 이제는 경영학을 공부해두지 않으면 어슴푸레한 이직 가능성마저 없는 나이가 되어가고 있었다. 사실 지금도 가능성의 윤곽을 확인하기가 힘들었던 게, 이전에 익히 겪어온 바대로 면접을 보는 회사마다 사전에 수십 번은 확인하고도 남았을 이력서 상단 이름에 대해 인신공격성 농을 주고받는 게 첫번째라면 이즈음 추가된 속성에는 스물아홉이라니, 조금만 있으면 서른이네. 혹시 결혼 예정이 있는 건 아닌가? 하고 난색을 표하기가 있었기 때문이다. 졸업반, 발등에 떨어진 불을 끄지 못하고 물끄러미 내려다보는 동안 속수무책으로 살이 타들어 가서 뼈를 드러낼 것만 같았던 시절, 청년 여러분이 눈만 낮추면 취업은 그리 바늘구멍만은 아니라는 요지로 대학에 강연을 나온 정치인이나 기업인 들이 열변을 쏟곤 했는데, 그들의 충고를 받아들여 눈을 낮추자 모든 것이 낮아지거나 멀어지거나 사라졌다. 사장의 일정과 기밀을 공유하고 밀착 관리하며 운전 수행은 기본, 때론 중요 행사에 동행하는 비서를 필요로 하는 큰 회사에서는 토익 925점이 찍힌 방난의 서류가 통과된 적이 없었다. 토익 925점은 해외 교환학생이나 오지 탐사대 참가처럼 개인 비용이 들지 않는, 국내에서 자력으로 쌓을 수 있었던 방난의 거의 유일한 스펙이었다. 유명 기업에서 실시하는 청년 인턴제나 참가비 전액이 지원되는 봉사 활동 행사는 언제나 경쟁률이 높았고 심사에 통과해본 적 없었다. 강연자들의 조언을 참고해서 이 정도 규모라면 비록 작지만 비교적 내실 있고 안정적으로 보이며 서류 합격도 될 것 같다는 자신감과 함께 원서를 넣은 회사가 여럿 있었는데 그곳들은 마인드가

형편없었고 사장들마다 열에 아홉이 비서란 커피 잘 타고 청소 잘하면 되는 걸로 알았다. 다과 준비와 청소와 화분에 물 주기는 기본이라고 방난도 알고 있었지만 그렇다고 해서 그게 전부라곤 생각해본 적 없었기 때문에, 그때까지는 콧대가 아직 살아 있기도 했고 애써 합격한 곳에 입사 지원 취소 의사를 밝히기도 수차례였다. 나는 그런 걸 하려고 전공과도 무관한 지망을 한 게 아니야.

그러나 사람이 서류와 면접 통틀어 연속 50차례쯤 떨어지다 보면 일없이 앉아 멍하니 거울을 들여다보는 시간이 늘게 마련이고 그때마다 방난은 자신의 얼굴에서 수많은 하자를 비롯하여 조금만 보수하면 대강 맞을 듯한 균형에의 가능성을 발견했다.

몇 차례의 수술과 구조 조정이 이루어지는 동안 방난의 기초 자본은 바닥을 드러냈고 원룸 전세 보증금마저 털어 마이너스가 되었을 때는 더 이상 찬밥 더운밥 가릴 처지가 아니라는 위기감이 들었으며, 그 무렵 고교 동창 가운데 연락이 닿으면서 혼자 사는 애가 양선밖에 없었기 때문에 보증금 없이 월세 반분 부담을 조건으로 그 반지하방에 이르렀다. 양선의 반지하방은 방난에게 이 세상의 막장이었고, 얼굴을 완벽하게 개조한 자신은 애당초 여기 머무를 사람이 아니며 좋은 자리만 얻으면 언제든 박차고 나갈 수 있을 터인데도 꼬박꼬박 월세를 부담하고 있었으므로, 방난은 어느 때고 당당하며 모든 것이 당연했다. 그 뒤 오히려 처음 퇴짜를 놓았던 회사들보다 못하다고 생각되는 곳에서의 첫 출발을 맞이하면서 희망사항은 가파른 속도로 소멸하고 현실이 음주운전 차량처럼 그녀를 들이받기 전까지.

최초로 몸담은 회사 사옥은 시장통 끝자락의 가정집으로 창문을 열기만 하면 튀김 냄새와 수산물 냄새가 침투하여 환기에 전혀 도움이 되지 않았고 때는 마침 여름이기까지 했지만, 그래도 명함만은 번듯하고 뭔가 있어 보이는 건축회사였다. 입사가 확정되고 고향집에 전화했을 때 아버지의 축하 인사는 대뜸 이랬다. 그래 비서라고? 뭐 그거, 사장 책상 닦아주고 커피 타주고 가끔 사장이 엉덩이나 두드려주는 그런 거 말이냐. 너 대학 공부 시키려고 소를 몇 마리를 팔았는데 그런 뒤치다꺼리는 꼭 대학 안 나와도 할 수 있지 않냐. 시집가면 으레 남편한테 할 일을 회사까지 가서 한다고, 그냥 시집이나 가라. 그건 아버지 세대만의 고정관념이 아니라 같은 학과에서 언론고시나 공무원고시 등 다양한 시험을 준비하는 예비역 선배들의 논평도 크게 다르지 않았으므로—거기에 한술 더 떠 그들은 결국 나중 가면 사무실에서 사장의 이거나 되는 게 수순 아니겠느냐고 보태며 새끼손가락을 들어 보이기도 했다—방난은 그 정도의 편견에는 이미 면역이 생겨 매뉴얼대로 쏘아댔다. 아빠 시절의 사환인지 급사인지하곤 다르거든요, 중요한 자리에 따라다니면서 업무 효율성을 제고하고 좀더 좋은 사장이 되도록 돕는 사업상의 파트너라고요. 아빠는 잘 모르시겠지만 국내 굴지의 기업에서 상무나 전무 같은 임원들은 다 회장 비서 출신이었어요. 왜 그랬겠어요? 옆에서 밀착 수행하면서 회사 기밀 정보를 쥐고 있는 사람은 언젠가 그렇게 돼요. 아버지에게 기세 좋게 했던 말과는 달리 실제로 방난이 7개월간 한 일은, 애당초 그리 기대에 부풀지 않았음에도 불구하고 정말로 아버지의 독설 범주에서 크게 벗어나지 않았다. 딱 3개월간은 사장의 별도 지시가 없는 일도 찾아 하면서 자기 안에 명멸하는 치열한 빛을 쏘삭여보기도 했지만 사장은 그녀에게 회사의 정보를 거의 공유하지 않았고 실제로 공유하거나 지킬 만한 수준의 정보가 존재하는지도 의문이었으며, 그녀의 서랍은 업무와 밀접한 관련이 있는 자료 대신 필요한 사람들에게 아무 때고 내밀기 위해 갖춰둔 잡동사니(구급약, 미니우산, 경조사용 빈 봉투, 구강청결제, 인주, 로션)로만 가득했다. 그녀가 입사한 지 얼마 되지 않아 그나마 있던 대부분의 직원이 퇴사하고 사실상 회사 자체가 문을 닫기 일보직전임을 알았을 때, 입사 4개월째부터는 자신이 직원들에게 월급봉투를 나눠주는 경리 및 총무 겸직임에도 불구하고 자신에게조차 돌아올 월급이 없는 잔고 몇만 원의 회사 통장과 마주했을 때, 무엇보다 사장이 저녁 무렵 취한 채로 이제 나한테 남은 건 너밖에 없으니 가지 말라며 (당최 언제 관계 형성을 할 시간이 있기나 했다고) 팔을 붙들다 울기 시작했을 때 그녀는 마음을 굳혔다.

지금의 회사는 방난이, 이걸로 인생에서 비서는 마지막이며 더는 물러날 데가 없다고 생각하면서 지원서를 넣은 곳이었는데 중국과 태국 및 필리핀 등지에서 고정적으로 젤리와 푸딩을 수입하여 백화점과 마트에 공급하는 식품 유통업체였다. 이직할 때마다 사무실 건물은 점점 작아졌는데 이번에는 대로변 아닌 골목 깊숙이 자리한, 지은 지 사반세기쯤 되어 보이는 4층 건물에서 2층 오른쪽 사무실로, 건물 입구에 들어서자 계단참에 위치한 남녀공용 화장실에서 오물보다는 세월과 부실 보수 및 배관의 근본 하자 문제로 짐작되는 악취가 풍겼다. 철문을 닫자 냄새는 반쯤 차단되었지만 이 정도라면 사무실에 하루 종일 냄새가 기어 들어올 법했고 이 화장실을 청소하는 건 결국 자기가 되리라는 예상도 그렇거니와 무엇보다 명색이 식품 유통업체라는 곳에 딸린 화장실의 상태가 이렇게 심각해서야 방난은 차라리 면접을 보지 말고 그대로 돌아갈까 싶었으며, 그때 마침 큰일을 보기 위한 준비인 듯 신문과 담배와 종이컵을 갖고 내려온 다른 직원이 면접자를 알아보고 사장 앞에 데려가지 않았다면 정말 그랬을지도 모른다. 밑져야 본전인 셈 치고 사무실에 끌려 들어가기는 했지만, 실은 이제 엎어지면 코 닿을 데 놓인 서른이라는 나이로 대부분의 취업 준비생이 겸비한 토익 점수

외에 이렇다 할 특기라곤 없는 자신의 서류 통과 빈도가 점점 줄어든다는 현실도 생각지 않을 수 없었다.

사십대 중반의 사장은 지금껏 그녀가 만난 대부분의 면접관처럼 그녀 이름에 대해 조심스럽게 또는 뻔뻔하게 트집을 잡지 않았기 때문에, 그 점이 오히려 의아해서 그녀는 언제쯤 그 폭탄이 투하될까를 점치느라 사장의 질문을 주의 깊게 들을 수밖에 없었고 따라서 그 어느 때보다 성실하고 알찬 답변을 내놓았다. 그동안의 경험으로 미루어 이름이 특이하시네요 이름이 재미있어요 누가 지어주셨죠, 같은 경우는 극도로 예의 바른 시비에 해당했고 대다수는 요즘도 이런 이름 짓는 부모가 다 있나, 정도로 툭 던지기 일쑤였다. 취업 준비 초기, 비교적 규모 있는 중견기업에서 지원자들을 다섯 명씩 한꺼번에 입장시킨 압박면접 때는 머리가 희끗한 면접관의 첫 마디가 이름이랑 얼굴이랑 어떻게 이리 잘 어울려,였고 얼굴 구조 조정을 본격적으로 시작하기 전이었던 그녀는 나머지 네 명의 지원자가 터지는 웃음을 참고 있으리라는 짐작만으로도 가뿐히 15층 창밖으로 몸을 던질 수 있을 것만 같았다. 그날 그녀에게는 이름을 누가 지어주셨으며 한자 뜻이 무엇이냐는 것 외에는 다른 질문이 주어지지 않았다. 수십 차례 면접 끝에 단단히 적응이 되고 얼굴에도 자신이 붙긴 했으나 그 뒤로도 으레 그런 자리에서는 진지하게 개명해볼 생각 없느냐는 질문부터, 어린 시절 교실에서 고생 좀 했을 텐데 여태 그냥 두었느냐는 감탄에 이르기까지 다양한 반응이 나왔다.

그랬는데 그동안 적응해온 패턴과는 사뭇 달랐으므로 사장이 끝까지 이름에 대한 언급 없이 다음 주말까지 연락드리겠습니다,라는 말로 면접 종료를 선언했을 때 방난은 입안에 가시가 돋치기 직전이었다. 저기, 이름 애기는 안 하시나요? 이름이 뭐 이러냐든지 웃기다든지 방구나 난방 같다든지, 아니면 왜 바꾸지 않았냐든지, 개명 신청 그거 정부 수입인지랑 송달료 포함 몇만 원이나 한다고. 방난의 물음에 사장은 새삼스럽게 이력서를 다시 들여다보곤 고개를 기우뚱했다. 초등학교 교실도 아니고, 이름이 문제가 되나요? 방난은 그 앞에 기도하는 자세로 응접탁자를 내려다보았다. 왜 이름을 안 바꾸었냐면요, 막 특별히 이름에 애착이 있어서가 아니라, 도무지 그럴 리가 없는 이름이잖아요. 그런데 제가 이…… 그러니까 보시면 대충 아시겠지만 얼굴을 다 뒤집었거든요. 어느 날 거울을 봤는데 옛날 사진하곤 눈썹도 닮지 않은 모습이었거든요. 그러고 나니까, 이름마저 갈아엎으면 그전까지 존재했던 저라는 사람이 완전히 없어져버릴 것 같았어요. 그래서 이름만은 바꿀 수 없었어요. 그럴 것 같으면 애당초 이름을 바꾸고 얼굴은 그대로 내버려뒀어야 할까? 생각도 했지만 사람들은 모르는 사람의 얼굴을 먼저 보잖아요. 이름은 명함을 내밀기 전까지는 모르고 그러니

웃음을 참을 일도 없잖아요. 비서는 회사의 문 앞에서 낯모르는 이들과 얼굴을 먼저 대할 뿐 이름부터 눈앞에 들이대지는 않으니까…… 그러니까요.

누가 시키지도 않은 고해성사를 마치고 그녀가 고개를 들었을 때 사장은 호기심인지 동정인지 모를 모호한 미소를 짓고 있었다. 말을 바꾸죠. 다음 주까지 연락드리지 않겠습니다. 대신 다음 주부터 출근하세요. 괜찮습니까?

그 뒤로도 비록 하는 일 자체는 그전에 거쳐온 회사들과 대동소이하게 사장의 업무 외적 뒤치다꺼리에 머물렀지만 방난은 그 어느 때보다도 밝고 힘 있게 출근했다. 경비 지출이 아닌 사비로 야근 이튿날의 출근 서비스를 제공할 경우 그전 사장들의 책상에 박카스 한 병을 올려놓았다면, 이번에는 마늘이나 홍삼 엑기스가 들었다고 주장하며 가격표에도 0이 한 개 더 붙은 에너지 드링크를 올렸다. 만약 사장 딸이 취학 연령이어서 그 수행평가 과제를 대행해야 했다면 예전처럼 인터넷 검색 결과를 짜깁기해서 대충 갖다 안기는 게 아니라 국립중앙도서관에서 정기간행물을 열람하거나 취재를 나갈 것이었다. 비록 일시적이며 감상적인 기분이더라도 자신에게 이름을 묻는 사람들을 더 이상 두려워하지 않아도 될 것 같다는 생각이 들게 해준 상사를 위해서라면 이 정도는 사소한 답례였다. 관성은 낡았으나 몸에 잘 맞는 옷처럼 편안했고 그녀는 몇 달 지나지 않아 일껏 신청한

온라인 MBA 강좌에도 열의가 떨어졌다. 숫자와 서류를 확인해본바 납품은 영원히 지속될 것 같았고 구태여 수입 품목을 늘리는 모험을 하지 않아도 될 듯했으며, 사세 확장까지는 언감생심이지만 회사가 이 정도의 현상 유지만 해준다면 충계참 화장실의 구조적 악취도 그런대로 견딜 수 있을지 몰랐다.

어디까지나 수입산 젤리에서 검출된 공업용 색소와 발암물질 파동이 시사 고발 프로그램에 보도되지만 않았다면 말이다.

내가 원래 이런 미안한 일은 안 시키기로 했는데, 기자랑 피디랑 어디 저 높으신 분들 좀 만나느라고 자리를 오래 비울 거야. 그러니까 잘 좀 부탁해. 이번 고비만 넘기면 월급 인상도 검토해볼게.

사생활을 맡기는 방식마저 이토록 예의 바른 사장이라니, 방난은 자기만 믿으라는 듯한 브이 사인과 미소로 답하지 않을 수 없었다.

그러나 사장이 사전에 귀띔한 몇 가지 브랜드 중에서 골랐음에도 불구하고 내연녀 앞으로 보낸 생일선물은 이튿날 바로 퀵서비스, 그것도 착불로 반송되어 왔다. 어찌 된 일인지 궁금했지만 사장 내연녀에게 굳이 유선으로 묻기가 무엇하여 어영부영 사무실에 보관해두었는데 사장은 오늘 새벽에야 모음 일부를 누락하거나 덧댄 취기 도는 문자로 보내오기를, 제품의 색깔이 그녀 마음에 안 든다는 거였다. 사장을 통해 걸러져 완곡한 표현으로 도착했으나 방난은 한 번도 만나본 적 없는 그의 내연녀가 어떤 식으로 말했을지 묘하게 짐작이 갔다. 자기, 이건 어떤 년의 안목이야?

어쩌면 그 내연녀는 물건이 마음에 안 들어서라기보단 사장이 직접 골라다 와인 잔을 사이에 두고 건네는 대신 비서 대행으로 건조하게 발송한 과정 자체를 문제 삼는 듯했고 끝까지 원하는 모델명과 색상을 알려주지 않은 걸 보면 그 점은 확실했지만, 그러시다면야 바꿔드리고말고요. 그날 밤방난은 마음속 어디선가 바스락거리는 마찰음에 귀를 기울이지 않고, 그저 내일 출근 즉시 가방만 던져놓고 명품관으로 직행하면 그만이라 곱씹었다. 비서란 그런 것이다. 사장내연녀는 어디까지나 사장의 내연녀일 뿐 자신의 상사가 아니며, 고된 마트 알바 시절의 진상객 정도로 간주하고 잊으면 그만이었다.

막말로 내가 진정 사장의 오피스 와이프나 된다면 또 몰라.

그러면서 반지하 방 문을 연 순간, 방난은 밀도 높고 충만하며 궁극적인 어둠과 마주쳤다.

누가 그녀보다 먼저 출근했는지 세콤이 모두 해제되어 있어서, 몇 안 되는 직원 가운데 그럴 만한 사람이 없는데 이상

하다고 고개를 갸웃하는 순간 방난은 문 안쪽에서 튀어나온 우악스러운 손에 머리채를 꺼들린다. 그대로 바닥에 내동댕이쳐지는 2초 남짓한 순간 그녀의 머릿속에는 도둑이나 강간범이 어째서 이런 출근 시간에 활동하는지부터 시작해서 온갖 경우의 수가 스쳐 지나가는데, 고개를 들자 사장 부인이 팔짱을 낀 채 선 모습이 보인다. 이게 바로 네년이지,라는 전후 사정 잘라먹은 말을 던지며 사장 부인이 방난의 눈앞에 흔들어 보이는 것은 사장의 결재용 파일에 넣어두었던 명품관 영수증이다.

방난은 물론 비서답게 눈치가 빠르고 사장 부인이 무엇을 의심하고 억측하는지 기민하게 알아차린다. 비서란 어떤 때에도 사장의 비밀을 지키며 설령 가족이 쳐들어왔어도 그 원칙은 동일하게 적용하지만 무고하게 간통죄로 고소당하게 생겼으니 적어도 그 영수증에 적힌 물건이 자신과 무관하다는 선까지는 밝혀도 되지 않을까를 방난이 계산할 틈을 주지 않고 사장 부인이 던진 주전자가 날아온다. 닷새 전에 끓여 둔 채로 회사가 초상집 분위기가 되는 바람에 깜박 잊고 방치했던 보리차가 머리 위로 쏟아지는 순간 떠올리는 것은, 암만 회사 분위기가 말이 아니어도 그렇지 보리차가 이렇게 쉬어버릴 때까지 내버려두다니 비서 자격이 없다는 자괴감이다.

사장 부인은 방난의 서랍을 차례로 열어젖히며 안에 들어 있던 스탬프, 스테이플러, 집게, 칫솔, 물티슈, 휴대전화 충전 코드 등의 잡동사니들을 책상 위나 바닥에 흩뿌리고 그 중 몇몇은 방난의 숙인 머리를 향해 던지다가 각각의 물건들에 붙어 있는 네임 스티커를 보곤 히스테리성 폭소를 터뜨린다. 세상에, 이름 보게. 미스 방! 미스 바앙? 방방난 씨! 우리 할머니 친군가 봐. 상판은 죄다 깎고 찢고 붙인 주제에 이름은 왜 손 안 보고 놔뒀대. 때마침 평소보다 이른 시간에 출근한 영업부장은 즉시 상황을 파악하고, 난처하면서도 사모님의 심정을 다 이해한다는 듯한 미소를 지으며 사장 부인 앞을 가로막더니 입으론 임기응변용 접대 매뉴얼을 읊어서 상대의 흥분을 가라앉히는 한편 방난을 흘낏 돌아보곤 당신이 사라져야 사태가 수습된다는 신호를 보낸다. 방난은 벗겨진 구두를 꿸 새도 없이 손가락에 걸고 흐느적거리며 화장실로 들어간다. 철문을 안쪽에서 잠그자 그전까지 혼수상태로 허파 어디쯤을 떠다니던 한숨이 비로소 입술을 찾아 새어 나온다. 거의 무의미하다는 것을 알면서도 분명 전날 저녁에 락스로 물청소를 한 화장실은 그 어느 아침보다 악취가 진동한다.

쉰내 나는 머리카락을 비틀어 짠 다음 무심코 주머니에 손을 찔러 확인해본 휴대전화에는 이른 아침부터 근면 성실의 극치를 보여주는 몇 개의 광고 문자와 사장의 문자 그리고 양선의 문자가 와 있다. 제일 상단의 사장 문자는 눈물 이모

티콘과 함께, 지난밤 통화한 마누라가 뭐에 뒤틀렸는지 갑자기 회사로 쳐들어가겠다고 길길이 뛰는데 계속 중요한 외부 미팅 중이라 어떻게 뜯어말릴 방법이 없으니 오늘은 출근하지 말고 집에서 쉬라는 내용이다.

방난의 명치에 차가운 어스름이 깔린다. 발효되다 말아버리고 거품만 부글거리는 감정들이 시큼한 냄새를 풍기며 급습해온다. 일시에 부서진 신기루의 조각들이 날을 세우고 방난의 뺨을 때리며 비웃는다. 사장의 문자를 지우고 방난은 양선의 문자를 연다.

털 뭉치의 고요와 침묵은 이제 엄숙하고 신성해 보이기까지 한다. 지금 출발해도 지각을 면하기는 힘들 것이다. 아직 방난에게서는 답장이 없고 양선은 털 뭉치의 곁을 선뜻 떠나지 못한다. 지난밤 그릇을 엎거나 용변을 보지도 않았을 정도니 양선이 근무하고 돌아올 때까지 이 다세대 주택에 소란이 벌어질 것 같진 않다. 다만 걱정이라면 장시간 식사를 급여하지 않는 것이 동물에 대한 명백한 학대라는 점과 아직 남아 있는 직업 본능으로 그것만은 두고 볼 수 없다는 점인데, 무엇을 먹여도 무방하고 무엇을 먹이면 탈이 나는지 알지 못하는 상태에서 아무거나 앞에 뿌려놓고 갈 수는 없다. 자신이 준 음식 때문에 잘못하여 고가의 외래 희귀종이 죽기라도 한다면 양선은 자기 가죽을 벗겨 팔아도 갚지 못할 것이다. 어쩌면 낙타처럼 몸속 지방을 소비하면서 살아가는 종류의 생물일지도 모른다. 그래도 맹물 정도는 두고 가도 괜찮지 않을까? 생수를 마시고 죽는 동물이 있다는 소리는 여태 들어본 적 없긴 한데 높은 분네 저택에서 살아왔을 생물이 삼다수 준다고 마실까. 어디서 에비앙이나 볼빅이라도 구해와야 하는 거 아닌가.

양선은 언제 올지 모를 방난의 메시지를 기다리며 출근 가방을 둘러멘 채 털 뭉치 옆에 망연히 주저앉는다. 털 뭉치의 일관성 있는 함묵에서 그녀는 바로 어제까지 찾아갔던 산동네 끝자락 거주자의 모습을 자연스럽게 떠올린다. 주민 신고를 받고 찾아간 판잣집에서 발견한 열 살 초반의 소녀. 무엇을 물어도 대답하지 않고 그 자리에 버려진 지 오래된 쓰레기처럼 못 박혀 있었지. 무엇을 물어도 고개를 끄덕이거나 젓는 시늉조차 하지 않고 발치에 밀어준 샤니빵과 살구맛 피크닉에 눈길 한 번 주지 않던. 주민들의 제보에 따르면 동네로 흘러들어온 지 1년쯤 되는 아이로 그전에는 아빠 엄마로 추정되는 비슷한 행색의 동거인이 있었으며 남자 쪽은 나이로 보아 아이 아빠라기보다는 젊은 애인 같았는데 모녀 가운데 정확히 어느 쪽의 애인인지 알 길은 없으나 이런 상황에서 흔히 발견되는 사례로 대놓고 모녀 양쪽을 번갈아 착취하는 것이 분명해 보였고 그들이 살던 집에선 날마다 비명과 통곡이 끊이지 않았다는, 양선이 주 1회꼴로 접하는 패턴의 이야기였다. 그러나 언제나처럼 한바탕 난리가 있은 뒤 무려 닷새간 아무 소리도 들리지 않아서 주민들은 의아해했고, 어느새 악취가 산바람을 타고 내려와서 제일 수상한 그 집 문을 열어보니 말라붙은 지 오래되어 보이는 대량의 피위에 아이만이 우두커니 앉아 있을 뿐 보호자인 남녀는 모습을 감추었다는 것으로, 아이 입에서 어떤 말이 나오느냐에 따라 형사 사건이 될 수 있었으므로 양선은 그 아이를 집에서 끌어내는 역할을 맡아야 했는데, 어제 비탈길을 수차례 오르내리고도 해내지 못한 일이 그거였다. 이미 몇몇 복지사가 비협조적인 아이를 깨끗한 시설로 옮기려고 강제 집행을 시도하다가 뼈가 드러나게 팔뚝만 물리고 나가떨어졌고, 젊은 여자들끼리 아무래도 통하는 점이 있을 테니 잘해보라며 너도나도 양선의 등을 떠다민 상황으로, 언제는 달걀 한 판이라고 한물간 미스 양이라더니 저들 필요할 때는 또 젊은 여자란다.

너도, 손을 덥석 붙잡으면 물어뜯을 테냐. 양선은 털 뭉치의 옆모습(도무지 어디가 옆인지 놈은 어디를 바라보고 앉았는지 알 수 없지만)을 물끄러미 바라보며 생각한다. 누군가가 악의 없이 내민, 섣부른 호감을 돌출시키기보다는 비의도적이며 어떤 가치 판단도 배제한 객관적인 손이라도 일단 적으로 간주하고 보겠니. 난이는 무슨 생각으로 너를 데려왔을까. 이 비좁은 문을 모로 통과해 들어왔을 적엔 얼마나 불편했을까. 세상에 널린 좋은 집 큰 집 놔두고 너도 하필이면 이런 곳에.

문자 도착 알림 벨을 듣고 드디어 방난의 답인가 싶었는데 회사로부터의 연락이다. 양 선생 어딨어 지금 센터 난리 났어. 지난주 양선에게 해코지하려 했던 정신 질환자가 이번에는 센터로 직접 나타나 난동을 부린다는 것으로, 기물 파손이나 사소한 시비에서 그쳤으면 괜찮았을 것을 말리던 남자 복지사의 팔이 부러져 센터 앞에 구급차와 경찰차가 도착은 했는데 정신 질환자는 자해 소동을 벌이며 양 선생이 오지 않으면 아무하고도 얘기하지 않겠다고 울부짖는 중이라 한다. 이쯤 되면 양선도 한없이 무해해 보이는 털 뭉치보다 그쪽이 더 실존에의 위협과 직결된다는 걸 인정하지 않을 수 없고, 어느 때고 마찬가지였으나 오늘은 세상에 존재하는 모든 무관한 것들이 서로에게 친절하지 않으며 특히 자신에게는 적의를 품고 있다고 느낀다.

그래도 1리터들이 삼다수 한 병 정도 앞에 부어주고 갈까 싶은 갈등으로 마지막으로 한 번 털 뭉치를 돌아볼 때 방난의 답 문자가 도착한다.

무슨 소리니 난 네 건 줄 알았는데

비로소 두 사람은 뭔가 일이 잘못되었음을, 단지 침묵을 유지하고 손해를 일으키지 않았다는 이유만으로 그 존재를 서로가 서로에게 떠넘기며 어디의 무엇인지조차 알아보지 않으려 했던 털 뭉치의 정체가 실은 지극히 조용한 침입자임을 알아차린다. 그러나 아무래도 상관은 없을 것인데, 이렇게 목전에 구체화되는 경우가 흔치 않다뿐 내 밖에 있는 나 아닌 모든 것은 나에 대한 침입자이기 때문이며 그것의 내면에 무엇이 들었거나 말았거나 어떤 사연이 얽혀 있는지는 물론 어떤 경로를 통해 여기 도달했는지도 관심 가질 까닭은 없었고, 문제라면 그것이 그 자리에 조용히 머물러주면서 가능한 한 내게 고통과 불편을 덜 줄 것인지의 여부일 뿐이다. 놈은 어느 공간에 축적되어 있었을지 모를 어둠이라도 먹었는지 아니면 창문 반 장만큼 기어 들어온 아침 빛이 주는 시각의 단순 혼선인지 간밤에 봤을 적보다 체적이 조금 더 커진 것만 같은 느낌이 든다. 방난이 데려온 게 아닌 이상 손대면 깨질 유리처럼 거리를 두어 대해야 할 까닭은 없으므로 긴장이 풀린 양선은 무심코 놈의 털을 쓸어 넘기고, 손가락 사이로 천천히 드러난 놈의 눈꺼풀이 꿈틀거리며 열리는 것을 볼 수 있었는데, 그 눈동자는 평화로운 숙면을 방해하는 자를 확인하려는 듯 양선을 정확히 응시하더니 —

덩굴손증후군의
내력

옛이야기 속에선 물렛가락에 손을 찔린 공주가 깊은 잠에 빠진 백 년간 성 안 모든 시민도 순장하듯 잠들었기에 돌봐줄 이 없이 무성히 자라난 덩굴장미는 서로를 향해 가시를 내밀면서도 피치 못하게 얽혀 고성을 뒤덮는 바람에 세상 모든 용감한 기사를 향기로 끌어당기면서도 그들의 물리적 접근을 막았다고 한다. U의 눈앞에 펼쳐진 광경은 그러한 중세의 동화 속 한 장면을 떠올리게 하지만, 거기에선 도무지 백마 탄 왕자가 장검을 휘두르며 나타날 것 같지 않다. 저 안에 섣불리 발을 들여놓았다 무사히 돌아올 수 있을 것인지 이전에 일단 저것을 뚫고 들어갈 수 있을지부터가 U는 의문이다. 도시 진입로에 멈춰 선 수많은 차량에서 사람들이 내려서는 익숙하고 단조로운 잡무를 처리하듯 각자 전기톱을 들이대어 그것들을 베어내는 요란한 소리를 들으면서도, U 는 그 장면을 멍하니 바라볼 수밖에 없다. 그것들은 성분이 모호하면서도 존재감만은 확고한 모종의 대상을 향해 고요하고 깊은 증오를 내뿜고 있으며 서로를 얽은 줄기는 오랜 시간 숙성된 어둠으로 단단하게 직조된 그물 같아서, 정원 사들이 쓰는 전지 가위 같은 걸론 어림도 없다는 게 한눈에도 보인다.

"원래는 군부대에서 일주일에 한 번꼴로 출동해와선 대대적으로 쓸어버리고 그랬거든요."

역시 상어 이빨을 촘촘히 둘러 박은 듯한 톱에 전원을 넣으며 P계장이 말한다. U는 그를 따라 엉거주춤 차에서 내리곤 귀신에 씐 거대한 숲에서 길을 잃지 않으려는 어린아이처럼 그의 등만 보고 걸어 나간다.

"근데 왜 있죠, 느낌 문제라고들 하지만 우리도 턱이고 팔다리고 간에 한번 밀거나 깎기 시작하면 이틀 못 가 괜히 더 빡빡하게 나는 것 같잖아요. 얘들이 딱 그랬다니까. 더 불어나, 악착같이. 양만 붙는다면 그런가 보다 하겠는데 바이러스가 항생제에 내성이 생기듯이, 더 두껍고 질기게 납디다."

전기톱의 굉음이 U의 대동맥을 압박해오고 P계장의 목소리도 높아진다.

"나중엔 일주일 간격으로 감당이 안 되니까 사흘! 그마저

도 안 되니까 매일! 불도 놓아봤는데 밤낮으로 연기가 피어
오르니 하늘이 노상 까매! 시민들은 암 걸려 죽겠다고 난리!
거기다 자칫 이놈들이 들러붙은 건물에 불이 옮겨붙기라도
해보라지! 도시가 통째로! 불타잖아! 하다 하다 포기하고
이제 각자 드나들 만큼만 알아서들 잘라내는! 거죠!"

줄기 여럿이 뒤엉키고 두께와 경도 역시 보통이 아니어서
톱날이 잘 안 들어가는 부분에 대고 힘을 줄 때마다 그의 목
소리에 강조점이 찍히는 듯하다.

"군인이! 나라를 지켜야지! 풀이나 베는 데 목숨 걸고 앉
을 수는 없잖아! 뭐, 새로 돋는 놈이 있으면! 으레 시들어 떨
어지는 놈들도 있게 마련이고!"

P계장은 톱을 잠깐 멈추더니 U를 돌아본다.

"그러니 이렇게 알아서들 연장을 챙기고 다녀야죠. 평소
에도 주머니칼 정도는 휴대 필수입니다."

그러더니 U를 향해 의아하다는 표정을 지어 보인다.

"뭐하세요? 찍으셔야지."

"……예?"

빙하에 갇혀 동결된 의식이 우악스러운 손길에 멱살을 붙
들려 현실 한가운데 끌려 나오기라도 한 것처럼 U는 멀뚱히
되묻는데, P계장의 표정에 점점 한심하다는 기색이 번져나
가는 걸로 보아 지금 자신의 얼굴이 얼마나 얼빠져 보일지가
짐작이 간다.

"사진발 잘 받으라고 굳이 돌아서서 해 보여드리고 있구먼. 설마 뭐부터 해야 하는지 제가 일일이 가르쳐드려야 하는 건 아니겠지요?"

"아! 네, 고, 고맙습⋯⋯"

P계장의 팀은 학생 봉사 활동 지원 및 미디어 취재 같은 외부 협조가 업무 지분의 절반을 차지했으므로 그는 이런 상황에서 무엇을 하는 게 효율적인지 U보다 더 잘 알았다. 대중교통비와 점심 식대 외에는 어떤 활동비도 지급되지 않으며 순전히 취업용 이력서에 한 줄을 더 얹기 위해 기꺼이 무보수로 뛰는 '청년 자원 기자단'의 일원이 막 되었을 뿐인 U보다는 말이다. 떨리는 손으로 카메라 렌즈 마개를 돌리다 떨어뜨린 U는, 지갑에 넣으려다 부주의하게 흘린 동전처럼 가볍게 굴러가는 렌즈 마개를 따라 뛰다 발이 꼬여 넘어진다. 고개를 들어보니 단단하고 거대한 덩굴 무더기 가운데 두어 개의 줄기가 어느새 손목을 휘감고 있다. 막상 주우려던 렌즈 마개는 이미 덩굴 숲 뒤편 어딘가로 사라져버렸고, 때마침 P계장의 톱날이 줄기를 잘라내지 않았다면 이어진 다른 줄기들에 U의 팔은 연쇄적으로 감겼을 것이다. 그러나 거대한 톱날에 거의 손목이 잘릴 뻔했기 때문에 U는 더욱 질겁했고, 이제야 한 가지 깨달은 사실이 있었다. 자원 기자단을 관리하는 팀장이 어째서 이 도시에는 반드시 남성 기자를 보내야 한다고 했는지. 유사시엔 스스로 이 덩굴들을 끊어

낼 힘 정도는 있어야 할 테니까.

팽팽한 피부와 그 아래 혈관과, 근육과, 아마도 착각이겠지만 뼈마디까지 느껴지는 누군가의 팔, 다리, 머리 들을.

U의 눈앞에 신원 불명의 눈 감은 푸른 얼굴이 보인다.

옆에도 얼굴, 그 옆에도 얼굴. 성별과 나이는 다양하고 모두 익명이다. 첫눈에는 모든 얼굴들이 얼핏 평화로이 잠든 신생아의 그것 같았고 더 이상 삶에 그려 넣을 무늬가 없음을 익히 안다는 듯한 저마다의 표정들은 피안의 세계로 넘어간 것처럼 보여서 생물학적 감관을 모두 상실한 줄 알았으나, 잘려나갈 때마다 그들은 이 세상 것이라고는 생각할 수 없는 비명을 지르면서 부릅뜬 눈과 주름진 뺨을 일그러뜨리고 몸부림친다. 꿈틀대보았자 이미 서로가 서로의 팔에 영겁의 운명처럼 얽히고 사이사이 새로 돋아난 줄기에 잡초들이 끼어들어 무작위로 매듭을 지었으므로 무의미한 일이다. 모터가 돌아가는 굉음도 만만치 않지만, 인간이 상상할 수 있는 모든 음역을 오르내리며 사방에서 터져 나오는 절규를 완전히 가릴 수는 없는데, P계장은 아무렇지도 않게 줄기를 파고드는 톱에서 금속성 불꽃이 점점 크게 피어오르자 한 손으로 선글라스를 낀다. U는 자신이 그들을 따라 비명을 지르고 있다고 생각하나 실상은 자신의 피부를 타고 몸속까지 전해져 뼈를 울리는 진동과 뒤섞인 마음의 외침일 뿐이다. 저 소리가, 당신은 들리지 않아요? 아니면 들리지 않는 척할 뿐입니까? 저 팔들, 다리들, 아니 그러니까 저 줄기,라고 불러야 하나, 하여간 육체의 기억을 고스란히 간직하고 있을지도 모를 저 인면수(人面樹)들의 절규가. 육중한 몸을 하고도 왕실 연회의 무희처럼 리듬을 타며 유연하게 전기톱을 휘둘러나가는 P 계장의 기이한 검무는 SUV급 자동차 한 대가 빠져나갈 길을 터놓을 때까지 계속된다.

*

남자는 녹슨 철제 쓰레받기 입구를 펼치고 방금 모은 벚꽃잎을 쓸어 담았다. 분홍이 조금 감돌다 만 하얀 벚꽃잎 무더기는 만성 비염 환자가 한가득 코를 풀고 아무렇게나 구겨놓은 휴지 더미 같았다. 촘촘한 비질도 채 훑어내지 못한 꽃잎들이 점점이 아스팔트 바닥에 얼룩져 있었다.

엊그제 곡풍 따라 벚꽃잎이 눈처럼 난분분히 휘날리는 중앙광장에서 학생들은 저마다 휴대전화를 든 팔을 길게 뻗었고, 문득 고개를 든 남자의 얼굴은 낭패감으로 일그러졌는데, 하늘 언저리에서 몰려오는 검은 구름과 찌뿌듯해오는 무릎으로 곧 쏟아질 봄비의 규모가 짐작되어서였다. 과연 몸이 보내오는 신호는 언제나처럼 적중률을 자랑하여, 벚나무들이 제 살비듬을 다 털기 전에 한 방울씩 듣기 시작한 비는 만 하루에 걸쳐 대운동장과 야외극장과 각 단대 건물들을 적셨다.

바닥도 바닥이려니와 단대 앞 벤치마다 물기에 들러붙은 꽃잎들을 떼어내는 일도 만만치 않았다. 봄철의 꽃은 몰상식했다. 비 온 뒤 낙하하는 꽃잎은 더 말할 나위도 없었다. 계절성 기념 촬영이라는 요식행위에 소비되고 나서 용도 폐기된 꽃잎들의 철이 기울어지면, 그 자리에 남는 건 누구도 책임지지 않는 혼돈과 폐허였다. 벚꽃을 모두 쓸고 굽은 허리를 펼 때쯤 찾아오는 다음 차례는 검게 변색되어 뒹구는 목련잎이었다. 여름에는 장마, 가을에는 잠깐의 고운 옷자락만 너울거리다 흩어져 내리는 단풍잎들, 이때도 어김없이 수차례 비는 쏟아지고, 보도블록마다 달라붙은 낙엽은 바닥에 꿀이나 발라놓은 듯 떨어지지 않으려 몸을 뒤칠 것이나, 그래도 그것들은 크고 도톰하여 힘주어 비질하면 긁어낼 수는 있었다. 새끼손톱만 한 벚꽃잎이 비질 사이로 피해 다니는 이 무렵보다는 나았다.

정작 그가 견딜 수 없는 것은 이러한 풍경에 뒤따르는 육체적 부담이 아니었다. 철마다 꽃 피고 단풍 드는 일이야 평생 의례나 세시 풍속처럼 순환 고리를 그려 충분히 익숙해졌음에도 그 풍경들이 돌아올 때마다 예년과 비슷한 질량의 분노에 사로잡히고 몸이 삐걱거리는 까닭은. 그 역시 한때는 비질로 꽃잎을 모아다 취객의 토사물이나 개들의 분변을 슬쩍 덮어버리는 일 대신, 아내의 파인더 안에 들어온 딸아이의 머리 위로 꽃잎이여 좀더 많이 떨어져 내리라,고 나무 둥치를 잡아 흔들던 시절이 있었다.

그러나 이번에는 지난 어느 시절을 반추하며 박탈감이나 괴리감 같은 감상과 여유에 빠질 처지가 아니었다. 올해 그는 젖은 낙엽을 떼어내는 늦가을을 맞이하지 못할 것이었다. 아무도 그것을 바라지 않는다고 말하면서도 실은 그로 인해 안도하는 삶의 반복적인 궤도를 그리지 못하고, 다른 쪽 한 점을 끝내 만나지 못하는 곡선은 원을 이루다 말고 끊어질 터였다.

학교 측에서는 그와 다른 사람들이 속해 있는 K 용역업체와의 계약을 갱신하지 않기로 최종 결정했다. T 업체에서 기존보다 5퍼센트 낮은 입찰가로 계약에 성공했다고 들었다.

한때 분명 작은 무역회사에서 주판알을 튀기던 시절이 있었음에도, 그는 한 사람의 인생과 계약과 대형 사학의 연간 재정에 5퍼센트란 어느 정도로 결정적인지 가늠할 수 없었다. 일상에서 상상 가능한 숫자의 규모와 범위는 날마다 줄어들었고 마침내는 통장에 찍힌 잔고의 수준을 넘지 않게 된 지 오래였다.

아직은 아내에게 이 사실을 알릴 수 없었다. 아내는 최근 갑상선암 판정을 받았다. 교회 자매들이 운영하는 체인분식점 창가에 오래도록 서서 김밥을 말다 자주 식은땀을 훔쳤고, 어느 날 현기증과 함께 주저앉았다. 드러난 질병 앞에서는 주님의 은혜도 자매님의 호의도 자취를 감추어, 아무리 그래도 암 환자가 손님 먹을 김밥을 마는 건 좀 그렇다는 전 도사의 말(누구도 암세포가 비말감염은 물론 비닐장갑 낀 손으로 마는 김밥을 통해 타인에게 전염된다는 사례를 확인한 바는 없었다)과 함께 그녀는 대나무 김발 앞에서 떨어져 나왔다.

그에게 유일한 위안거리는 친구들 사이에서 소외될 정도의 내핍과 각종 아르바이트로 학자금 대출을 갚은 딸이었다. 실은 이 학교도 딸이 졸업한 학교이기 때문에 친숙했고, 딸의 후배들이 밟고 다니는 데를 쓸고 닦는 일이니 그는 같은 일을 한다면 다른 데보단 여기가 좋았다. 학교가 딸에게 도움이 되었다기보다는 오히려 딸을 때 이른 빚쟁이로 만들었던 거나 다름없다는 생각을 해본 적 없고, 순전히 딸의 노력으로 행한 변제임에도 학교가 신속하고 은혜롭게 채무를 탕감해주기나 한 듯 감사한 마음이었다. 과정이 순탄치 않았을 뿐 어쨌거나 딸은 이 학교 졸업생이라는 명분을 얻은 것이다. 딸은 졸업 후 대기업 계열사인 패션몰의 고객상담실에서 일하고 있었다. 3년을 사귀던 남자의 부모에게서, 아무리 그래도 결혼은 집안과 집안의 결합이니 집안 재물이 안 따라줄라치면 최소한 교양 수준은 일치해야 하지 않겠느냐는 요지의 이야기를 우아하고 기품 있는 응접실 소파에 앉아 들은 뒤, 솔로가 되었다. 말하자면 딸이 조만간 결혼할 예정이 없으므로 당장 목돈이 들어갈 일은 없었다. 그는 이런 식

으로 자신이 안도할 만한 조건을 하나씩 찾아내는 데에 오래
된 재능이 있다. 어린 날, 그래도 부모가 살아 계시니까, 그
래도 당장 거리로 나앉지 않았으니까, 내일 먹을 쌀이 없지
않으니까, 아직 한 장의 연탄이 남아 있고 사지 멀쩡하니까,
를 시작으로 유지해온 사고방식이었다. 아내는 이제 와서
무슨 소용이냐고 도리질하지만 펄쩍 뛰는 딸의 강단에 못 이
겨 결국은 치료를 받을 것이고, 갑상선암은 수술 후 재발하
는 사례가 많지 않다 하니 다행이었다. 딸은 엄마의 회복을
위해 기꺼이 모은 월급을 내놓을 것이며, 그가 이 학교에서
잘리는 그날부로 가족의 생사와 직결되는 일은 발생하지 않
을 것이었다. 그러니 주위가 안정되기까지 바라지는 않지만
문제가 최소한 하나라도 줄어들기 전에는 아내에게 이 사실
을 알릴 수 없었다.

　문득 남자가 힘주어 꽃잎을 쓸던 동작을 멈추고 또다시 꾸
물거리는 하늘을 올려다보았다. 빗자루를 쥔 손바닥에 이물
감이 느껴져 가시에라도 찔린 줄 알고 펴보다가 눈을 크게
떴다. 뭐가 묻었나? 그는 손바닥을 바지춤에 두어 번 문지르
고 다시 펴보지만 녹색 이물질이 그대로 손바닥에 남아 있
다. 일하다 긁히거나 베였다고 쳐도 상처에서 녹색 피가 나
오는 것부터가 말이 안 되는 데다가 애당초 그의 손은 다치
지 않았다. 녹색 물질은 처음에는 수포가 터진 자리에서 흐
르는 진물이나 되는 듯 습기가 제법 돌았지만, 바지에 닦고

222

다시 들여다보니 보송보송한 표피에 가까웠다. 잘 익은 살구 껍질 같은 감촉으로, 손톱으로 힘주어 건드려보아도 벗겨지지 않고 처음부터 피부의 일부나 되는 것처럼 깊숙이 그 자리에 박혀 있었다. 그는 대수롭지 않게 빈 손아귀를 꽉 쥐어보았다. 아내가 당장 수술을 받아야 할 상황에 자신마저 일찍이 들어본 적 없는 희귀 질환에 걸렸을지 모른다는 예상만으로도 아득했다. 그러니 여느 딱지처럼 목욕이나 할 적에 저절로 알아서 떨어져 나간 다음 언제 그 자리에 그런 게 있었느냐는 듯 그는 시치미를 떼며 잊을 테고, 흔적이 남은 자리에는 넓은 반창고를 붙여 가릴 것이었다. 조금 더 깊어봤댔자 종기 정도. 동네 웬만한 병원만 가도 칼로 째주는. 아, 그럴 것도 없이 집구석을 털어보면 생산 연도를 짐작하기 힘든 호랑이약이 굴러다닐 것이었다.

여기서 이 남자가 예순인지 일흔인지, 그의 예전 직업이 무역회사 경리였는지 생산 라인의 작업반장이었는지, 그런 것들은 중요하지 않다. 그의 아내가 시달리는 질병이 갑상선암이든 유방암이든 어디까지나 임의의 지정에 불과하며, 그의 자식이 딸 하나인지 둘인지 실은 그 딸이 스물여덟 아닌 열여덟일 수도 있지만 이는 모두 그에게 일어난 일과 무관하다. 이 모든 조각들이 그 사람의 전체를 이루는 부속이어도 괜찮고, 전체는커녕 배경조차 되지 못한대도 상관없다. 그에게 속한 모든 세부는 언제고 무엇으로 대체해도 되는 임의의 요소들뿐이다. 살아 있는 대부분의 사람들이 각자가 서 있는 자리에서 정주 불가능한 임의이며 임시이듯이.

그가 문과대 건물 벽을 휘감은 녹색 덩굴식물의 모습으로 발견된 것은 그로부터 두 달 뒤, 재계약 실패로 해고 통보를 받은 미화원들이 농성에 들어간 지 닷새째 되는 날이었다. 30여 명의 미화원들과 그들을 지지하는 이들이 절대 대학을 떠날 수 없다는 내용의 구호와 함께 단과대 건물에 들러붙어 스크럼을 짜거나 대운동장의 차량 진입로에 드러눕는 퍼포먼스를 진행한 지 사흘째 되는 아침이기도 했다.

어쨌거나 모두가 전적으로 싸움에 투신하여 일상생활을 방기할 처지는 못 되어서, 가족의 밥상을 차려놓거나 일어나지 못하는 배우자의 기저귀를 갈아주거나 손자의 옷을 입히고 어린이집에 맡기는 등 집안 대소사를 처리하고 온 사람들이 그날 아침 농성장에 모였을 적에 그는 이미 덩굴식물의 모습으로 발견됐기 때문에, 동료들은 그가 언제부터 거기 붙어서 그런 모습이 되었는지 알지 못했고, 그가 변이하는 현장을 포착하여 동영상으로 저장한 학생들도 없는 걸로 보아 늦은 밤 시간에 일이 생긴 듯했다. 폴리스 라인 밖에 모여든 학생들은 경찰들의 제지에 눈치만 보다가 두어 장 현장 사진을 담아 갔다.

동료들 또한 그의 상태를 더 이상 가까이서 들여다보지 못하고 떠밀려난 채 우려 섞인 목소리로 탄식할 수밖에 없었는데, 라인을 두르기 전 그의 얼굴을 확인하고 만져보기까지 한 동료의 말에 따르면, 촉감은 여느 담벼락에서 흔히 볼 수 있는 녹색 덩굴식물의 것이되 조금 더 단단한 듯했고, 원래는 팔이었을 것으로 생각되는 줄기의 표면을 손가락으로 깊이 눌렀을 때 그 자리가 복원되는 속도는 한 개의 각설탕이 냉수에 녹는 것과 같았다고 한다. 수십 갈래로 갈라지고 늘어나 건물을 휘감은 모양이 얼핏 계획된 건물의 일부이자 부조 장식처럼 보이는 이 녹색 팔다리가, 백 보 물러나서 어린선이나 중증 태선 같은 악성 피부 질환의 일종이라고 쳐도 일반 병리 증상으로 보기엔 변이의 규모와 성질이 지나치게 크고 복잡하며 급속한 데다, 또 하나 발견된 사실이라면, 아무리 보아도 이미 죽었거나 사람으로서의 최소 성질을 잃었을 것으로 생각되는 이 동료(였던 무엇)를 건드렸을 때 그가 꿈틀했을뿐더러 소리마저 냈다는 데 있었다. 물론 그 신음은 언어의 요건을 갖추지 못한 소음에 불과했기 때문에 그가 사람의 영역을 벗어났음을 알려주는 중요한 지표가 되었으나, 변형된 다른 신체 조직과 달리 녹색 얼굴은 원래의 형태를 유지하고 있었으므로 식물성과 동물성의 경계는 한층 더 모호해졌고, 그가 피 흘리며 구호도 외치는 사람이었을 적에는 아무렇지도 않게 쇠지레로 쑤시거나 구둣발로 걸어

질러 해산을 종용했던 용역들이 주위에 집결했지만, 이제는 누구도 선불리 그를 철거할 엄을 내지 못하고 주춤거렸다.

학교 측에서는 그로 인해 중요한 골칫거리 하나가 해결되었는데, 그 불가해한 장면에 깊이 충격을 받은 장노년층 환경미화원들의 과반이 심장마비를 간신히 면한 수준으로 몸져눕는 바람에 시위대가 자연 해산된 것이었다. 시민단체와 연대하여 이 일이 학교 측의 조작과 눈곱만큼의 관계도 없는지 진상을 파악해야 한다는 생각이 들 만큼 맑은 정신을 유지한 나머지 미화원들도, 사람이 하루아침에 덩굴식물이 된 현상에 주석을 달 만한 논리가 없다 보니, 더 이상 아무것도 궁금해하지 않는 게 낫다는 쪽으로 마음이 기울었고, 세상의 흐지부지된 소요 대부분이 그렇듯 의문부호가 지워진 자리에는 투지를 불태울 만한 공간 또한 남아 있지 않았다.

*

화장실에 갈 때는 나한테 얘기하랬잖아. 돌아오자마자 쏘아대는 옆자리 선배의 날카로운 지적에 그녀는 예예, 깜박 잊었네요. 신경 쓸게요, 고개 끄덕였다. 그녀는 앞으로도 눈치를 보는 척 열 번 가운데 한두 번은 자리 이탈 전 자진 신고를 하겠지만 대부분은 무시할 예정인데, 아무리 생각해도 자신의 지극히 개인적인 연동 운동과 그에 따른 대장 상태를 선배에게 일일이 보고해야 할 필요성을 느끼지 못해서 였다. 방광의 최대 수분 적재 가능 용량이나 생리 주기는 말할 것도 없다. 그녀가 자리를 비운 시간은 5분가량 될 테고 그건 기다란 사무동 끝에 있는 화장실까지 왕복하는 시간을 포함한 것이며, 그사이에 고객상담실에는 매장 위치와 영업 시간을 묻는 전화나 두어 통 걸려왔을까, 내방객이 있었으리라고는 짐작할 수 없을 만큼 사방이 고요했다. 유행가가 흐드러지는 매장에서 멀리 떨어져 이 한갓진 고객상담실까지 찾아오는 손님은 많지 않았다. 주차권 발급과 층별 매장 안내는 입구 중앙 데스크에서 제복을 갖춰 입은 모델 사이즈의 여대생들이 담당하며, 영수증 선물 교환 이벤트는 언제나 사람이 많이 몰리므로 접근성 좋은 별개의 홀에서 아르바이트 아이들이 처리했다. 그녀와 선배가 여기서 할 일은 따라서 범위가 모호한 편이다. 손님들의 직접 민원이라면 포인트 카드 발급과 오프라인의 포인트를 전산 적립하는 일에 한정되어 있으며, 그 외에는 전화를 받고 다른 직원들의 지시를 받아 매장 안팎의 각종 불편을 해소하는 일이 대부분이다. 오늘 오전 시간 내내 그녀가 한 유의미한 일이라면, 매장 안을 하루 종일 걸어 다니며 물품 도난을 경계하는 보안 요원에게서 접수받은 지시 사항을 처리하는 것뿐이었다. 매장 내 난방 온도가 너무 높아서 손님들이 짜증을 냅니다. 안내 방송 볼륨과 음악이 지나치게 크다고 하는군요. 귀가 아프다네요. 오후쯤 되면 다른 신고가 들어왔다. 그쪽만 덥다고 하면 단가? 우리 쪽은 비상구 앞이라 추워죽겠어요. 손님들이 5분도 둘러보지 않고 가버리잖아요. 아 참, 방송이 안 들려서 분실 쇼핑백을 못 찾아갈 뻔했다고 컴플레인도 들어왔어요. 어느 장단에 맞춰야 할지 모르는 일들의 연속이며 그들의 요구를 모두 접수하다 보면 그녀는 자신의 일이 시시포스가 밀어 올리는 바위와 그리 다르지 않다는 걸 알 수 있었다.

그러나 그녀의 시간은 앞으로 길어야 한 달 남짓 남았을 뿐이니 더 이상 옆자리 선배의 비위를 맞출 필요도 없었다. 한 달 전, 그녀를 부른 부서장은 매출 부진으로 인해 각 부서에 골고루 배치한 계약직 사원들 가운데 한 명씩을 내보내기로 했다고 전했다. 관련 소문이 지난 계절부터 돌았을 때 그녀는 은근히 기대했다. 이왕이면 한 살이라도 더 젊고 경력이 부족하여 월급을 얼마라도 덜 받아가는 자신이 남게 될 줄 알았고, 고도의 전문성과 컨설팅 능력을 요하지 않는 고객 응대 부서인 만큼 그게 일반적인 귀결이라 믿었으며, 자신은 어떤 신중하고 비극적인 표정을 짓고 남겨진 자의 미안함도 그럴듯하게 내보이면서 선배를 떠나보내면 좋을지 궁리까지 했더랬다. 그러나 자신이 퇴출 대상으로 당첨되었다는 부서장의 통보를 받은 그날 밤, 부모에게 앞으로의 막막한 나날을 예고할 엄두가 나지 않아 혼자 바에서 술을 마시고 돌아가던 길목, 모텔 거리에서 팔짱을 낀 부서장과 선배의 뒷모습을 포착하고 그녀는 모든 것을 납득했다.

지금 그녀는 딱히 볼일이 있어서가 아니라 제복의 긴소매 블라우스가 방해되어 화장실 구석 칸에서 시원하게 팔을 긁고 난 뒤, 임시방편이긴 하나 하이드로코티손 로션을 바르고 온 참이었다. 경험상 선배가 흘끔거리다 이 장면을 발견하기라도 하면 몸 좀 제대로 씻고 다니네 마네부터 시작해서 온갖 원색적인 비난을 서슴지 않을 것이었다. 딱히 악의가 있어서는 아니고 말투 습관이 그럴 뿐이지만 악의만큼이나 경우도 없는 사람임은 충분히 겪어왔으니까.

처음 손목 안쪽에 녹색 물집이 잡혔을 때 그녀는 약국에서 아무 스테로이드 연고나 사서 발랐다. 크기도 작고 한 시간도 채 되지 않는 점심시간을 이용해서 다녀올 수 있는 피부과는 근처에 없었다. 고객상담실을 비우면 안 되기에 점심도 불규칙한 시간에 교대로 때우는 일상이었다. 약 기운에 조금 갈변하며 시르죽는가 싶었던 물집은 점점 커지고 단단해졌으며 물집 주위로는 소양증까지 생겼다. 일주일에 하루 야간 진료를 보는 동네 피부과를 찾아갔을 때, 의사는 색깔이 좀 남다르긴 하지만 크기와 경도로·보았을 때 섬유종의 일종인 것 같고 확산 가능성이 있으니 외과적 시술이 필요하다는 말과 함께 3차 진료기관 의뢰서를 발급했다. 국소 마취와 피부 절개 및 봉합이 가능한 종합병원 피부과는 아무리

늦어도 오후 4시가 접수 마감이었고 예약도 밀려 있었다. 어차피 잘리는 거 누구의 눈 밖에 나도 그만이니 결근해버릴까도 생각했지만, 그녀는 하루라도 더 정시 출근하고 사소한 업무에 임하여 받아내야만 할 월급이 있었다. 일을 놓고 집에 있는 어머니는 조만간 갑상선암 치료를 받기로 약속한 상태였다.

그녀가 패션몰의 전체 콘셉트와는 썩 어울리지 않지만 무심코 지나가면 인테리어로 착각할 법한 자태를 하고 덩굴 식물의 모습으로 발견된 것은 그로부터 한 달 뒤, 계약직 직원들의 일제 퇴사일이었다. 장소는 매장 한가운데의 이벤트홀에 있는 장식 기둥이었고 그 옆에는 짝퉁 구찌 가방과 빈 맥주병이 놓여 있었다. 처음 그녀를 발견한 미화원은 어제 퇴근할 때까지도 이 기둥에 조화를 두르는 걸 못 봤으므로 고개를 기우뚱하며 여느 때처럼 허리를 굽히고 걸레질을 하다가 무심코 눈을 들었을 때, 윤곽과 질감이 그대로 살아 있는 초록색 얼굴을 발견하고 뒤로 넘어져 그전부터 부실했던 엉덩이뼈가 부서졌다고 한다. 직원들이 다가갈 엄두를 못 내자 보안 요원들이 그녀의 몸을 기둥에서 뜯어내려 시도했는데, 뜯는 내내 건물이 붕괴할 듯한 진동을 수반한 비명이 울려 퍼지는 바람에 패션몰은 쇼핑객들을 내보내고 긴급 봉쇄 조치에 들어갔다. 30여 분 지나 마침내 덩굴 줄기를 떼어내는 데 성공했다며 지켜보던 사람들이 안도하는 순간 그녀의 줄기는 철거에 가담한 보안 요원 세 명과 구경하던 직원 둘을 한꺼번에 휘감더니, 그때까지도 피보나치의 수열처럼 증식과 분열을 거듭하던 줄기 무더기 사이로 끌어당겨 묻었다. 간발의 차이로 쓸려가기를 면한 사람들은 구르고 엎어지면서 썰물처럼 빠져나갔고, 119 대원들이 한 시간에 걸친 톱질로 그들을 꺼냈을 때, 건장한 보안 요원들은 찰과상과 일부 골절로 그쳤으나 함께 엮여 들어간 남녀 직원은 줄기마다에 굳세게 매달려 있던 잎사귀들이 코와 입을 막아 호흡 곤란으로 사망한 상태였다. 한 명은 그녀에게 해고 통지를 전달한 부서장이며 다른 한 명이 그녀 옆자리 선배였음은 순전한 우연일 테고 그나마도 확인된 사항은 아니라고 한다. 톱질에 가담한 119 대원들은 그 뒤로 이명 현상 끝에 난청과 청력 상실로 휴직원을 제출했으며, 현장을 목격했던 패션몰 직원들은 무더기로 장기간의 병가나 퇴직원을 냈다고 한다. 오로지 변하지 않은 것이 있다면, 흉흉한 소문이 돌아 일시적으로 매출이 급감하여 한때 문을 닫을 뻔했던 패션몰은 각종 공격적인 이벤트와 모기업의 조직적 뒷받침으로 기사회생해서 오늘도 순조로운 영업을 하고 있을 뿐만 아니라 중저가 패션몰 업계 부동의 1위를 지키고 있다는 사실이었다. 나사가 빠진 자리엔 대량으로 쌓여 대기 중인 나사 무더기 가운데 또 다른 하나가 뽑혀 금세 빈 데를 채웠고, 현금과 카드는 올리브유라도 바른 듯 저마다의 지갑에서 최소한의 마찰력도 잃은 채 부드럽게 미끄러져 나와선 각종 의류와 장신구 사이를 순조롭게 돌았다. 이는 툭하면 픽픽 쓰러지거나 부서지거나 덩굴식물이 되어버리는 나약한 사람들보다는 자본의 흐름이 훨씬 정직하고 믿을 만하며 삶을 이루는 근간이 된다는 진실을 다시 한 번 확인시켜준 사례로 남게 되었다.

*

시청 청사의 3층부터는 관계자 외 출입금지다. 민원인들이 이용하는 1층 간이 휴게실에서 자판기 커피를 뽑아 옆에 놓은 채 U는 신들린 듯 노트북 자판을 두드린다. P계장이 사무실에서 적당히 골라다 앉혀놓은 취재 협조원이 지난 3개월 사이에 이 도시에서 있었던 일을 30분간 압축해서 들려주었는데 그녀는 근속 기간이 3개월은커녕 3주도 안 되는 데다 U와 처지가 크게 다르지 않은 인턴인 모양으로 그녀에게서 뭔가 대단한 극비 자료가 나오기를 기대할 수는 없었으며, 그녀 자신도 내용을 이해하고 들려주는 것인지 선임이 건네준 요약 파일을 외우는지 몰라도 인물과 사건의 전후관계를 밝히는 데에 내내 혼란을 겪었다. 그게 사실 저는 객관적인 정보를 넘겨받은 대로 전달해드리는 것 외에는 저의 추측이나 상상을 보탤 자격이 없고 그래서도 안 되거든요……

232

글쎄요, 조사단에서도 답이 안 나온 걸 저 같은 사람이 알 리가 없고…… 예, 순차적 집단 발병 양상을 보이긴 하지만 확산 속도로 보아서는 전염성 여부까지 잘…… 아직 도시 기능이 마비될 만큼은…… 저희도 답답하죠, 민원은 들어오는데 저희 선에서 할 수 있는 일이…… 최소한의 서사적 약속도 보장하지 못하며 실제와 허구가 섞여 어디서부터 체를 쳐야 할지 알 수 없는 이야기가 사태의 중심이 아닌 주변을 두드리다가 그나마도 몇 가지 사항이 어긋나고, 협조원이 3분에 한 번꼴로 탁자 위 휴대전화를 건드려 시간을 확인하거나 메시지 도착 알림에 일일이 반응하는 모습을 본 U는 더 이상 그녀에게서 도움을 얻기 힘들다고 판단했다. 유수 일간지의 시청 출입 기자도 아닌 인터넷 발행지의 자원봉사자에게 인턴이 시간을 내준 것만으로도 코가 닿게 절해야 마땅한 일이라고 자위하며, 혼자 남은 지금은 어떻게든 짜 맞춘 이야기에 약간의 MSG 소스를 쳐서 재구성하는 중이다. 일선 기자들의 부동산 재테크나 사회 문화 관련 기사에서 흔히 볼 수 있는, 기자 자신의 친구 및 친인척을 동원하거나 이도 저도 안 되면 가상의 인물을 내세워 '외국계 회사에서 근무하는 직장인 ○(27세) 씨는 얼마 전 황당한 경험을 했다'로 시작하는 유의 기사들이라면 U는 앉은 자리에서 몇 꼭지라도 토해낼 수 있었다. 여기에 '분통을 터뜨렸다'나 '경악을 금치 못했다'처럼 집단 짜증과 격앙을 유도하는 어구를 슬쩍 끼웠으면 변형 및 출력 가능한 사례의 화소는 기하급수적으로 늘어났다.

그러나 아무리 가공으로 빚어낸들 그것은 무엇으로 대체되어도 상관없는 유동적인 설정들뿐, 기초 자료가 전무한 부분까지 U가 지어낼 재주는 없었다. 역시 널리 알려진 수법대로, 기사를 읽게 될 익명의 네티즌들에게 궁금증을 유발시켜놓고 문제 풀이 책임까지 전가하면 그만이긴 했다. 헤드라인을 「하루아침에 숲이 된 도시, 대체 무슨 일이?」(물론 도시는 자고 일어나 보니 갑자기 덩굴줄기로 뒤덮인 게 아니고 한 계절에 걸쳐 꾸준한 진행 과정을 보였으나 이 정도의 과장은 애교일 뿐) 충격이 부족하다 싶으면 「손발이 덩굴줄기로 변한 사람들…… 그 이유는?」 같은 식으로 걸어놓고 사람들의 감수성과 공포심을 자극할 만한 스토리텔링을 때려 넣은 뒤 마지막 단락에 '과학적 이유는 밝혀지지 않았다'거나 '의문으로 남아 있다'고 정리하면, 그다음은 기사에 댓글을 다는 한가한 이들이 이끌어갈 것이다. 우리 동네에도 이것들 있는데 무서워죽겠다는 유의 난잡하고 있으나 마나 한 댓글이 대부분일 테며, 음모론을 제기하는 이들이 여남은 명, 기자는 뭐하면서 네티즌 수사대더러 찾으라고 던져만 놓느냐는 시비를 터는 댓글이 나머지 되겠다.

아무리 그래도 입사와 동시에 기사 클릭 수의 상승 지수에 따라 가파른 속도로 늙어가는 인터넷 기자도 아니고, 경험치 누적과 재능 기부 내역서를 담보로 잡혔을 뿐인 일개 무보수 노동자 U는 벌써부터 그렇게는 살고 싶지 않다는 최소한의 자존심과 윤리가 남아 있다.

최초 사건 당시의 담당 경찰이나 진상조사단에 참여했던 의사 또는 생물학자를 연결시켜주기로 했던 P계장은 인턴이 올라간 뒤로도 한 시간째 감감무소식이고, U가 몇 번 전화를 시도했으나 발신음이 울리다 소리샘으로 넘어가기를 반복했다. 하는 수 없이 로비 데스크에 문의하여 아까의 인턴을 재호출하고 인턴은 신경증적인 어조로, 계장님께선 자리를 잠시 비우셨으니 오시는 대로 연락드리겠다고 대답했다. P계장이 그대로 사람 바보로 만들어놓고 내뺐다 해도 U는 충분히 이해가 가는 것이, 애당초 이 소재와 관련하여 인터뷰에 응할 의사나 경찰이 있을지 의문이었고 설령 그들이 선뜻 응한다고 해도 아직 진상 조사 중이라거나 과학적 검증이 되지 않아 현재로선 불가사의에 가깝다는 중언부언 정도나 듣게 될 터였다. 물론 관계자들은 아직 이 도시에 살아남아 경제 활동을 유지하는 사람들을 위해 연구해야 할 더 많은, 주로 효율성 관련 분야의 일들이 있었고, 3개월째 이어진 오컬트적 사건에 대한 심층조사 따위란 애초에 포기했을 게 분명했지만, 똑같이 허탈한 결론에 도달하더라도 전문가가 한 명 나서고 말고 사이에는 기사를 읽는 사람들이 받아들이는 방식에 큰 차이가 나기 때문에, U는 망연히

P계장의 연락을 기다릴 수밖에 없다.

공연히 노트북 키보드를 두드리며 커서만 수차례 옮기다가 U는 청사 밖으로 나온다. 흡연 구역으로 갔을 때 벤치 위로 만수산 드렁칡처럼 얽혀 드리워진 등나무 줄기를 보고 멈칫하다 어디까지나 보통의 등나무임을 확인하곤 곧 작은 한숨을 내쉬며 담배를 문다. 모래를 채운 양철 쓰레기통은 언제 누가 마지막으로 피웠는지 꽁초 두어 개가 부러진 분필처럼 꽂힌 채 오랫동안 방치된 것 같은데 U는 시청 근무자들이 너도나도 본의 아니게 금연하게 되었으리라는 짐작을 곧할 수 있었다. 슬쩍 고개만 들어도 눈앞에는 원형을 알아볼 수 없을 정도로 빽빽하게 덩굴식물로 뒤덮인 청사 건물 뒤편이 보이고, 그 덩굴들은 늦은 오후의 햇빛을 받을 때마다 작열감을 느끼는 듯 꿈틀하지만 이미 서로를 지지대 삼아 한데 꼬인 줄기가 그 정도 움직임으로 풀어지지는 않았으므로 대체로 제자리를 유지하고 있다. 군데군데 솟아오른 머리와, 저마다 눈을 감았음에도 불구하고 다양하기 이를 데 없는 표정들만 아니었다면, 그저 옛 성의 분위기를 내기 위한 외벽 장식물로 착각했을지 모른다.

그때 한 미화원이 수레를 끌고 U의 옆을 지나가는데, 그 안에는 말라비틀어진 덩굴들이 아무렇게나 구겨지고 꺾인 채 실려 있다. 한 톨의 엽록소도 남아 있지 않은 줄기마다 갈변과 무수한 상처도 그렇거니와 무엇보다 수레 밖으로 드러난 얼굴들에서 지워진 표정은 이젠 더 이상 그 너머에 어떠한 원념도 잠복해 있지 않으며 실로 그것들의 생명 활동이 완전히 종료되었음을 드러낸다. 미화원의 얼굴은 초췌하면서도 두려움이나 슬픔보다는 만성적인 공포로 인한 짜증 섞인 체념과 무기력이 더 많이 엿보인다.

"어디까지 가져가십니까. 무거워 보이네요. 밀어드리겠습니다."

미화원은 문득 어디선가 소리가 들리긴 했는데 그것이 자기에게 건넨 말인지를 확신할 수 없다는 태도로 느릿하게 고개를 돌린다. 어디서부터 손대야 할지 모를 거대 규모의 비극에 매일같이 둘러싸여 있다 보니 외부에서의 사소한 자극을 포착하는 일에 점점 둔해지는 이의 동작이다. 물론 도시가 숲이 되기 훨씬 이전에도, 사람들이 그의 존재를 인식하고 말을 건네서 그가 투명인간이 아니게 되는 순간이란 거기, 이리 와서 저거 좀 치워요, 할 때밖에 달리 없었기 때문이기도 할 것이다.

"아…… 뭐를요? 이거요? 아이고, 괜찮습니다. 보기에나 이렇게 커서 거추장스럽지 실은 물기 하나도 없어가지고 별로 안 무겁습니다. 제풀에 말라 떨어져 바삭바삭해요."

"그…… 역시 물을 줘야 살아갈 수 있는 건가요? 아니, 물을 주면 더 자라나버리겠네요."

U는 그것이라고 해야 할지 그들이라고 불러야 할지 망설

이다 결국 혀끝으로 뭉개버리고 건너뛰어 묻는다.

"한동안 보니까, 물을 주나 안 주나 저들 자라고 싶은 데까지 한 뻗친 만큼들 자랍디다. 그런 담에야 뭐 한두 그루도 아니고 물을 어떻게 줄뿐더러, 줬단 큰일 나게요. 놔뒀다 저절로 죽으면 힘들여서 안 베어도 되니까."

미화원의 말속에서 명확하게 '그루'라는 발음을 듣고, U는 그가 반복되는 관성적 노동 끝에 수레에 담긴 시신들이 한때는 사람이었다는 사실을 잊어버렸음을 눈치챈다. 고된 날들 속에서는 어쩌면 당연한 일이고, 수당도 없을 초과 노동을 줄이기 위해 가능하면 오랫동안 비가 내리지 않기를 그가 바란대도 어쩔 도리 없는 일이다.

"보기에 좀 불편해 그렇지, 못 본 척하고 가만있으면 지낼 만은 합니다."

되도록 고개를 들지 않고, 저들에게 시선을 주지 않으면, 거기에 비도 내리지 않는다면, 뜻있는 누군가가 매일같이 수백여 톤의 물을 공급하지 않는다면, 언젠가는 시들어 떨어지므로. 이 도시는 안 그래도 비교적 건조한 편이었지만 덩굴식물들이 피어나는 시기는 제각각이고 지금 이 순간에도 어느 사무실의 몇 번째 파티션 너머에서 꾸준히 싹을 틔우고 있을지 모를 일이니, 새로운 발병 사례가 발견되지 않고 덩굴식물이 완전히 사라지는 날이란, P계장의 귀뜸에 따르면 윗선에서는 겨울이 찾아와 메마른 강풍이 세상을 덮치고 눈이 쌓이면 소강상태로 접어들리라 기대하는 모양이었지만 그건 어디까지나 임시방편으로, 궁극적으로는 이 도시에 그리 변할 만한 이유가 있는 사람이 한 명도 남지 않는 날일 터다. 이유가 제 발로 사라져줄 리는 없으니, 사라지는 것은 어디까지나 이유를 품은 사람이어야 한다.

잘해야 불쏘시개나 되는 게 마지막 운명일 쓰레기들을 가득 실은 수레가 멀어지는 뒷모습을 바라보던 U는 물고 있던 담배에 불을 붙인다. P계장은 여전히 전화를 받지 않고 U는 아까부터 공연히 신경 쓰였던 팔꿈치 부위가 점점 더 가려워진다.

다시 자리로 돌아가기 위해 청사 쪽문을 여는데, 아까 분명 그리로 나왔건만 지금은 잠겨 있다. 유리문 너머에 선 경비원이 목에 건 카드를 흔들어 보이며 앞문으로 돌아오라는 듯 손가락으로 허공에 큰 곡선을 긋는다. 외부인은 잠깐의 외출에도 출입증을 반드시 보여줘야 한다는 뜻인 것 같아서 U는 발걸음을 돌린다.

그리고 모퉁이를 돌았을 때 바닥에 떨어져 있던 문구용 칼이 U의 발에 채어 몇 미터 앞으로 미끄러지다 수차례 원을 바닥에 그린다. 그 자리에서 U는 정수리에 무언가 물 한 방울이 떨어져 손가락으로 닦아본다. 처마 끝의 빗방울은 아닌 것 같고 미끈거리는 지질이 느껴지는 그것은 흡사…… 급속도로 부패하기 직전의 육즙 같다.

고개를 들자 U는 P계장의 보랏빛 얼굴을 발견한다. 뜬 눈에는 흰자위만 보이고 입가에 고인 흰 거품이 흘러내린다. 그는 턱 아래로 덩굴에 감겨 건물 외벽 상단에 들러붙어 있으며, 떨어뜨린 칼을 주워보려던 시도를 여러 번 한 듯 아래로 힘차게 손을 뻗은 채로 굳어 있다. P계장을 감은 줄기에는 몇 줄의 칼자국이 나 있고 상처로는 푸른 수액이 비친다.

어떤 선명한 연민이나 의기 때문이 아니라 단지 사람이 거기 있기 때문에 U는 무심결에 그리로 손을 들어 올린다. 이어서 닿는 순간 손가락에 감겨 오는 줄기들의 감촉을 느끼지만 그는 잡아채지 않고 그대로 버티어 선다. 그들이 건네고 싶어 하는 말은 기껏해야 한 장짜리 고막의 떨림이 아닌 온몸을 써서만 들을 수 있는 그 무엇 같다.

어디까지를
묻다

잠깐 아저씨, 다시 한 번 말씀해주실래요? 조금 전에 그거요. 아 맞다 아저씨란다 내 정신 좀 봐 기사님. 네? 그거야 당연하고말고요. 인간에 대한 예의죠! 저만 해도 아가씨 언니이래버리면…… 아니 그래도 이년아 저년아보다는 최소한현기증이 덜 나는 말이긴 하다. 아가씨라고만 해주셔도 감읍하지요. 제 막내이모가 간호사인데요, 간호부에서 간호원으로, 간호원에서 다시 간호사로 인식과 호칭이 바뀌기까지 반세기가량 걸렸는데 아직도 환자 백 명 있으면 그중 90명은아가씨나 언니라고 부른대요. 그런데 이모가 엊그제 간호대졸업한 새내기도 아니고 수간호사거든요. 나이도 꽤 있고 아들애가 열두 살이나 먹은. 척 봐서 언니 아가씨 소리는 좀 나오기 힘든 얼굴인데 그래도 꼬박꼬박 아가씨라고. 아주 가끔 젊은 환자분들 중에 공중파 의료 드라마나 좀 챙겨봤을 것 같은 사람들이 선생님 하고 입 발린 소리로나마 불러준다지요. 의사 선생님 가리킬 때와 마찬가지로 간호사 선생님 또는 간호사님. 아가씨나 언니는 이제 차라리 친근하대요, 아줌마가 아닌 게 어디냐며.

그런데 지금 하려던 얘기가 이게 아닌데. 아 맞다, 조금 전에 했던 거 다시 한 번만 말씀해주시면 안 돼요? 그 옆에 내비 좀 잠깐 죽이고. 소리가 섞여서 헷갈려요. 전방에 과속 단속 카메라가 있다느니 자꾸 뭐라 앙알거려서. 육십, 육십, 아 쟤 뭔데 계속 깜박거리네. 육십, 이제 됐다. 아뇨 무슨. 저 술 한 방울 안 마셨어요. 그저 철야 때문에 조금 피곤한 것뿐이고 닷새 만에 집에 들어가는 길이니 그 영향이 아주 없지는 않겠지요.

네 맞아요 지금 그거. '어디까지 가십니까?' 그 한마디 듣고 알아차렸다니까요. 아저씨 아니 기사님 혹시 그게 몇 년도더라, 「불꽃 팽이 용사」에 목소리로 나오지 않으셨어요? 그냥 확인하는 거예요. 내 감이 맞아. 일단 「불꽃 팽이 용사」는 아시죠? 에이 그걸 왜 모르는 척하세요. 석기 시대의 둘리나 하니만큼은 아니어도 한 시대를 열고 닫은 티브이 만화라고들 하는데요. 캐릭터 개발비 환수를 목적으로 했는지 모르지만 속편에 3편까지 우려먹지만 않았어도 불후의 명작으로 남을 뻔했던, 거기 주인공은 아니고 주인공 옆에 친구 2번 정도 되는 그 녀석, 걔 이름 뭐더라. 저도 본 지······ 10년이 다 뭐야 적어도 15년은 넘었으니 가물가물해서······ 네 맞아요 신우? 진우? 어쨌든 주인공이 팽이에 들러붙은 신수(神獸)인지 정령인지를 험악하게 다뤄서 망가뜨리고 더 이상 소환을 할 수 없게 되어버렸을 때 그 신우인가 진우인가가 멱살을 쥐고 흔들면서 말하는 거죠, '넌 대체 어디까지 해야 직성이 풀리는 거야!' 그런데 그게 정황만 봐서는 고래고래 소리를 지를 것 같은데 목소리 척 깔고 낮게 윽박지르는 톤이죠. 결말도 어떻게 났는지 까먹었지만 그런 식으로 조각조각 기억에 남는 장면이 몇 군데 있는데 그중 하나예요. 지금 말씀하신 '어디까지'의 음조가 그때와 같아요. 맞지요? 맡은 역할의 이름을 어렴풋하게나마 기억하고 계실 정도니 그걸로 인증이네. 아저씨가 지금 하신 말씀은 동요나 분노를 비롯해서 아무런 만화적인 격정도 담겨 있지 않지만, 성대의 울림과 탄력이 일반인과는 다르다는 걸 딱 듣고 알겠는데요.

설마요, 저 같은 경우는 별로 귀가 밝거나 귀신같은 것도 아니에요. 소싯적에 만화 열심히 챙겨 본 애들이면 그 정도는 알아요······는 좀 아니고 요즘은 어른들도 만화 많이 보잖아요. 인터넷에 만화 카페도 많고 원작이나 등장인물 정보도 공유하고 그러다 보면 그 등장인물의 목소리를 낸 사람은 누구냐 같은 것도 링크가 돼요. 아무 인터넷 사이트나 검색만 해보면 오래된 버전이긴 하지만 성우 사전도 있을걸요. 저도 대학 다니기 전까지는 분기별로 신작 애니메이션을 챙겨 볼 정도로 열성 팬이었거든요. 아 그런 뜻은 아니고 죄송해요 아저씨 음 기사님 아니 이제 기사님이라고 부르기도 좀 뭣하고 제가 아저씨 팬이었다는 뜻은 아니지만 하여간 그 뒤로도 여기저기 준주연급이나 조연으로 자주 나오셨다는 전적 정도는 알거든요. 요즘도 진짜 빠져 사는 애들이나 작품 리스트를 꿰고 있지 저는 어쩌다 두세 편 보고 얻어걸린 거예요.

아뇨 그럴 리가요, 티브이 만화를 즐겨 봤다고 해서 제 꿈이 성우였다는 뜻은 아니죠. 한때 그런 생각을 전혀 안 해봤다고 하면 거짓말이겠지만, 어릴 때는 꿈이 하루에도 한두 번은 바뀌는 법이죠. 그것도 남다른 구석이 없는 보통의 아이라면 더욱이. 제 목소리가 좋다고 해주시니까 몸 둘 바 모르게 감사하지만 연기력은 전무한데 목소리만 좋다고 할 수 있는 일도 아니고, 기본적으로 그건 뭔가를 아는 사람들끼리만 공유하는 문화라서 저 같은 평범한 사람에겐 접근성이 떨어져요. 게다가 성우가 만화 녹음만 하나요. 내레이션도 하고 외화도 하고, 누구보다도 잘 아시면서…… 아 진짜예요? 아저씨가 마지막으로 더빙을 한 지 3년이 넘으셨다는 게 실감도 안 나고 믿어지지가 않네요. 그럴 수밖에 없는 게, 한번 더빙한 영화나 만화를 케이블에서는 아무 때고 틀어 돌릴 수 있으니까요. 그리고 보니 열흘쯤 전에, 그러니까 저 지금 철야 들어가기 전쯤이었나, 심야 재방송 프로 어딘가에서도 아저씨 목소리를 들은 것 같아요. 제목, 모르겠네요. 워낙 요즘은 채널 재핑으로 아무 생각 없이 넘겨봐서. 그런 재방송은 관두고라도, 아저씨 목소리가 오랫동안 활동을 쉰 것 같지 않아요. 제가 한마디 듣고 알았잖아요. 저같이 물어본 사람 또 없었어요? 활동 빈도와 관계없이 한번 성대에 상감된 목소리와 발음은 쉽게 그 문양을 바꾸지 못하는 거예요.

저요? 지금요? 지금이야 뭐 꿈도 없고, 설령 있다 한들 어디 가서 있다고 말하면 고운 시선 못 받을 나이고. 꿈이 없다고 해서 현실이 있냐 하면 눈앞에 있기야 있지만 지금 같아선 없는 셈치고 싶을 뿐이고. 애인 없고 모아둔 돈 없고 가끔 소액 결제로 밀린 미드랑 애니메이션 시리즈를 몇 편씩 몰아보는 걸로나 기분 전환하고, 이튿날 빨간 눈을 비비면서 간신히 지각이나 면하는 일상에 대해서라면, 뭐 저만 혼자 이리 볼품없이 살아가는 건 아닐 테니까요. 이렇게 말씀드리니 아저씨한테는 별로 듣기 좋은 얘기가 아니라는 걸 알겠네요. 최근에 몰아 본 만화든 영화든 죄다 자막판이니. 같은 타이틀이라도 더빙판은 찾아볼 수 없어요. 그걸 갖고 방송사에선 시청자들의 인식이 얄팍하다고 탓하죠. 더빙판을 유치하고 촌스럽다며 안 보니까 할 수 없이 자막판을 틀어준다고요. 그게 계속되니 중견 성우들조차 설 자리가 없어지고 안 그래도 작은 파이를 수없이 얇은 조각으로 갈라 먹게 되었다는 거예요. 그런데 저같이 전혀 관계없는 직종에 종사하는 사람이야 그냥 틀어주는 대로 볼 뿐이지 원어민의 목소리가 듣기 좋고 더빙은 민망하거나 간지럽다는 생각 안 해봤거든요. 그건 그저 불가항력의 변화라고 봐요. 그 속도가 인식의 교정이나 몇몇 계몽적인 구호들로는 붙들기는커녕 발 한 번 걸어볼 수도 없는 지경에 이르렀을 뿐이죠. 어떤 의식이나 사명을 갖고 더빙판을 만드는 것보다 자막판을 그대로 내보내는 게 제작 비용 절감이 된다고 들었고요, 무엇보다도 어젯밤 물 건너편에서 방영한 신작 만화를 오늘 중으로 보고 싶어 하는 수요자들의 특성에 맞출 수 있으니까요. 거기에 길들여진 수요자들은 점점 더 매사에 긴급해지고 절박해져요. 그럴수록 과정을 한 단계 생략한다는 것의 의미가 커지죠. 내가 출근길을 무심코 걷다가 발목을 접질리고 몸을 일으켜 먼지를 떠는 데에 소비한 1분조차 얄짤없이 낭비로 환산되는 시대에, 국내 성우 산업의 죽음을 막기 위해 출혈을 감수하고 더빙판을 지속하자는 건 마치, 그거 같지 않아요? 저희들 이모 고모 세대만 해도 학교 다닐 때 막 그 뭐야, 학교에서 도시락 검사하면서 쌀밥인지 보리나 콩 혼식인지 검사했다는 시절인데 어김없이 필통 검사도 했다데요. 필통에서 일제나 미제 샤프 나오면 이름 적고 혼내고. 나중에 다 돌려줄 거면서 괜히 압수하는 시늉에다가. 저희 세대한테는 그런 게 통하지도 않을뿐더러, 자라오는 내내 주입받은 게 뭔데요. 인간은 적응의 동물이고 급변에 민첩하게 반응하는 자가 살아남는다, 그거잖아요. 적응하고 변신하는 데 실패하면 그대로 도태된다. 실수는 죽음이고, 사회는 토너먼트를 표방하면서 패자부활전으로 시청률을 올리는 오디션 프로그램의 무대가 아니며, 한번 넘어진 순간 네가 앉을 의자는 더 이상 남아 있지 않을 것이다. 그렇잖아요? 시간을 포섭하지 못하는 자는 시간이 그를 포식해버리죠.

그러고 보니 28년 살아오면서 배운 거라곤 국영수가 아니라 진화론뿐인 것 같네요. 목 긴 기린이 나뭇잎 따 먹고 살아남는다는 거. 그리고 이 교실에 있는 너희들 40명 가운데 적어도 35명은 목 짧은 기린이라는 거. 그때는 애들이 투덜거리기를, 목이 길어봤자 부러지거나 잘리기밖에 더하겠냐고. 하지만 졸업하고 밀가루투성이의 찢어진 교복과 함께 교문 바깥으로 내던져진 뒤 각자의 자리에서 허우적대는 동안 확실히 알겠더라고요. 부러지거나 잘리는 쪽은 짧은 목이라는 걸. 아무리 설 자리가 좁네 없네 아우성치더라도 「겨울왕국」은 더빙판으로 만들어져서 수백만 관객이 들고, 그 한 개의 파이에서 한 조각을 얻는 스튜디오 안에 속하지 못한 건 결국 자신의 탓이…… 아저씨, 앞을 보세요. 조금 전에 신호한 개 무시하셨어요. 제가 지금 아저씨한테 뭐라고 하는 게 아닌데 그런 반응을 보이시면 그건 자격지심이죠.

아 그렇다니까요. 얘기하다 보니 아저씨가 잘 아실 만한 소재로 흘렀을 뿐이에요. 기분 상하셨다니까 죄송해요. 아저씨가 아까 택시 운전하신 지 1년 반은 넘었다고 하셔서 전 또, 이 세상의 어지간한 진상은 한 번씩 다 태워보신 줄로 알았죠. 시트에 토하는 취객은 기본, 운전하는데 이것저것 트집 잡다 결국 뒷덜미 잡고 흔드는 인간 하며, 매일의 사납금이 걸려 있는데 택시비 안 주고 버티는 인간까지. 저는 술도 마시지 않았고 이 정도면 양호한 편 아닌가요. 말이 너무 많아서 오히려 피곤하실 수도…… 아 거의 다름이 없어요? 취객이 주정 부릴 때랑 마찬가지라니 조금 상처받았네요. 그렇다고 사람이 말하는 중에 라디오 볼륨을 그렇게 올리시면 제가 민망하죠. 지금 뭐 듣기 좋은 칠공팔공 명곡이 흘러나오는 것도 아니고 디제이랑 초대 손님이랑 자기들끼리 웃고 떠드는데. 저도 밖에 나와서는 원래 이렇게 말 많이 하지 않아요. 바깥뿐이겠어요. 집에서도 말 한마디 안 한 지 꽤 됐어요. 회사에서 하루 종일 말하는 것만으로도 온몸의, 그 뭐죠? 남아나는 적혈구가 없거든요. 집은 그냥 잠자고 먹는 데죠. 적혈구 충전소. 내일의 일용할 양식을 위한 신규 적혈구를 적립하는 곳이에요. 사람이 1분간 떠들 때마다 파괴되는 적혈구의 수가 최소 몇만 개는, 아니 몇억 개였던가? 하여간 넘는다고 들었는데. 그러니 가족과 뭔가를 꼭 말해야 한다면 대부분 문자 메시지로. 시간도 없고 옆 사람 눈치 보이니까 한 줄을 넘기지 않지만요. 회사 아닌 데서 지금처럼 말을 많이 하는 건 입사 이래 처음인걸요. 목소리로만 아는 사람을 심야 택시 안에서, 그것도 기사님으로 만나는 일이 현실에서 별로 없다 보니 저도 모르게 신이 났나 봐요.

예 맞아요. 어떻게, 별말 안 했는데도 금방 알아맞히시네요. 하긴 정답이 뻔했다. 그렇죠? 하루 종일 떠드는 직업이라고 찾으면 교사나 학원 강사 아님 콜센터겠죠. 그런데 거기다가 이년 저년 소리를 예사로 듣는다는 단서가 하나 더 있었으니, 암만 교권이 땅에 처박혀 생매장을 당했대도 아직 이년 저년까지 추락하지는 않았다고…… 믿고 싶고, 남은 건 콜센터. 생각해보세요, 그러니 제가 얼마나 말을 하기가 싫겠어요. 어디까지 가십니까? 아저씨가 그 목소리로 묻지 않았다면 심지어 목적지도 밝히기 귀찮을 정도였어요. 서로 다른 작품에서 여러 소년과 청년과 노인의 얼굴로만 봤던 아저씨를 이렇게 룸미러에 비친 모습으로 만나지 않았다면요. 죄송한데 이따가 저 내릴 때 인증샷 한번 같이 찍어주실 수 있으세요? 커뮤니티 같은 데 올리면 아직 기억하고 좋아할 사람들 있는데…… 예…… 예. 괜찮아요. 그러실 줄 알고 여쭤봤어요. 무리한 부탁인 거 알고요, 저 같아도 싫었을 거예요. 그래도 아저씨, 이거 하나만은 기억해주셔야 해요.

제가 지금 뭐 어린 시절에 아저씨의 목소리에 위로받은 적 있다는 식상한 말로 향수나 자극하자는 게 아니에요.

유년기부터 아저씨의 오랜 꿈이 성우였는지 아니면 목소리로 할 수 있는 일이면 딱히 뭐가 됐든 상관없었는지 거기까지는 몰라요. 하지만 적어도 하고 싶은 일이 어느 한 시기 정도는, 인생에서 최소한 한 번은 허락되었다는 걸 알아주셔야 해요. 그것이 비록, 해본 적 있고 지금은 아니라는 과거완료형이더라도 말이에요. 물론 지금도 달리는 택시 안이 아니라 현직으로 스튜디오에 서 계셨으면 더 좋았겠지만, 그게 가능한 이들이 성우 백 명 중에 많이 쳐서 열 명쯤이라고 어림잡는다면 말이에요. 저희들은, 아니 저만이라고 해도 상관없는데, 코딱지만 한 파이 귀퉁이에 이쑤시개 꽂을 틈도 없이 밀려났다고요. 지금까지 한 번의 기회도 제대로 얻지 못했고 ― 어른들은 눈앞에 온 걸 너희가 잡지 않았다고 떠넘기는데 ― 대부분 차선이나 차악을 선택하곤 정신 차려보니 그 자리에 비끄러매어졌어요. 그리고 지금 같아선, 최초의 기회가 없었던 우리는 다시는 그와 같은 기회를 만나지 못한 채로 아저씨 연세를 맞이할 거고요.

그저 장거리 손님에 대한 인사치레였다고 해도 좋은데요, 아저씨가 조금 전 칭찬해주신 이 목소리의 톤과 발음은 열네 살 때 이미 완성됐어요. 여자애들도 남자만큼은 아니지만 변성기가 오잖아요? 그전까지의 목소리는 다만 어떤 정념도 욕망도 두통도 없는 무해한 상태에서 나오는 자연의 산물에 불과하고, 사람은 입시지옥이니 무한경쟁 같은 세파에 찌들기 시작하면서 비로소 자기 목소리가 나오는 거예요. 그 나이엔 보통 세상 모든 게 마음에 안 들고 임전 태세를 갖춘 적으로만 보여서, 거기 대응하다 보면 자기도 모르게 말투가 거칠어지거나 말을 웅얼대는 한편 톤이 흐릿해지기도 하면서 목소리가 정착돼요. 그런데 제게는 그런 시기가 없었어요. 스피치 학원에 다닌 적도 따로 연구한 적도 없는데 저는 스스로에게 가장 어울리면서 남들에게 최상의 전달력을 지닌 음색과 어조와 발성을 어느 결에 찾아냈고 그것들이 몸에 배어 있었어요. 선생님들이 자꾸만 앞으로 끌어내서 낭독 대표 같은 것들을 시키면서 제 장점이 뭔지 점점 더 분명해졌고, 한 문장의 어디에 힘을 주어야 파급력과 호소력이 최대치로 활성화되는지도 저절로 알아갔어요. 내 목소리가 언어의 잎맥을 살피며, 그러고도 단호하게 켜는 활이 될 수 있다는 믿음이 생기면서는 의식적으로 그맘때 애들 흔히 쓰는 비속어들도 피했어요. 그 왜 존나, 같은 건 요즘도 듣기도 하기도 싫은 말이죠. 예? 무슨 말씀을. 요즘 애들하고 비교도 못 해요. 아저씨 따님한테도, 지금 중학생이랬죠, 한번 가서 물어보세요. 하긴 물어본다고 대답할 리가 있나. 언제 한번 몰래 카톡 창 한 번만 열어봐도 다 나올걸요. 존나를 요즘은 존트라고들 쓰는 것도 종종 봤는데 둘 다 표준어도 아닌

걸 왜 형태를 바꿔 쓰는지…… 글자 수가 더 줄어들지도 않았고 입력하기가 수월해진 것도 아닌데. 아무튼, 나머지 웬만한 말은 다 존나와의 결합형일걸요. 아저씨, 존구 존색 존잘 존못 이런 말 못 들어보셨죠? 소리 내어 따라 읽는 것도 아닌데 멍하니 글자만 들여다봐도 내 입이 더러워질 것만 같아서 요즘은 블로그니 트위터니 인터넷 자체를 못 들어가겠어. 하여간 천박한 얘기는 이따 시간 되면 더 하기로 하고, 그래요, 뭐든 그 나이 때만 할 수 있는 일이 있으니까요. 몇년 뒤 자다가 이불 뒤집어쓰고 지워버리고 싶은 기억에 몸을 뒤트는 일도, 사람이라면.

중학교 졸업하기 전부터 장래희망을 아나운서로 정한 건왼발 다음에 오른발을 내딛는 것만큼이나 당연했어요. 중고등학교 방송부와 대학 교내 방송국 다해서 8년을 활동했는데 지금 제가 말하는 방식이나 습관에서는, 과거의 꿈이 아나운서였다니 전혀 상상 안 가실 거예요. 더 이상 긴장하고정색하고 올발라야 할 필요가 없으니 많이 풀어져서 그래요. 아니면 이루지 못한 꿈에서 벗어나고 싶어서 일부러 변화를 시도한 끝에 따라오는 과잉이라고 볼 수도 있고, 이도저도 변명일 뿐 처음부터 '감'이 아니었음을 보여주는 본능적이고 원색적인 증거라고 생각하셔도 상관없어요. 평범한사람이라면 실패한 꿈의 대상을 언젠가는 원한이 맺힌 눈으로 바라보게 마련이죠. 극단적으론 그것을 훼손하고 싶어지고요.

하여간 고등학교 가서도 정해놓고 방송부에 합격했더니 부모님은 그것이 더 이상 취미 활동이 아니라는 걸 알아차렸어요. 키도 적당 몸매도 평균, 예쁘다곤 못 해도 적어도 남에게 혐오감을 주지 않을 정도로는 생긴 얼굴. 딱히 유별나게 공을 들이지 않아도 무방한 신체 조건을 가진 사람들은, 짐짓 모르는 척하면서도 그것들이 자신의 꿈을 부채질하는 요소라는 걸 느낄 수 있어요. 어디까지나 뛰어난 게 아니라 무난할 뿐이라도, 최소한 외모 때문에 초조해할 일이 없다는 사실만으로도 어느 직업에 종사하든 남들보다 반은 먹고 들어가는 거니까요. 거기에 더해 수능이 끝나면 연말 일간지 한구석에 작게 실리는 리드 같은 말이지만 '그 흔한 학원 과외 한 번 없이' 서울 소재 4년제 대학 언론정보학과에 들어갔으니, 남들보다 노력을 덜했다곤 생각 안 해요. 턱걸이로 들어갔든 예비 몇 순위였든 누가 알아요. 대학에 갔으니 토익 토플 비롯해서 뭐든 남들 다 하는 것이라면 빈틈없이 수행하는 게 당연하고, 그중에서도 다른 사람 아닌 내가 기회를 잡으려면 남들이 안 하는 것도 물론 찾아 해야 했지요. 대학 시절 4년이란 원래 스펙을 갖추는 데 고스란히 쏟아붓는 시간이니까요. 이 시기에 시각장애인을 위한 도서관 낭독 봉사를 자주 했고, 사람들은 제 목소리를 좋아했어요. 앞을 못 보니 제 행색을 알 리 없는 대부분은 저한테 어느 뉴스에서 진행을 맡고 계신 앵커냐고 물어보기도 했고, 대사 분량이 많은 소설을 읽는 날에는 라디오 극장 같은 데 출연하는 성우가 틀림없다고 확신하는 이들도 간혹 있었죠. 녹음이나 행사가 끝나면 담당 피디님은 저한테 아나운서를 준비하느냐고 물어봤고, 발음도 성량도 현직 햇병아리들보다 낫다며 학원비 굳어 좋겠다고 그랬어요. 하지만 그건 내일모레 퇴직을 앞둔 연세 지긋하신 피디님 개인의 의견이었을 뿐, 아나운서 아카데미가 스피치만 가르치는 곳이 아니거든요. 정치 경제 문화 지식은 두말하면 잔소리고 인맥도 꾸려야지 포트폴리오 만들어야지, 현장 감각에서 사소한 매너와 메이크업 요령에 이르기까지 각종 팁을 학원에서 얻어야 했지요. 학원에서는 모두가 평소에도 이미 아나운서인 것처럼 행동했고, 비슷한 수준에 이른 서로를 곁눈질하면서 견제했어요. 그러다 보니 어떻게 되겠어요? 입고 오는 정장의 브랜드가 달라져요, 가방이 바뀌고요. 하지만 내게 그런 것들은 없었어요. 이미 학원과 부대 준비로 일상의 궤도가 변형된 부모님께 더 이상 벌릴 손이 없었거든요. 하루 두 끼를 세븐일레븐 삼각김밥으로 때워가면서 학원 이외의 시간은 모두 공부나 봉사 스펙에 올인하는 데만도 모자라는데, 몇백만 원짜리 숄더백을 사겠다고 따로 아르바이트를 할 엄두는 낼 수 없었어요. 이미 얼굴에 부분부분 리모델링 들어가느라고 예정에 없던 손을 몇 번 더 벌려서 부모님 일상뿐만 아니라 여생까지 저당 잡은 다음이기도 했고요. 아 그래도 저는 쌍꺼 풀이랑 치아 교정만이었어요. 공사비는 적지 않게 들었지만 요즘 같아선 영구 화장일 뿐이죠.

예 그럼요, 아주 못사는 건 아니고 두 분 다 평범한 서민층 이에요, 옛날 정치경제 교과서에서는 중산층이라고 주입시 켰던 그 서민층요. 딱 먹고살 정도는 되고 그 이상 행복해지 려거나 사치를 부리려면 다른 것을 반드시 희생해야 하는 그 런 계층이죠. 아빠는 회사 다니다가 지금은 택배 나르고, 엄 마는 제 아래로 여동생이 두 명 더 있어서 오랫동안 전업주 부였다가 지금은 정부에서 하는 그 뭐죠, 돌보미 서비스 교 육 받고 남의 집 아이들 봐주시고요. 부모님은 남아 있던 얼 마 안 되는 등골까지 뽑아서 저한테 바쳤고, 당신들의 딸이 우아한 정장을 입고 등압선 옆에 선 모습을 그리며 마이너스 통장과 대출 금리를 견뎌냈어요. 아니 그게요, 꿈이 클수록 좋다지만 누가 처음부터 언감생심 뉴스데스크 앵커 옆자리 를 그려보겠어요. 우리 부모님은 현실적인 분들이에요. 앵 커는 말할 것도 없고, 당신들 눈에만 최고로 예뻐 보일 뿐인 딸이 야구 모자를 쓰고 미니스커트를 입고 높은 스툴에 앉아 남성 시청자들의 시선을 사로잡는 일 따위도 없으리라는 걸 진작 알고 계셨어요.

한번 뽑아낸 등골을 언제까지나 우려먹을 수는 없었어요. 지방 방송과 케이블 포함해서 열일곱 번 연속으로 공채에 떨어지고 나니 어떤 식으로든 결정을 내려야 했죠. 학원생들 사이에서는 쉽지 않은 일이었고, 도전한 지 3년밖에 안 되었을 뿐인데 너무 애매한 포기에 속했어요. 그만둘 거면 진작 미련 버려야 했는데 ― 실제로 학원에서 이탈하는 상당수는 초반에 몰려 있었죠 ― 저는 어중간하게 올 데까지 와버렸으니. 그렇다고 내년만, 다시 내년만 하는 식으로 허황된 꿈을 품기엔 이미 부모님의 등에는 더 이상 뽑을 뼈가 남아 있지 않았어요. 다른 응시자들에 비해 내가 떨어지는 게 도대체 뭘까, 스카이가 아니어서 그런가 생각도 해봤는데, 뭔가 근본적인 이유가 따로 있다 쳐도, 거듭된 열상의 자리에 손가락을 넣어 벌리고 그것의 정체를 확인할 엄두는 안 났어요. 무엇보다 안다고 해서 내가 그것을 바꿀 수 있는 게 아니라는 선명한 예감이 들수록, 죄 없는 출신 대학에 화살을 돌리는 게 차라리 간편했어요. 어쨌거나 뒤늦게 스카이를 목표로 편입 시험을 볼 엄두도 안 날뿐더러 설령 편입에 성공했다 해도 학비와 생활비는 다시 또 어쩌겠어요. 천신만고 끝에 스스로 만족할 만한 타이틀을 딴다고 해도 이미 또래들보다 몇 발자국을 더 뒤처진 다음이고요. 그 모든 일을 감내한 뒤에도 원하는 성과를 내지 못했을 때의 절망을 견디기보다는 모험을 포기하는 쪽이 생산적이었어요. 물을 준 자리에 틔운 싹이 싯누렇게 말라비틀어졌다고 해서 그 열패감을 오래 누리며 방황하는 호강도 할 처지가 못 되었어요. 죽은 꿈을 절망과 애도의 대상으로 삼기에도 내겐 시간이 턱없이 부족했어요.

한번 결정하고 나니 깨진 화분을 내다버리는 일은 그리 어렵지 않았어요. 이력서를 동시에 네 군데 보냈는데 첫번째로 지금 있는 카드사에 몇 단계의 시험을 거쳐 합격했어요. 제가 지원한 분야와 전혀 무관한 부서에 배치되었는데도 회사 방침이라나, 업무 파악을 위해 뭐든 기초부터 경험을 쌓아야 한다는 수상쩍고 무성의한 답변을 들은 뒤론 거기에 대한 추가 의문을 제기할 틈도 없이, 정신 차리고 보니 어느새 신입 사원 연수와 엠티를 비롯한 여남은 차례의 사내 교육 코스가 모두 끝났더라고요. 아빠는 묻지도 않은 주변 사람들한테 자꾸만 우리 딸이 대기업 들어갔다고, 첫 달 받아 온 월급이 택배 수수료를 한 달 치 모은 것보다 많다고 자랑하셨어요. 대기업이…… 맞죠. 누가 물어봐서 저 어디 다녀요 하면 대한민국에 거기 모르는 사람 없으니까. 솔직히 저도 월급명세서에 적힌 숫자만 보면, 그래도 가끔 떠오르는 포기한 꿈에 대한 아쉬움을 희열로 대체할 수 있었어요. 첫 월급으로 선물 사다 안겨드리면서 아빠한테 불평했는데. 아빠, 고객센터 일 뿐인데 자꾸 어디 가서 대기업 대기업 하지 좀 말라고, 아는 사람 들으면 겉으로나 아 예 좋으시겠어요 부럽네요 따님 잘 키우셨어요 영혼 없이 대꾸하지 속으론 비웃는다고, 창피하게. 하지만 내 심정 아랑곳도 않고 부모님은 노래를 부르고 다니죠. 고객센터라고, 계약직이라고 그 회사 사람 아니냐? 그래서 나도 모르게 튀어나오려는 걸, 아빠, H 택배 로고가 적힌 조끼를 입고 H 택배 운송장이 붙은 물건을 나른다고 아빠가 H 기업의 일원으로 인정받은 적 있어? 트럭도 아빠 거고 본사에서 기름 한 방울 지원받은 적 있냐고? 거의 목구멍에 걸렸는데 막았죠. 그냥 마음대로 생각하시게 놔뒀어요, 즐거워하시니까. 그동안 밑 빠진 독에 잠자코 물 부어주셨는데 독을 아예 깨버린 딸이 그 정도 즐거움은 드려도 되니까…… 무엇보다 부모님도 웬만큼 알면서 나 기죽지 말라고 그렇게 호들갑을 떠시는 거라고 생각하면요. 회사의 명성이 높을수록 개인은 이루 말할 수 없이 영세해진다는 사실을, 하청 택배 7년차인 아빠가 모를 리 없었으니까요.

그랬는데 부모님께 소박한 기쁨을 안겨드린 지 석 달 채 지나지 않아서 지금 이게, 이게 터진 거예요, 개인정보 유출, 이게. 아이고, 아저씨도 갑자기 목소리가 높아지시고. 우리 회사 카드 갖고 계셨어요? 아직도 모든 전화 회선이 불통이죠? 죄송하지만 인터넷으로 재발급 신청해주시고 조금만 느긋하게 기다려주시면 저희가 다 알아서 늦게라도 연락을 드리거든요. 예, 시간은 아무래도 걸려요. 접속도 아직까지 원활하지 않고요. 그럼요, 문제의 본질이 그게 아니라는 것쯤 제가 왜 모르겠어요. 혹시 완전 탈회를 신청하실 거면 본사에 한번 들러주시는 게 가장 빨라요. 외람되게 부탁 말씀 하나만 드리자면, 그럼에도 불구하고 욕은 좀 하지 말아주셨으면 해요, 전화든 방문이든 간에요. 아뇨 아저씨가 지금 저한테 그랬다는 뜻이 아니라. 이 차 안에서만큼은 제가 아저씨의 고객인데 그러실 리 없잖아요. 나중에 컴플레인 넣으실때 다른 누구한테라도 말이에요. 그것만 꼭 부탁드려요. 아저씨가 운전하다 신호와 차선에만 집중해도 모자랄 판에 손님이 뒷자리에서 흉기를 뽑아 들고 시비를 거는 모습을 룸미러로 지켜볼 수밖에 없다고 상상만이라도 해보세요. 우리에게 있어서는 그 흉기란 바로 말이지요. 사람들은 벼려온 칼을 이때다 싶어 우리한테 푹푹 꽂아 넣어요. 장시간 통화로 뜨끈한 귀를 만지작거리다 정신을 차려보면 어느새 우리는 피투성이가 되어 있어요. 난자당한 상처를 세심하게 어루만지는 건 고사하고 쏟아진 피를 닦을 시간도 없이 바로 그다음 공격이 들어와요. 통화를 마치기 무섭게 다른 콜이 연결되는 거죠. 지금은 웬만한 직원들도 부서를 막론하고 콜에 매달리는 판이라 누구한테 불평할 상황도 아니고, 그분들은 자기들 업무와 동시에 봐야 하니까 일이 몇 배로 늘었다고 아우성이고, 우리도 24시간 전쟁터인데 공연히 우리의 대응이 부족해서 업무가 자기들한테 넘어간 것처럼 핀잔주지를 않나.

평소 가장 평화롭고 한적한 시기에도 고객 민원의 절반가량을 욕설이나 성적 모욕이 차지하는 형편인데, 그 비중

이 50에서 백으로 채워졌다고 크게 다르겠나 싶었어요, 처
음엔. 거기다 몇 년 일하신 분들 말씀 듣자니 나중에는 욕에
도 희롱에도 아무 생각 없어진다고. 출근해서 첫 전화를 받
자마자 밑도 끝도 없이 쌍년아 뱃가죽 갈라 뽑아버릴라 정도
는 거의 모닝콜 수준으로 흘려듣고 살아진다고. 그 어떤 저
급한 말들도 혐오도 뜨거운 녹차 한 모금과 함께 삼켜진다고
요. 어떤 날은 하루 종일 깨끗하고 점잖은 고객들만 응대했
는데, 결제나 플러그인 설치 등이 뜻대로 되지 않는 바람에
해당 부서로 이관시키는 과정에서 짜증이나 푸념이 뒤따르
긴 했지만 적어도 이년 저년 소리를 단 한 마디도 듣지 않은
날이 있었다고, 눈물 흘리지도 않고 낮에 대충 우겨 넣은 김
밥을 화장실에서 고스란히 토하지도 않는 이상한 날이 흘러
갔다고, 고객들의 냉정함과 이성이 그렇게 고마울 수가 없
는 한편 평소와 다른 게 불안해서 그날 자기는 이제 이승에
서의 시간이 다한 줄 알았다고, 퇴근하다가 10톤 트럭에 치
여 날아가면서 머리는 이쪽에 있고 눈으론 자기의 분리된 팔
다리를 바라보게 되거나, 잠들면 다음날 영원히 눈을 뜨지
못하는 게 아닐까 생각했다고.

아침저녁으로 센터장한테서 교육도 받잖아요, 고객이 거
의 언제나 옳다. 아저씨는 역시 대개 참고 넘어가시겠지만
적어도 심하게 옳지 않은 고객을 경찰에 신고할 수는 있으시
죠? 우리에겐 결제 대금을 상습 체납하는 불량 회원만 제외

하고 모든 고객이 옳아요. 이번에는 사안이 사안인 만큼 특별히 강조된 부분도 있었죠. 지금 이 순간부터 이 소요가 진정될 때까지 제군들은 자신이 사람이라고 생각지 마라. 제군들은 우리 회사의 명예를 수호하고 회복하기 위해 전쟁터에 나선 방패들이다 — 참 그럴듯한 말로 방패지, 그저 총알받이나 동네북이라고 솔직히 말하면 될 것을 — 어떤 참기 힘든 모욕을 당하더라도 무조건 사죄하고 고객이 조치해달라는 대로 뭐든지 하라. 상황과 분위기와 상대를 탐색해가며 탈회보다는 해지를, 해지보다는 재발급을 유도하라. 고객이 멍멍 짖으라면 짖고 잘못했습니다 죽을죄를 지었습니다를 열 번 복창하라면 일곱 번씩 일흔 번이라도 하라. 당연히 그 모욕을 감당한 데 대해 추후 회사 차원에서 직원들을 어떻게 케어하겠다는 약속 따위는 빈말로라도 뒤따를 리 없죠. 그저 오늘 자네들의 정신적 희생이 앞으로 다가올 것들의 초석이 되리라는 무의미한 격려 외에는. 그럼에도 불구하고 핵심은 시간 낭비를 하지 마라. 센스 있고 절도 있게 매뉴얼대로 대응하며 한 개의 콜을 오랫동안 끌지 않고 필요할 때 정확하게 끊는 것은 자신의 역량에 달렸다. 그 말은 자신의 역량에 따라 행동했을 때 결과가 좋으면 회사에 영광을 돌리는 것이고 반면 더 거센 컴플레인에 부딪치거나 법적 분쟁이 생길 시 개인에게 덤터기를 씌우겠다는 뜻이죠.

그래서 목구멍으로 신물이 역류한들 어쩌겠어요, 일은 닥쳤으니 그날의 업무를 시작은 했는데 웬걸, 욕의 강도와 수위와 빈도와, 무엇보다도 디테일이 평소와는 비교 시도조차 불가한 거예요. 이 일을 시작하기 전에는 우리나라에 그렇게 많은 종류의 욕이 있는 줄 몰랐어요. 들어서 알고만 있는 것들은 많았는데, 내 혀끝에는 그동안 제대로 된 말이 아니면 담지를 않았으니까 익숙지 않았던 거죠. 연결하자마자 대뜸 눈깔을 털어줄까 척추를 접어줄까 묻는데 빨간 휴지 파란 휴지도 아니고 그걸 어떻게 골라. 이게 그나마 라임이라도 맞아서 귀여운 축에 속할 정도였다니까요. 남녀노소 불문하고 대부분은 생식기에 빗대고 남자들은 특히 상대가 여자니까 만만해죽겠지, 어디다 빗댈 필요도 없이 일단 입으로 싸고들 보는 거죠. 거기를 확 따버린다느니 드라이버로 도려낸다느니. 개인정보 털린 걸 생각하면 네년들 돌려가면서 천 명은 따먹어도 시원찮다며. 여성들이 주로 선호하는 컴플레인 방식은 다음 달부터 네년이 내 결제 대금 다 갚으라거나, 꼭 몸 팔아서 갚길 바란다거나. 우리는 상대방이 원하는 게 무엇인지를 가능한 한 신속하게 파악해서 사고 처리를 하고 다음으로 넘어가야 하는데, 실무에 들어갈 시간을 주지 않는 거예요. 10분을 통화한다고 치면 9분간 욕을 한 뒤에 나머지 1분이 비로소 탈회나 해지 처리에 소요되니 아마도 모두가 원하는 바는 욕하는 것뿐이었겠죠. 그걸 이해 못 하지는 않아요. 욕해서 해결되는 일이 없는 줄은 아는데 그래도 욕은 하고 싶고 욕할 데는 마땅치 않으니까 여기다가 하겠죠. 그러니 평소엔 그저 속으로만 상대를 경멸하는 행위로써 누더기가 된 자존심을 수습해온 거죠. 하지만 어쩐지 대부분은 이번 개인정보 대란에 분노했다기보다는, 그동안 각자의 생활 자리에서 ― 그분들도 모두 자신의 일을 하면서 살아갈 테고 아저씨처럼 수습 곤란한 손님들을 종종 상대하며 날이 갈수록 가벼워지고 빈약해지는 스스로를 붙들어왔을 테니까 ― 못 하고 참아왔던 욕을 이참에 들이붓는 느낌이었어요. 그런 분들에게서 달아나지 못하고 헤드셋을 내던지며 사무실을 뛰쳐나가지도 못하는 동안 점점, 입으로는 매뉴얼과 사죄문을 읊고 대응하면서 머릿속으로는 딴생각을 하는 데에 아무런 불편도 없어졌어요. 입과 머리가 플라나리아를 절단한 것처럼 완전 분리를 이루었지요. 내가 지금 여기서 뭘 하고 있나 같은 실존적인 고민도 하고, 지금 나한테 이년 저년을 필두로 개 소 말 닭 때려잡을 것처럼 쏟아내는 이 어린 여자아이는 아마 백화점 명품 매장 판매직일 거야, 힐을 신고 하루 종일 서서, 2개월 전의 날짜가 찍힌 영수증을 눈앞에서 흔들며 착용 흔적이 역력한 스카프를 환불해달라는 고객님에게 뺨을 맞고 방긋 웃음으로 인사한 뒤 얼굴 안 보이는 내게 저러는 거겠지, 지금 내게 말한 욕은 그녀가 고객님에게서 들었던 욕과 같거나 그것의 업그레이드 버전일 거야, 주로 이런 구체적인 그림을 그리면서 그날 치 일용할 욕을 견디는 거예요. 여기서의 견딤이란 미래 지향적인 것과는 거리가 멀고, 어떤 보람이나 성과를 기대하는 극복과도 인연이 없지요. 그저 나날이 내 존재가 미음처럼 묽어지는 연습을 하는 것뿐이에요, 마침내는 투명해지다가 사라질 때까지 말예요.

예, 두번째 신호등에서 우회전이에요. 그렇게 지내기를 며칠인지 지금 시간 감각도 없어서 모르겠는데, 아까는 어떤 고객님이 왠지 모르게 이 밤과 어울리는 나직한 목소리로, 그래요 꼭 아까 아저씨 같은 목소리로, 괜찮으세요?라고 첫마디를 시작하는 거예요. 한마디밖에 안 되었지만 그 목소리는 호미로 파헤쳐진 자리를 보드라운 흙으로 덮어 다지기 위해 토닥거리는 손길 같았어요. 말문이 탁 막힌 게, 그전까지 이어져오던 콜의 무늬에서 한 조각이 삐끗 나가버리니까. 그동안 퍼부어진 몇 톤 치의 욕이 거의 자장가에 가까운 패턴을 이루어왔는데 거기 갑자기 완전5도 화음이 추가된 상황, 아니 곡이 통째로 바뀌어버린 거죠. 설명이 잘 안 되지만 어쩐지 울지 않고 토하지 않은 날이 오히려 낯설고 불안했던 선임의 난센스가 그 순간 온몸으로 이해가 되어버렸으니까. 물론 그 고객님의 용건도 당연히 탈회 요청이고 제가 괜찮거나 말거나 제 사정을 봐줘가면서 진행하겠다는 의도를 갖고 물어본 건 아닐 텐데, 동등한 인간에 대한 깊은 이해니 무한한 연민 같은 상식이나 도덕 때문이 아니라 그저 48시간 철야 전투와 폐허의 흔적이 묻어난 내 목소리를 듣고 반사적으로 무심코 튀어나왔을 게 틀림없는 그 한마디에 순간 여기, 속에 꽁꽁 뭉쳐 있던 걸 누가 건드리는 듯한…… 그 왜 울고 싶은데 마침 때렸다고 하죠, 딱 그거다. 그대로 직진이에요. 말을 못 하고 있으니까 상대방이 재차 묻겠지요. 괜찮으세요? 지금 바로 탈회 가능할까요? 저는 고객님 죄송, 까지 다 말하지 못한 채 대성통곡을 해버린 거예요. 평소 같으면 모두가 떠드는 중인 데다 이번 일 터지고 나서는 상담 중 결국 울음을 터뜨리는 직원들도 적지 않았기 때문에 아무도 신경 쓰지 않았을 텐데, 내가 수초 내로 그치지 않고 부모님 돌아가신 것처럼 통곡을, 게다가 성량은 오죽이나 크고 분명해야 말이죠. 명색이 전직 아나운서 지망생이었는데. 아 이거 사고 났구나 싶어 파티션 건너편에서들 흘끔거렸어요. 결국 다른 상담을 막 마친 건너편 직원이 임의로 당겨 받아서 수습을 하는데, 곧이어서 그 아이도 괜찮으세요, 물음을 받았는지 어쨌는지 말을 잇지 못하고 흐느끼다가, 이리저리 불려 다니느라 반송장이 된 센터장이 뒤늦게 출동할 때까지 울음은 우리 팀 전체에 염병처럼 퍼져나갔어요. 결국 그 고객님은 탈회를 끝내 못 하고 전화 연결이 끊어진 것 같아요. 탕비실에서 호흡을 좀 진정하고 세수를 하는데 왠지 아이러니하더라고요. 악을 쓰고 욕을 하며 우리를 짓밟은 이들은 목적을 신속하게 달성했는데 정작 괜찮냐,고 한마디라도 물어보고 돌아봐준 이는 그러지 못했으니까요. 그런 분들을 더 잘 모시고 챙겨드렸어야 하는데 우리는 인간인데 어째서 오랜 지배와 구속에 길들여진 짐승처럼 어느새 나를 때리는 이들에게 우선적으로 반응하고 꼬리를 흔들거나 내리게 되었을까. 그러니 너희들은 더더욱 짐승 취급을 당해도 된다며 누군가들은 의기양양하게 돌을 던질 텐데.

아뇨 꺾어지지 않고 그대로 직진이에요. 어쨌든 자리로 돌아와 다음 콜을 위해 고개를 숙이고 있는데도 센터장이 내 가르마를 한심하다는 눈으로 내려다보고 있는 걸 훤히 알겠더라고요. 아니나 다를까 얼마 지나지 않아서 센터장은, 당장 쳐들어가서 네년 옥수수인지 강냉이인지 죄다 털어버리고 윤간하겠다던 전화 너머의 사람들과 썩 다르지 않은 태도로, 손가락에 힘을 줘가며 제 이마를 몇 번 찍어서 들어 올리더니 너 오늘은 짐 싸서 가라, 하잖아요. 짐 싸라는 게 책상을 비우라는 건지, 명색이 대기업인데 해고를 그런 식으로 할 리는 없다는 최소한의 믿음이 남아 있고 오늘 '은'이라고 했으니까 일단은 나온 거예요. 집으로 가봤자 부모님들이 걱정이나 하지 않으면 안쓰러워할 테고. 그래도 모처럼 입사한 대기업인데 딸년 속 썩는다는 이유로 그만 접어라 하실 분들은 또 못 되고. 직진이라고요 그대로 직진. 예 알아요, 이미 내비가 가리키는 목적지에서 한참 이탈한 거 알아요. 그래도 직진이라고요. 그러면서 제 어깨 몇 번 토닥이면서 위로하시겠죠. 그래도 요즘 세상에 너만 한 직장 다니기 힘들다. 그냥 1절만 부르시면 될걸 거기서 딸을 이해하고 사랑한다는 표시를 굳이 낸다고 후렴구를 덧붙이겠죠. 지나간 꿈에 미련 갖지 마라. 꿈꾼 대로 살아가는 사람 생각보다 많지 않다고. 네 목소리는 꼭 방송으로 듣지 않더라도 세상에서 가장 아름답고 또렷하다는 걸 우리가 아니까 그걸로 된 거라고요. 제발 좀, 내가 언제 꿈이니 미련이니 한마디라도 얘기했냐고요. 설마 매일같이 울고 들어와선 나는 여기서 이렇게 끝날 사람이 아니야! 분연히 떨치곤 다시 꿈을 꿀까 봐, 당신들의 휘어진 허리 아예 부러뜨릴까 지레 겁이 나셔서 그랬을까. 내일모레면 서른인 내가 그런 꿈같은 소리를 하고 앉았을 리 없다는 걸 누구보다 잘들 아실 텐데 말이에요. 이까짓 목소리가 다 뭐라고. 이미 성대결절은 한참 전에 됐고 쉬지도 못해서 점점 악화되고 있어요. 목소리가 영 안 나오게 되어버리면, 산재 신청이라도 해볼까요? 모르겠네요. 하지만 확실한 건 정말 이까짓 목소리라는 것뿐이죠. 안 그래요? 그렇게 많은 시청자를 울리고 웃긴 목소리의 소유자도 당장 딸의 학비가 걸려 있으니 겨울 눈밭에서 조난당한 꿈의 조각을 더 이상 탐침하지 못하고 운전대를 잡았는데, 꿈의 문턱도 밟아보지 못한 사람이 다 갈라져가는 목소리로 무슨 선택권을 갖겠어요.

그래서 일단은 집도 회사도 텄고 어디로 갈까요? 제가 어디까지 가면 될까요.

나는 어디까지 가려고 이 차를 탄 걸까요.

언제가 될지는 모르지만 이따 내리기 전에 그 대사 한 번만 더 들려주세요. 대체 어디까지 해야 직성이 풀리는 거야. 그다음 회부터 완결까지 듬성듬성 건너뛰었고 결말이 기억나지 않는데, 주인공은 잃어버린 신수를 어떻게 되찾았나요? 못 찾았어요? 끝까지 신수 없이 경기를 해냈어요? 그 시대 만화치고 혁명적인 발상이긴 한데 지금 생각하면 오히려 더 만화적이네요. 신수의 힘도 빌리지 않고 최소한 어느 한곳에서 다른 곳으로 이행하거나 도약했다는 거잖아요? 단지 주인공이 뒤늦게 정신 차리고 그전까지 직진 일변도이던 길의 방향을 꺾었다는 사실만으로? 그런데 어디까지 가야 그 길이 내가 가려던 게 아니었다는 사실을, 사람은 알게 되는 거죠? 어디까지 갔을 때 사람은 자신의 심연에서 가장 단순하며 온전한 것 하나를 발견하고 비로소 되돌아올 여지를 찾을 수 있거나, 아니면 되돌아올 길이 없어 그대로 다리 아래로 몸을 던져버리게 되는 걸까요?

쿠라의 영향 아래

윤경희

　제빵사와 제약사의 공통점은 무엇일까. 한 사람은 일용할
양식을 빚고, 다른 한 사람은 병을 치유하는 경구 화합물을
조제한다. 빵과 약은 입으로 들어가 위장과 혈관을 지나 온
몸에 작용한다. 영양 공급과 항상성 회복은 건강한 일상의
리듬을 유지하는 데 필수다. 빵과 약의 힘으로 삶은 한순간
더 지속되고 죽음은 한순간 더 연기된다.

　제빵사와 제약사는 자기 몸 하나를 건사하기 위해서가 아
니라 직업인으로서 타인들을 위해 이 일을 수행한다. 빵과
약을 매개로 타인의 건강한 생활에 선한 영향을 행사하는 게
그들 직업의 본질이다. 이를 위해 그들은 우선 전문 지식, 숙
련된 실무 능력, 그리고 재료와 도구 일습을 완비한 공간을

갖추어야 한다. 제빵사와 제약사는 다양한 식자재의 성질에 박식해야 하고, 재료들 사이의 화학적 친화성에 상상력과 감각이 있어야 하며, 정확한 계량, 위생적인 공정, 엄밀한 온도, 습도, 시간을 준수하면서, 나아가 아직 시도되지 않은 재료로 아직 시판되지 않은 제품을 발명하려는 도전적 실험 정신도 있어야 한다.

제빵사와 제약사의 직능은 기술적인 차원을 넘어 윤리적 인 것이기도 하다. 앞서 말했듯 빵과 약은 사람의 목숨에 직접 관여하기 때문이다. 재료의 선별에서 제품의 공급과 소비에 이르기까지 어느 한 단계에서라도 잘못이 생긴다면, 빵은 균에 썩고, 약은 독이 될 것이다. 생활의 항상성이 위태롭게 파괴되고 병과 죽음이 득세할 것이다. 그러므로 제빵 사와 제약사라는 직업은 넓게 보아 타인의 "일상과 습관과 건강이 무너지"지 않도록 "돌보는 자"(『피그말리온 아이들』, 창비, 2012, p. 235) 유형에 속한다. 그들의 관심이 기술의 숙련에 한정되지 않고 인간의 더 나은 삶을 염려하는 데까지 나아가야 한다면 이 때문이다.

게다가 바로 이 점에서 제빵과 제약의 미덕은 기술과 윤리 만으로는 충분하지 않다. 우리는 빵과 약을 열량 섭취와 병 의 치유라는 실용적 목적으로 정량만 소비하지는 않는다. 고급 과자점 진열창의 화려한 디저트와 웬만한 가정집마다 서랍과 냉장고에 쟁여놓는 건강보조제를 떠올려보라. 그것들은 빛에 반짝이며, 특별한 맛, 향기, 색깔, 모양, 성분, 기능으로 미혹한다. 너절하고 피로한 현실을 잊게 할 달콤하고 사랑스러운 사치를 선사하겠노라고, 당신의 몸에 유려한 곡선과 단단한 근육을 만들어주고 성적 매력과 활기를 북돋아주겠노라고. 이를 속물의 빵과 약이라 무시해서는 인간에 대한 종합적인 통찰을 얻을 수 없는데, 왜냐하면 우리의 삶은 이처럼 필요를 초과하는 욕망, 동물적 항상성 바깥의 파격, 실제를 배반하는 환상, 가능을 위반하는 정념에 의해 유지되고 심지어 추동되기 때문이다. 인간은 애정결핍이나 열망 때문에 허기지고, 오욕칠정 때문에 실제로 병든다. 어떤 빵과 약은 이처럼 마음에 기인한 고픔과 아픔을 진정시키는 효능을 발휘하는데, 우리가 진실로 목적하는 것이 빵과 약 그 자체는 아니기에, 달램은 덧없지만 우리는 어여쁘게 빛나는 그것들의 마술적인 도움을 다시 간구할 수밖에 없으며, 이 잉여물의 반복적인 섭취와 복용은 일상을 모사하고 잠식하면서 마침내 치명적 중독이 되기도 하는 것이다. 이런 빵과 약은 삶에서 죽음을 밀어내기보다는 삶에 죽음의 환영을 드리우고 죽음의 사유를 기재한다. 무구한 동물적 생에 인간의 조건을 각성시킨다.

노련한 제빵사와 제약사라면 자기 손에서 빚어지는 작은 화합물 덩어리가 시공간의 감각을 변화시킬 만큼 심리를 움직이고, 미와 사랑을 향한 충동을 일깨우거나, 몸 안에서 제대로 소화되지 않는 이물로서 역겨움과 알레르기까지 유발한다는 점을 잘 알고 있다. 제빵술과 제약술은 예술의 차원으로 승격한다. 이쯤 되면 빵과 약은 외형이나 명칭이야 아무래도 상관없는 보다 본질적인 어떤 것의 메타포가 된다. 제조하는 사람이나 섭식하는 사람이나 결코 흡족하지 않아 자꾸만 더 만들고 더 먹을 수밖에 없는 것. 만약 재료가 언어라면, 이야기든, 소설이든, 책이든, 문학이든, 무엇이든.

독서의 체험은 환영을 발생시킨다. 독자는 작가가 제공한 이야기를 완제품으로 섭취할 뿐만 아니라, 그것을 주재료로 삼아 자기의 욕망과 상상의 힘으로 잘게 빻고 다시 반죽해서 본래의 이야기와 다른 새로운 허구를 만들어낸다. 독서의 산물은 형식적으로 엄정한 서사가 아니어도 좋다. 페이지 위에 깜박이는 이미지 한 점, 행간에 스쳐 가는 단어 하나도 허구다. 그것은 독서 과정 중에 발생하고 점점 성장해서 이야기의 전면과 배후에 커튼처럼 드리워지거나 이야기 안에 움푹한 투영의 공간을 파헤친다. 환영은 이야기의 실재와 독자 사이의 직접적 접촉을 방해하기도 하지만, 환영의 빗댐 없이 직접적 접촉을 지향하는 이야기란 작가에게나 독자에게나 회의적이다. 이야기의 소화물, 재가공품, 토사물, 심지어 잉여적 찌꺼기나 쓰레기라 할 만한 환영이 발생하지 않는다면 우리는 이야기를 읽어내지 않았거나 최소한 적극적으로 즐기지 않았다고 말할 수 있다.

　구병모 소설에서 독자의 시야에 어른거리는 빵과 약은 환영보다는 작가가 친절하게 제공하는 원재료에 가깝다. 의뢰인의 비밀스러운 소원을 들어주는 『위저드 베이커리』(창비, 2009)의 빵들이 그렇고, 조각이 "복용량과 시간, 간격 및 횟수"(『파과』, 자음과모음, 2013, p. 111)를 세심하게 지켜 어린 투우에게 먹이는 약이 그렇다. 그런데 위저드 베이커리에서 구워내는 빵은 약리적 효능을 지녔고, 투우는 조각의 약을 먹던 어린 날을 회상하며 문득 달큰한 과일을 향한 파괴적이고도 에로틱한 허기를 느낀다. 둥글고 말랑한 물체로서의 복숭아는 환유적으로 『위저드 베이커리』의 대보름빵에 가닿으니, 구병모의 서사적 무의식에서 단 빵과 쓴 약은 은유적으로 하나다. 고독한 어린 사람에게 원숙하고 여성적인 돌봄을 향한 갈구를 일깨우면서도 또한 그것의 태만과 잔혹한 배반을 가르쳐주는 양가적 사물이다.

　소재와 즉발적인 인상에 따라 구병모 소설에서 빵과 약을 추출한다면, 그녀의 작법은 제빵사와 제약사의 수작업에 유비할 수 있다. 구병모 소설의 많은 장면들은 특정 분야에 숙달한 기술자만 제대로 구사할 법한 언어로 짜여 있다. 기술자의 글쓰기에는 일반인은 자주 사용하지 않는 전문 용어들, 질료가 물체로 변형되는 과정의 능란한 서술, 그런 변형에 개입하는 주체적인 행위의 동사들, 마치 클로즈업이나 스톱모션처럼, 업자만 알아보고 행할 수 있는 미소한 디테일과 제스처의 언어적 확장과 상감, 그리고 무엇보다 완결된 사물에 대한 자부심과 그것이 사용자에게 끼칠 효과에 대한 자신감이 녹아들어 있다.

구병모는 제빵보다는 제약이 더 기질에 맞는다는 듯, 또는 마법 빵은 본래 마법 약이었던 만큼, 글루텐과 이스트가 이야기를 뭉치고 부풀리는 등단작 이후로는 약의 상상을 더 꾸준히 개진한다.『파과』에서 여성 청부살인업자가 어머니를 대리해서 내복약을 조제할 때, 기술적 치밀성으로 우아하기까지 한 그녀의 동작은 그 약을 받아먹을 어린 인물을 유혹하고, 그의 기억에 칼금처럼 예리하게 각인되며, 그리하여 나이 든 여성을 향한 구순기적 애착, 목숨의 수동적 위탁, 신체 절단면 취향 등이 혼융된 그의 파괴적 사랑의 성향과 이후의 운명에 결정적 영향을 끼친다.『아가미』(자음과모음, 2011)에서 이녕은 심신의 평안을 해치면서라도 황홀하고도 착란적인 감각을 체험하기 위해 수상한 약을 상습 복용하는데, 물결처럼 수초처럼 풀어지는 그녀의 환각적 장광설은 법 외곽의 제약사가 자기 기술과 제품의 효능에 관해 전달받을 수 있는 최상의 피드백일 것이다.

환각은 무의식이 돌출해 포진하는 이미지의 장이다. 환각의 언어는 낱말 하나 음절 하나라도 주의 깊게 들을 필요가 있다. 그것이 독서의 기술이다. 환각 상태에서 이녕은 주로 물과 물고기에 안온하게 둘러싸여 있지만, 독특하게도, 의식이 현실에서 유리되는 시점을 "폭죽 터지는"(p. 121) 것처럼 묘사하고, 약 기운이 사라져 다시 일상으로 돌아오는 무렵에는 "효과가 조금만 더 오래가면 그다음 책장을 열 수 있을 텐데"(p. 124)라 아쉬워한다. 요약하면, 물과 물고기는 폭죽과 함께 나타나고 책장이 닫히며 사라진다. 이녕의 환각의 기제는 구병모 소설의 다른 많은 부분을 같이 읽어낼 수 있는 연결 고리와 같다. 일례로, 현실의 권태를 뒤흔들며 환상의 서막을 여는 폭죽은 『방주로 오세요』(문학과지성사, 2012)에서 프로네시스 회원들의 학교 폭파 프로젝트로 이어지고 있지 않은가. 서사가 탈바꿈하면서 약은 폭약으로 진화한다. 화학약품 명칭의 숙지와 배열, 폭약 제조와 설치 과정의 비밀스럽지만 자세한 서술, 그리고 폭파 시뮬레이션의 냉정하고 치밀한 묘사 등 기술자의 언어는 구병모 글쓰기의 특질로서 『방주로 오세요』에서도 그대로 유지된다. 구병모의 상상 세계에서 약은 일상의 항상성 회복과 병의 치유를 넘어 신체와 정신이 돌이킬 수 없이 망가지는 걸 감수하고서라도 모종의 극한으로 탈주하는 데, 현실에 허구의 구멍을 뚫고 열망을 압인하는 데 사용하는 환상의 매개체라는 점이 분명해진다. 이번 소설집 수록작 중에서 「여기 말고 저기, 그래 어쩌면 거기」의 하이는 이런 구병모적 약물인을 계승

하는데, 실제 복용자로서가 아니라 환각의 최고조를 뜻하는 알레고리적 이름으로서 그렇다. 하이는 생사의 원리가 결부된 충동을 폭약처럼 장착하고, 점진적으로 자기 몸을 바스러뜨리며, 자기가 멀어져온 가장 깊은 바닥에 가닿으려는 모든 중독자를 위한 이름이다.

약과 폭약의 호환. 약품은 치료제를 넘어 궁극적으로는 정화된 고요를 지향하는 살상 도구다. 방역의 상상은 여기서 나온다. 그런데 목숨을 좌지우지한다는 점에서 약품은 또한 총칼 같은 무기와 등가물이다. 외상으로 생사가 갈리는 찰나 끔찍한 착란과 황홀한 고양의 혼재는 환각과 마찬가지로 구병모의 글쓰기가 지속적으로 탐구하는 감각의 영역이다. 도살자와 희생양이 너나없이 일그러지고 짓눌리고 베이고 맞으며 사투를 벌이는 절정과 카타르시스의 장면들에서, 어린 날의 폭력을 심신에 기억한 채 강인한 무예인처럼 스스로를 육성해온 기술자는 학대받는 신체와 분출하는 정념을 냉엄과 평정을 유지하며 해부학자처럼 치밀하게 기록한다. 원한을 예도로 다스리고, 예도를 작법으로 표출한다. 흉터를 문양으로 읽고, 문양을 문장으로 옮긴다. 작가 자신이 재봉틀 여인인 양, 끝없이 상처 내면서도 봉합하는 바늘땀의 궤적처럼, 구병모 특유의 촘촘한 장문은 내파하는 인간과 붕괴하는 세계에 최소한의, 최후의, 엄정한 형체를 복원해주려는 상징 장치다. 잔혹하면서도 자비로운 돌봄과 보살핌의

문체다.

빵에서 약으로, 약에서 폭약으로, 폭약에서 금속제 무기로, 파괴적 상흔의 무기를 넘어 치밀하고 규칙적인 궤적 생성의 기계 장치로. 재료와 도구가 바뀌면서 기술자 유형도 바뀐다. 기술과 업무의 변화는 미시적일지라도 귀속 세계와 언어의 변화를 수반하는 이상, 그렇다면 독자로서 다음과 같은 근본적인 질문을 하지 않을 수 없다.

소설마다 서로 다른 이 말들은 어디에서 오는가. 장면마다 다양한 이 전문 지식은 어디에서 오는가.

구병모 소설에 대한 독자의 환영은 이 질문들에 답하려 할 때 비로소 생겨난다. 단도직입적으로, 구병모의 서사 공간은 특정 업계에 속한 사람만 자유롭게 구사할 수 있는 용어와 수사를 적극적으로 도입함으로써 마치 온갖 참고자료를 비치한 열람실을 연상시킨다. 독자는 작가가 개방한 제빵실과 조제실의 더 깊숙한 소실점에서 열람실을 엿본다. 장편소설 다섯 권과 단편집 두 권을 채우는 다양한 인물 군상과 그들이 기거하거나 내쫓기는 허구 세계의 기반에는 고전적 백과사전과 현대의 디지털 정보망이 탄탄하게 설비되어 있지 않을까. 「이물異物」의 방난이 사소한 문서를 작성하는 데도 "인터넷 검색"은 물론이고 "국립중앙도서관에서 정기간행물을 열람"(p. 201)하기를 주저하지 않듯, 언어라는 재료를 다루는 데 있어서, 서적과 정보야말로 구병모적 기술자의 도구고, 열람, 검색, 정독, 숙지, 비판, 참고, 적용, 제작의 유기적 연쇄가 그의 방법론이 아닐까. 생애 내내 구축해온 열람실에서 그는 독서 재료를 서사 작법으로 야금하는 게 아닐까.

빵과 약을 먹었더니 책으로 소화되어 나온다. 우리가 구병모의 책 속에서 보는 것은 궁극적으로는 책이다. 한 권의 책에 묶인 종잇장들 사이에서 다른 수많은 책, 수많은 이야기, 수많은 텍스트 파편들의 환영이 나타난다. 구병모는 읽고 쓰고, 우리는 그녀가 읽고 쓴 것을 읽는다. 구병모 소설에서 모든 기술은 결국 읽기와 쓰기라는 문학의 기술로 수렴한다고도 할 수 있다. 읽기와 쓰기는 가장 기본적인 문학 행위다. 그러나 그것이 작가의 방, 개인 서재, 아카이브, 도서관 등 막연하거나 다소간 낭만적으로 상투화된 공간이 아니라 더 구체적이고 명확하게 참고문헌 열람실이라는 특정한 현대적 장소에서 이루어진다면, 그곳에서만 가능한 특정한 현대적 문학 주체가 형성되고, 문학 행위의 양상도 그곳에 맞춰 특정하게 변모할 것이다. 구병모는 참고문헌 열람실의 설계자, 사서, 이용 독자, 집필자, 그리고 상주 관리인을 하나의 문학적 주체로 통합해 구현한다. 그리고 그곳에서 고대 신화나 철학 서적은 물론이고 곤충 도감에서 세간 속물들의 수다까지 망라하는 다양한 텍스트를 참조하면서, 그것들을 정제해 새로운 허구의 형식으로 구성하는 기술을 연마한다.

그런데 읽어나가는 페이지 위에 작가의 열람실이 투시도처럼 열리면서 독자는 즐거움뿐만 아니라 아득한 불안을 동시에 느낄 수도 있다. 왜냐하면 독자 역시 제 나름의 독서 기술을 사용하는 사람으로서, 열람실에서 태어난 타인의 책을 정확하게 해독하기 위해서는 그가 서가에 소장한 문헌의 목록부터 정확하게 재구성해야 하지 않을까, 실패할 수밖에 없는 과제에 걱정스러워지기 때문이다. 물론 우리는 이런 독서 방법에 무지하지 않다. 예를 들어, 한 작가가 죽으면, 문학자들은 그의 전집을 기획하고, 텍스트를 정립한 다음, 그의 문장들이 어디에서 왔는지, 그의 언어가 어디에서 기원했는지, 겸허하고 단정한 주석들을 붙여나간다. 책 이전의 책, 언어 이전의 언어를 찾아냄으로써 문학이라는 주인 없는 열람실이 무한히 확장하는 데 기여하는 주석가는 독자의 아주 오래된 이름이다. 그러나 주석가형 독자가 특히 작가 생전에 이런 일을 시행함으로써 작가와 상상의 독서 경쟁을 벌이는 경우도 드물지 않다. 당신이 무슨 책을 읽고 이 책을 썼는지 내가 알아맞혀볼까, 한 권의 책에 숨은 다른 책들의 흔적을 각두기 술래처럼 색출하기. 이런 독서는 시간과 공간을 가로지르며 잊힌 목소리와 버려진 말 조각들을 이어주는 무한한 환대와 우정의 실천이 아니라 일회성 수수께끼 게임으로 타락할 위험이 있다. 주석은 출처라는 실제의 입증에 그치지 않고, 허구가 허구를 낳아온 문학적 역사를 지속시키는 데 봉사해야 한다. 하나의 허구가 다른 허구로 변형되는 과정을 추적하고 그것이야말로 문학이 자기의 기원을 기억하는 방식임을 책의 여백에 기록하는 일이 주석가의 기술이자 윤리인 것이다. 걱정 없이 경쟁심 없이. 열람하고 참고하는 자로서의 작가는 이런 주석가형 독자의 현대적 진화체일 것이다.

그런데 주석가보다 더욱 근원적인 독자의 초상이 있다. 이야기에 매혹되어 환각하는 자다. 구병모 소설에서 목소리의 주체가 열람을 습관화하는 까닭은 정확한 정보를 참조하기 위해서라기보다는 오히려 무작정 이야기에 사로잡힌 자의 백치적 환각을 방해받지 않고 펼칠 수 있기 때문이다. 어린이가 그림책에 가장 깊이 몰입했을 때와 다를 바가 없다. 이쯤에서 이녕의 말을 다시 떠올려보자. "효과가 조금만 더 오래가면 그다음 책장을 열 수 있을 텐데." 이녕의 환각은 바로 열람의 환각이 아닌가. 약물의 효능은 마치 책장 문을 열어젖혀 책으로 손을 뻗는 것처럼, 책장을 펼쳐 읽는 것처럼. 게다가 책꽂이든 페이지든 그것은 끝이 없어 시간 자체를 무한으로 확장한다. 최고의 황홀은 정연하게 제본되어 도열한 책의 세계로 투신할 때, 이처럼 안정된 책의 질서 덕분에 미약하고 처참하게 파괴된 나의 정신과 현실이 보완되고 지지되는 듯한 상상의 체험이다. 회복과 치유의 지복이라 할 만한 어떤 환상적 감각의 극한을 불법 처방과 일시적 중독에만 의존하지 않기 위해, 다행히 마음의 일부가 다치지 않은 채 남아 있는 자는 기어이 힘을 내 열람실을 축조하고 그곳에 상주한다. 그는 독서와 집필의 부단한 숙련으로 현실의 책장을 늘려나간다. 그것을 업으로 받아들여, 파괴를 지양하는 질서와 고통을 지양하는 지복의 체험을 자기 기술로 재생산하려 한다. 이 점에서 독서와 집필은 최선을 다해 자기를 돌보는 일이라고도 할 수 있다. 구병모 문학의 가장 근원적인 바탕에는 자기에 대한 배려가 자리 잡고 있다. 구병모의 자기 배려의 문학은 이기주의와는 무관한 실존 증명 행위다.

환각의 시야에 떠오르는 것은 책. 열람의 환각. 환각 중의 독서. 독서의 환상. 어색하나마 이런 현상들을 아울러 환독증후군이라 명명하자. 지금 내 눈에 보이는 것은 마치 책 같아, 예전에 읽은 책에 있는 것 같아, 나는 마치 책 속에 있는 것 같아. 구병모 소설에서 이런 환독의 문학적 주체는 이녕 외에도 부지기수다. 그들은 출몰한다. 등장인물의 말에서, 등장인물인지 작가 자신인지 모호한 서술자의 목소리로. 그들의 환각은 돌출한다. 직유로든 알레고리로든. 아동 학대, 교육 불평등, 계급 격차, 노동 착취, 빈곤 등 정의롭지 않고 비참한 현실의 서사들 틈에서 급작스럽게. 신화 속 괴물처

럼, 경전의 우화인 듯, 철학 개념으로, 전설과 민담의 형태
소로, 신화소로. 또한 예술 양식의 명칭과 예술가들의 이름
으로, 화집 역시 열람실의 중요한 구비 품목이므로. 유치원
아이들의 "물감과 풀"에서 순식간에 "네소스의 피, 히드라
의 독"(「고의는 아니지만」, 『고의는 아니지만』, 자음과모음,
2011, p. 86)이 분출하듯. 돌출하는 환독의 문장은 마치 재
봉사의 바늘땀처럼 동시대의 현실과 그보다 오래된 허구를
맞붙여 누빈다. 모든 혼종의 피조물이 그렇듯, 모든 비유가
그렇듯, 환독의 장면은 텍스트의 표면을 매끈하게 다리기보
다는 그것에 불균질한 주름을 잡고 이질적 질감의 언어를 덧
붙인다.

구병모는 『그것이 나만은 아니기를』에서 열람과 환독의
글쓰기를 더욱 심화해 구사한다. 소설집에 수록된 거의 모
든 단편에서 우리는 다른 책, 다른 언어, 다른 이야기의 환
영을 본다. 가장 지배적인 것은 메르헨의 환영이다. 「여기
말고 저기, 그래 어쩌면 거기」의 화자는 하이를 "양치기 소
년"(p. 9)과 "옛이야기 속의 바보 셋째나 미친 막내"(p. 38)
에 비유하고, 「파르마코스」에서는 샤를 페로의 요정 이야기
를 떠올릴 수 있으며, 「덩굴손증후군의 내력」에는 첫 페이지
부터 잠자는 숲 속의 공주의 잔영이 드리워져 있다. 늙은 화
가가 자기의 마지막 그림 속으로 들어가 그것의 일부가 되었
다는 중국 설화는 여러 이본이 있는데, 루초 폰타나의 단색

화 틈으로 미온이 실종되는 「관통貫通」은 그것의 현대적 응용이라 할 만하다. 「파르마코스」에는 오르페우스와 에우리디케 신화는 물론 플라톤 철학과 그것의 해석본들의 무게가 얹혀 있고, 「어디까지를 묻다」에는 애니메이션 「탑블레이드」의 문화적 기억이 덧입혀졌다. 「이창裏窓」은 동명의 영화를 떠올리지 않을 수 없는데, 여기서 화자의 독백은 여성 생활정보 사이트에서 흔히 마주칠 만한 캐릭터들 목소리의 총합 같다. 분명 유형화되어서 주변 누군가의 얼굴을 대입해도 될 듯한, 무수한 얼굴들이 대입되어 마침내 그 누구의 얼굴도 아니게 될, 표준의 괴물 및 그것의 표준적 생활 방식과 화법.

구병모의 새 소설집에서 나의 환독은 이쯤에서 멈추는데, 내 독서 이력이 작가의 그것에 비해 한참 부족해서 이야기를 구성하는 요소들의 출처를 다 밝혀내기란 불가능한 일이기도 하고, 앞서 말했듯 작가의 참고문헌 서가를 거울상처럼 재구성하는 주석 달기 식의 해설은 그다지 유익하지도 않기 때문이다.

그보다는 환독의 발생과 열람의 열정에 대해 더욱 본질적인 질문을 해보자. 구병모의 인물들은 구체적으로 어느 경우에 환독을 체험하는가. 세계의 사건을 책처럼 인식하고 열람하는 정신 작용은 어떤 욕망에서 나오는가. 「여기 말고 저기, 그래 어쩌면 거기」의 시간 강사 화자는 소설집을 통틀어 아마도 독서 행위와 열람실의 규약에 가장 관습적으로 익숙한 인물일 것이다. 하이를 양치기 소년이나 바보 막내에 빗대며, 그는 자기로서는 도무지 가닿을 수 없는 감각을 반복적으로 갈구하고 따라서 전혀 다른 삶을 사는 친구를 아동용으로 통용되는 기존 서사의 창틀을 통해 이해하려 한다. 구조주의적 해석에 따르면 구전 민담이나 설화는 유한한 서사 형태소들로 구성되어 있는데, 따라서 이런 이야기들은 그만큼 정형화되었고, 고도의 지적인 노력을 들이지 않아도 쉽게 수용하고 기억할 수 있다. 부정적인 관점에서, 하이에 대한 화자의 비유는 비교적 친숙한 서사 전개와 평면적인 인물 유형의 상상에 머무름으로써, 세계, 현실, 타인의 무형성과 불가해성을 그 자체로 파악하는 그의 능력의 한계를 드러낸다.

그런데 더욱 근본적으로, 세계, 현실, 타인이 아무 매개 없이 그 자체로 파악, 포착, 체험, 이해할 수 있는 대상인지 질문할 수 있다. 이때 기존의 어떤 이야기는, 어떤 문학은, 어떤 지식 체계와 정보망은 혼란스러울 정도로 유동적이고 좌절감을 불러일으키도록 심원한 어떤 대상을 조금이나마 담대하게 인식하는 데 유용한 매개 도구다. 특히 세계의 재앙과 혼란, 억압적인 현실 정치, 타인의 학대가 주체의 인간적 존엄을 말살할 뿐만 아니라 동물적 생존까지도 위협할 때, 주체와 그 모든 폭력 사이에 방어막처럼 개입하는 언어는 주체의 지적 능력과 심신의 대응력을 육성시킨다. 다시 말해, 불가해한 폭력이 엄습할 때, 신화적 환상과 허구는 그것을 조금이나마 인식 가능하게 조형하고, 지식 담론과 정보는 그것에 대한 이해와 저항의 힘을 제공해준다. 예를 들어, 집 안에 괴이한 동물이 침입했을 때, 그것의 정확한 실체가 무엇이든 "오랜 옛날 포의 괴기소설에서 보았던 오랑우탄"(「이물」, p. 178)이라도 투영할 수 있다면, 그것은 내 선험적 지식의 서가 안에서 참조할 수 있는 대상으로 길들여진다. 따라서 폭력에 상해를 입은 자에게 상상의 열람실은 지력과 저항력을 기르는 피신과 자기 배려의 장소다. 미지의 선인이 돌봄을 베푸는 비밀 빵가게나 약방 같은 곳. 그리하여 한 번 더 강조하자면, 구병모 문학에서 환독은 치유와 회복의 실존적 욕구에서 발생한다는 점을 부정할 수 없다. 이 무섭고 끔찍한 것, 나는 이와 유사한 것을 이미 책에서 읽은 적이 있다. 따라서 내게는 그것의 지식이 완전히 결여되지는 않았고, 비록 물리적 현실은 비참하나, 책의 지혜에 따라 최소한 정신적으로는 대처할 수 있으리라. 열람하고 참고하면 할수록 나는 유연하게 회복하고 저항한다. 압도하는 숭고를 상상과 이성의 능력으로 다스리듯. 이런 문학적 쾌락에 의해, 비일상적이고 기괴한 사건 위에 보편적 민담 형태소들의 망이 배치되고 비루한 일상의 묘사에 실존 화가의 구멍 뚫린 화폭이 덧발라진 구병모만의 누빔 소설이 발생한다. "옛이야기의 패턴"(「파르마코스」, p. 49)이 마치 체처럼 현실과 언어를 까불어 현재의 서사를 정제하는 것이다.

『그것이 나만은 아니기를』에서 폭력은 구체적으로 어떤 양상으로 나타나는가. 도시의 건물들은 고농도의 산성비에 부식되어 붕괴하거나 식인 덩굴식물에 뒤덮인다. 오랜 가뭄에 마을의 식수난이 가중되고, 젊은 여성들의 반지하방에 근본 없는 괴물이 출현한다. 이야기에서 이런 환상적 공포를 걷어내고 나면, 상당수의 등장인물이 일용직이나 단기 계약직 등 비정규 노동에 종사한다는 동시대의 현실이 보인다. 시간 강사, 사회복지사, 소규모 사업장 비서, 콜센터 상담원, 경비원, 패션몰 고객상담실 직원 등. 거듭되는 업종 변경에 삶의 질이 퇴락하는 자영업자와 무직자도 있다. 구병모 소설은 인간이 자기의 지식과 기술을 발휘해 사회 재생산에 주체적으로 참여하는 경로가 파괴된 한국의 노동 환경을 주시한다. 장기간의 숙련으로 체득한 지식과 기술은 일회성으로 착취당하고, 변화한 산업 구조에서 무용하게 취급된다. 심지어 대다수의 비정규직 업종에서 숙련은 요구되지도 않는다. 지식과 기술이 무용해지면서 개인의 고유성이 발현되지 못하고, 따라서 인간은 서비스 업종의 최하위 단계에서 대체 가능한 소모품으로 전락한다. 노동에 대한 보상과 한정된 재화의 분배가 정당하게 실현되지 않음으로써,

개인들 사이의 경쟁이 물리적 폭력으로까지 치닫고, 마침내 공동체가 붕괴된다. 인간은 안전망 없는 세계에 안락하게 기거하지 못하고 고공으로, 지하로, 도시 바깥으로 쫓겨나고, 오물, 폐기물, 분비물, 물 자체 속에서 허우적거리다, 이 물인 듯 마침내 인간의 지위마저 박탈당한다. 이때 구병모적 독서와 집필의 기술자는 인간이 학습과 노동을 통해 능력을 인정받고 존엄을 유지하지 못하는 사회를 통찰하면서도, 최소한 문학의 영역에서나마 그 지위와 가치 들을 지키려 분투하는 자다.

그렇다면 문학이 개인 열람실을 넘어 모종의 대안 공동체를 제시할 수는 없을까. 사회 안전망이 파괴된 잔혹한 세계에서 문학 안전망을 구상해볼 수 있다면. 우선 주부, 가사 도우미, 유치원 교사, 사회복지사, 비서, 경비원, 구조요원 등 구병모가 소설 속에 배치한 직업인들 중 상당수가 돌보는 자유형이라는 점에 주목하고 싶다. 돌봄과 보살핌은 타인에게 관심을 기울이고, 그를 신경 쓰고 염려하면서, 배려, 양육, 양로, 가정 관리, 교육, 간호, 치료, 원조, 구호, 구조, 봉사하는 개인 및 집단의 활동을 포괄한다. 따라서 방역업과 특수교육기관 경영도 아이러니가 없지는 않지만 넓게 보아 돌봄 행위다. 돌봄과 보살핌을 수행하는 사람들은 민담 형태론에서 조력자에 속한다. 주인공이 아니라 그의 동행인, 잠시 스쳐 가는 단역, 배후의 인물. 구병모는 이런 주체들을 더욱 전면에 배치하고 자주 등장시킨다. 돌봄의 증여야말로 서사의 핵심이라 해도 될까. 제과점 주인은 가출 청소년에게 거처를 마련해주고, 살인청부업자 부부는 더부살이 소녀를 양육하며, 변두리 노인은 호수에 내던져진 아이를 거두어 기른다. 아무런 혈연이나 이해관계가 없는 성인의 물질적이고 정서적인 조력은 본래의 가정에서 학대당하거나 부모를 상실한 아이의 생존, 인격 형성, 사회화에 지대한 영향을 미친다. 무상의 돌봄과 보살핌은 학대와 폭력의 피해자를 온전한 사회적 인격체로 성장시키면서, 소규모로나마 지속적인 사회 안전망과 대안 공동체를 만들어나가는 윤리적 실천이다. 구병모 소설에는 "누군가가 건져준 삶"을 살게 된 사람이 자기가 받은 도움을 타인에게 돌려주고, 그리하여 조금 더 많은 구성원들이 "아무것도 바라지 않고 다만 한 사람을 살리는 데에 어설프게나마 협동"(『피그말리온 아이들』, p. 245)하는 세계에 대한 향수가 분명히 있다.

구병모는 등단작부터 최신작까지 지속적으로 돌봄의 문제를 탐구하며 돌봄의 덕을 신뢰하지만, 그렇다고 돌봄을 무조건 미화하거나 돌보는 자를 숭고한 존재로 칭송하면서 역설적으로 타자화하는 법은 없다. 현실적으로 돌봄의 주체는 그것의 윤리적 당위성과 책무를 충분히 인식하면서도 물질적 기반, 정서적 에너지, 체력 등이 부족해 제대로 실천하지 못하는 경우가 많다. 게다가 돌봄은 무상의 선한 행위인 만큼 오용과 착취에 매우 취약하다. 돌봄은 타인보다 우월한 위치에서 관대하게 시혜를 베푸는 고상한 행위라고 할 수도 없지만, 지저분한 허드렛일, 뒷바라지, 뒤치다꺼리 등을 대신하면서 자기를 소진하는 무보수의 중노동이 되기 쉽다. 이때 돌보는 자는 모든 인간에게 해당되는 보편적 윤리 규범을 자율적으로 실천한다기보다 그것을 사익으로 전유하는 타인의 명령에 수동적으로 복종하는 상태다. 이런 돌봄의 실패는 배우고 감사하며 서로 돌보는 자들의 공동체를 이루기는커녕 돌봄을 제공하는 자를 사회 최하층 계급으로 배척하며 무력하게 희생시키는 결과를 낳는다. 게다가 돌봄과 보살핌은 관습적으로 여성적 미덕으로 인식되어왔기 때문에, 돌봄 노동에 착취당하면서 정작 자기 삶을 배려하지 못하는 사람은 대부분 여성이라는 사실도 간과할 수 없다. 흥미롭게도, 구병모는 장편들에서는 돌봄의 공동체를 긴 호흡으로 낙관하지만, 단편집은 돌봄이 실패하는 사례들의 편람으로 구성하는 성향이 있다. 윤리적 규범으로서의 돌봄의 이상을 포기하지 않으면서도, 돌봄의 주체들이 처한 현실의 딜레마를 다양하게 제시하고, 돌봄이 실패하는 양상들을 거의 위악에 가깝도록 냉혹하게 서술한다. 장편과 단편을 오가며, 구병모의 돌봄의 글쓰기는 엄정한 현실 인식과 그럼에도 불구한 허구의 낙관 사이에서 균형을 찾으려 한다.

『그것이 나만은 아니기를』은 돌봄, 돌봄 노동, 돌봄의 윤리, 돌봄의 기술 등을 본격적으로 깊이 파고든다. 우선 돌봄의 태만에 관한 단편들이 있다.「파르마코스」의 화자 루에게 형벌이 내려진 까닭은 그녀가 공동체 내에서 타자에 대한 구호와 원조의 윤리를 실천하지 않았기 때문이다. 지속되는 가뭄에 식수가 모자라자, "마을 사람들까지 돌아볼 때"가 아니라 여겨, "남의 갈증을 돌아볼 기력"을 내지 않고, "남을 돌보는 말"을 하지 않아서, 그녀는 추방당하고 착취당한다(pp. 62~64). 돌봄과 돌아봄. 오르페우스가 하계에서 에우리디케를 데리고 나올 때, 금기를 어기며 그녀를 돌아본 까닭은 불안, 염려, 사랑 때문이었다. 돌아보는 시선에는 타자를 향한 염려와 사랑이 있다. 돌봄의 손길과 다르지 않다. 루는 이야기를 듣는 자가 자기를 보지 말 것을 요구하는데, 이 시선의 포기와 금지는 오이디푸스적 자기 징벌과 같다. 타인에 대한 돌봄을 어긴 자로서 타인의 돌아봄을 감히 받지 않는 것이다.「식우蝕雨」도 공동체가 재난을 겪을 때 구성원들 사이 구호와 원조의 갈등을 다룬다. 생존 수단이 고르게 분배되지 않은 상황에서 그것을 소유한 자는 "한순간의 충동으로 하해와 같은 베풂과 나눔을 실천"하거나 "누군가 한 존재를 책임"(p. 164)지는 짓의 무용함을 정당화한다. 그도 루처럼 징벌을 받는데, 이처럼 돌봄에 인색한 자의 말로가 비참하다고 해서 그것을 간편하게 시적 정의라 해석할 수는 없다.「관통」의 미온이 양육과 가사를 놓아버리고 환각적 미

292

의 세계로 도피할 때, 그녀의 선택을 도의적으로 비판할 독자는 없을 것이기 때문이다.

돌봄의 과잉도 문제가 되기는 마찬가지다. 「이창」의 화자는 "가족을 돌보는 노동을 게을리해본 적"(p. 110)이 없고, 아동 학대, 불법 해고, 환경오염, 동물 보호 등 온갖 사회적 이슈에도 적극적으로 개입한다. 타인에 대한 그녀의 과도한 관심과 염려는 타인의 생활을 완전히 관리하고 지배하려는 강박적 광증으로까지 발전한다. 배려하는 대신 침입하고, 개개인의 자율성과 자기 배려의 능력을 존중하며 육성하는 대신 무참히 조롱하고 파괴한다.

태만과 과잉으로 돌봄에 실패하는 이야기들 다음에 「이물」이 이어진다. 구병모의 전작 중 「이물」은 아마도 돌봄의 곤경을 가장 다층적으로 제시한 작품일 것이다. 「이물」에서 사회복지사 양선과 비서 방난은 둘 다 돌봄 노동자다. 돌봄 노동자는 누군가 도움을 필요로 할 때 그에게 그것을 제공함으로써 공동체의 삶을 개선하고 유지하는 일을 개인의 무상의 선의에 의존하지 않고 공적인 제도로 해결하는 데서 생겨나는 직업이다. 돌봄 노동을 업으로 선택한 사람은 기본적으로 타인의 복지 향상에 관심을 갖고 그것에 자기의 능력을 사용하겠다는 윤리적 책무 의식을 함양해야 한다. 윤리를 기반으로 기술을 실행해서 그것의 혜택을 받은 개인이나 단체에게서 정당한 보상을 받는 게 돌봄 노동이다. 그런데 돌봄 노동은 노동자 개인의 이익보다는 타인의 복지를 더 중요하게 지향하므로 더 쉽게 착취당한다. 게다가 "사람을 상대하고 사람을 구하는 직업인"(p. 191)은 전문 지식과 기술뿐만 아니라 정서적 에너지까지 사용해야 하는 경우가 많다. 돌봄 노동자는 감정 노동을 피하기 어렵다. 돌봄 노동의 수요자는 노동자의 선의와 감정을 오용하고, 그것을 계량화할 수 없다는 점에서 정당한 대가를 지불하지 않으며, 따라서 그것을 자기가 누려야 할 당연한 권리로 착각하면서 노동자의 인격을 학대한다. 결과적으로 돌봄 노동자는 타인을 돌보면서도 그 자신은 돌봄에서 소외되는 경향이 있다. 극단적인 경우, 타인의 물질적 곤궁과 정서적 재난을 보살펴 해결하는 동안, 그가 투사하는 온갖 지리멸렬한 감정적 오물과 언어폭력을 받아 안고, 노동자 자신이 그것처럼 비천하고 혐오스러운 비인격적 존재로 전락한다. 사회적 감정 방역의 희생양이 된다. 파르마코스가 된다. 양선과 방난이 그렇고, 「어디까지를 묻다」의 콜센터 상담원을 포함한 다른 많은 구병모적 인물들도 그렇다.

두 여성의 거처에 부지불식간에 생겨난 크고 검은 털북숭이. 괴생명체에서 통념적으로 생성될 만한 모든 존재론적 질문, 감정적 반응, 서사 진행의 예측을 자제하고, 대신 그것을 대하는 양선의 심리와 행위를 최대한 주의 깊게 따라가 볼까. 그것은 양선의 시선을 투과해서만, 양선의 무의식적 욕망에 따라 굴절되어서만, 우리에게 보이는 것이므로. 우리는 그것보다는 그것을 보는 양선을 보기로 한다. 털 뭉치의 정체를 알아내려 방난에게 메시지를 보내고 기다리는 동안, 양선은 그것에 자기 삶의 내력을 두서없이 투영한다. 미동 없이 침묵하는 검은 짐승이 마치 기억의 환등기라도 되는 양. 불우한 미성년기, 사회복지학도 시절, 복지사 활동 중 겪은 난관들, 그리고⋯⋯ 기억들이 덧입혀지면서, 생경한 이물이었던 것은 점차 모호하지만 친숙한 어떤 대상으로 진화한다.

우리가 어떤 물상에 자기의 삶을 투영하게 된다면, 그것에 우리의 삶에서 이미 일어났던 어떤 사건, 만났던 어떤 사람, 겪었던 어떤 감정 등을 자극하고 환기하는 요소가 있기 때문이다. 따라서 엄밀히 말하자면 그 물상은 전적으로 미지의 존재가 아니라 무의식적으로나마 이미 알고 있는 어떤 것의 반복적 출현이다. 구병모적 환독증후군과 유사한 기제다. 지금 내 눈앞의 것은 내가 읽은 적이 있는 어떤 것, 내가 겪은 적이 있는 어떤 것. 검은 짐승은 양선의 "동정심"(p. 185)과 "돌봐야 할 것만 같은 책임감"(p. 181)을 자극한다. 이어지는 양선의 연상에서, 책임 이상의 돌봄의 욕망과 동정심은 직업적으로나 사적으로나 양선이 타자와 관계를 맺을 때마다 반복해서 작동시키는 심리적 기제라는 게 드러난다. 양선에게 동정심과 돌봄은 사회복지사로서의 직업적 활동만으로는 승화되거나 충족되지 않는, 사회복지의 지식, 기술, 윤리를 초과하는, 어떤 "생것"(p. 184)에게든 실행해야 해소되는, 실패해서 다시 반복하는, 실존적인 향락의 중핵이다. 동정심의 사용과 돌봄의 실행이라는 향락은 공적 업무의 안전망을 넘어 사적 인간관계 전반을 지배할 만큼 위력적이고, 양선 자신의 건강과 경제적 기반을 곤경에 빠뜨리면서도 소진될 줄을 모른다. 어떤 관점에서, 그게 삶이기 때문이다. 맹목의. 인간은 자기의 실존과 정체성을 폭력적으로 규정하는 자기만의 향락에, 자기 파괴를 무릅쓰고, 저항적으로 복종하며 살아간다. 그리고 바로 그게 구병모적 인간 아닌가. 곤, 이녕, 시온, 조각, 투우, 하이, 모두가 그렇지 않은가. 이때 동정심의 발현과 돌봄은 양선을 포함해서 어떤 구병모적 인물군을 규정하는 향락이다. 과잉으로 치달아. 부정할 수 없다. 부정해서 낯설어진 이물, 그것이 바로 이 향락이다. 언젠가 압도하며 나타나, 응시한다.

검은 짐승에 관한 수사가 다소간 장황한 감이 있다. 마치 무언가 감추는 게 있다는 듯. 이런저런 덥수룩한 묘사의 털 오라기들을 걷어내면서 양선의 연상에 더 주의를 기울여보면, 그것은 마침내 낙태하지 않았다면 태어날 수도 있었던 아이 같은 면모를 드러낸다. 피가 흘러나오는 구멍에서. 피가 흘러 들어가는 구멍에서.

"너는 뭐라고 부르는 애니?"(p. 220)

이야기는 급작스럽게 멈춘다. 완결되지 않고. 어떤 곤경일
까. 어떤 난관일까. 우선 모든 생것을 돌보면서도 자기 아이
에게는 그러지 않았다는 모성 실패의 좌절감과 죄의식이 언
어의 진행을 제어할 것이다. "보살핌을 받을, 옆에 살아 있
어도 될" 생명체를 "방기한 이들에 대한 분노"(p. 192)는 결
국 양선 자신을 향하게 되지 않을까.

미완결의 서사는 현재까지 구병모 글쓰기가 밀고 온 최전
선이자 다다른 곤경이기도 하다. 돌봄 공동체의 이상과 돌
봄의 향락을 소설로 구현하려면 돌봄 노동의 핵심적인 양상
인 가사와 양육을 다루지 않을 수 없고, 그것의 대표적 주체
인 주부와 어머니의 이야기를 하지 않을 수 없다. 현실적으
로 가정에서 돌봄 노동을 담당하는 여성은 실질적 보상은커
녕 허드레꾼으로 천대받으며 노동력과 감정을 착취당하는
경우가 결코 적지 않다. 구병모는 한편으로는 여성이 가사
와 양육에 시달리면서 스스로를 배려하지 못하다가 돌봄을
방기하는 상황을 설득력 있게 서술하면서도, 다른 한편으로
는 돌봄의 태만이 어린 사람의 심신에 얼마나 심각한 상해를
남기는지도 상세히 비판한다. 구병모가 조력자 유형의 인물
들을 지속적으로 상상하는 까닭은 양육에 태만한 부모와 생
존을 위해 그것을 필요로 하는 아이 사이의 간극을 메우기

위해서이기도 하다. 여기서 의문이 생겨난다. 돌봄의 향락은 구병모적 서사와 인물의 주요한 특질인데, 작가는 왜 모성적 여성에게서는 그것을 박탈하는가. 양선은 돌봄의 향락이 과잉한 인물인데도 모성으로서는 왜 그것을 스스로 금하는가. 물론 이런 서사 전략은 가사와 양육을 모성의 숭고한 임무로 신화화하는 허위적 이데올로기에 포섭되지 않기 위해서다. 그럼에도 불구하고, 만약 소설을 통해 현실의 비판적 인식을 넘어 조금 더 나은 허구적 세계의 상상이 허용된다면. 타인의 삶을 돌보지 않고서는 자기의 삶도 제대로 살 수 없는 사람이 있어서, 어떤 부당한 학대와 착취도 겪지 않고 어떤 이데올로기도 초월해서, 오로지 돌봄을 향락하는 지복을 누릴 수 있다면. 그리고 그렇게 돌봄으로 결속된 사람들의 공동체가 어머니와 아이라면. 구병모 소설의 최전선이자 막다른 골목은 그것의 가능성을 철저한 공백으로 남겨놓는다. 어머니가 아니어도 어머니가 없어도 돌보는 자들을 계속 불러내면서. 계속 밀고 나가고 계속 둘러 간다. 공백 바깥 더 넓은 돌봄의 세계를 돌아본다.

　마지막으로, 작가의 전작을 읽고 해설을 쓰는 내내 쿠라의 우화를 환독했다는 사실을 고백한다. Cura, care, cure. 쿠라, 케어, 큐어. 돌봄의 여신, 또는 치유의 여신. 정확한 어원이 분분해져서 어느 이름으로 부르든 아름다운 존재의 옛

이야기. 같이 읽자.

　어느 날 쿠라는 강을 건너다가 찰기 있는 진흙을 보았다.
곰곰이 궁리한 다음, 그녀는 진흙 한 움큼을 집어 모양을 빚
기 시작했다. 그녀가 자기가 만든 것에 대해 사색하고 있는
데 유피테르가 가까이 다가왔다. 쿠라는 빚어놓은 진흙 덩
이에 정신을 부여해달라고 유피테르에게 부탁했다. 유피테
르는 기꺼이 수락했다. 그런데 그녀가 피조물에 자기의 이
름을 붙이려 하자, 유피테르가 이를 금하며 그것에 자기의
이름을 주어야 한다고 요구했다. 쿠라와 유피테르가 이름을
놓고 서로 다투는 동안, 텔루스도 몸을 일으키고는, 만든 것
에 자기의 살 한 덩이를 바친 만큼 그것에 자기의 이름을 붙
여주기를 바랐다. 다투던 신들은 사투르누스에게 심판을 맡
겼다. 사투르누스는 그들에게 다음과 같이 그럴싸해 보이는
해결책을 제시했다. "유피테르 그대는 정신을 주었으니 이
것이 죽을 때 정신을 취하고, 텔루스 그대는 육신을 선사했
으니 이것의 몸을 받으시오. 그래도 쿠라는 이 존재를 처음
으로 만들었으니, 이것이 살아 있는 한에서는 쿠라가 소유
했으면 하오. 싸움이 이름을 두고 일어난 데 관해서는, 이것
은 흙humus으로 만들어졌으니 인간homo이라 부르는 게
좋겠소."

　　　　　　─마르틴 하이데거, 『존재와 시간』 중에서

미학적으로는 치명상을 입을 것 같긴 한데 나의 경우, 삶을 둘러싼 조건이 답답할수록 그것을 묘사하는 목소리가 잡답해진다. 오늘은 어제보다 조금 더 소란스러울 것이다. 화농이 익어가는 자리에 귀를 기울이는 시늉이라도 하다 보면 언젠가는 딱지가 앉는 소리를 들을 수 있으리라는 희미한 기대.

소설집에 수록된 「어디까지를 묻다」에 등장하는 애니메이션 제목은 물론 실재하지 않는 것으로, 2001년도 애니메이션 「탑블레이드」를 염두에 둔 것이어서 패러디의 고의성을 드러내기 위해 제목을 가능한 한 경박하게 붙여보았다. 해당 애니메이션 내용에 대해서는 직접 본 적 없어 알지 못하며 다만 팽이와 성수(聖獸)라는 소재를 빌려 왔다.

　거칠고 분방한 글들에 세심하고 꼼꼼하며 아름다운 한 획을 그어주신 윤경희 선생님과 문학과지성사 식구들께 감사드립니다.

2015년 봄

구병모

작품 수록 지면

여기 말고 저기, 그래 어쩌면 거기 『한국문학』 2012년 가을호

파르마코스 『문학의오늘』 2012년 가을호

관통貫通 『퍼블릭아트』 2011년 9월호

이창裏窓 『자음과모음』 2012년 겨울호

식우蝕雨 『문학사상』 2013년 6월호

이물異物 〈웹진 문장〉 2014년 6월 (2014 아르코창작기금 수혜작)

덩굴손증후군의 내력 『현대문학』 2014년 7월호

어디까지를 묻다 『자음과모음』 2014년 겨울호